Spieler unter sich

DIE SPIELER-TRILOGIE
VON CORNELIA JÖNSSON

BAND 1
Spieler wie wir

BAND 2
Spieler unter sich

BAND 3
Spieler für immer

WEITERE INFORMATIONEN
UNTER WWW.ANAIS.DE

Cornelia Jönsson

Spieler unter sich

Roman

ANAIS

Für Daiwa

Anspiel (Ouvertüre)

1

Ihre Haare sind braune Algen, Schlammalgen. Ihre Augen hingegen sind grüne Edelsteine, wie sie sich auf den Nachttischen junger Meerjungfrauen finden. Sie dreht sich im Wasser. Eiskalt. Blau und eiskalt. Sie selbst ist weiß und steif vor Kälte. Ihre Haut glänzt – perlmuttern, auch wenn es zu schön klingt, um ihr glaubhaft zu sein. Sie taucht tief. Sie gräbt ihre Hände in den Grund. Das Wasser ist klar. Sie sieht ihre hellen Finger im hellen Sand, ihre hellen Arme im blauen Wasser. Ihre Haut ist Perlmutt, unleugbar. Das Salz tut ihr nicht weh in den Augen. Ihre Lippen sind Quallen. Feste, fleischige Quallen. Rotrosig und weich – Verlockung der Tiefe. Sie teilt das Wasser mit starken Armen, sie bahnt sich ihren Weg.

Und will es nicht.

Sie dreht sich im Kreis, sie überschlägt sich gemächlich. Ihre Glieder sind Äste, sperrig, stöckig, störrisch. Der Ozean hat weder Ende noch Boden – ungeahnte Möglichkeiten und kein Interesse an keiner.

Pauline stellt sich vor, dieses Meer, in dem sie gerade schwimmt, wäre ein Aquarium, das Ann in ihren Armen hielte. Pauline schwämme darin mit all dem anderen Wassergetier – ruhig, entfernt, friedlich, so glitschig glatt, dass es durch alle Hände flutscht, die es halten wollen.

Pauline mit ihrer glänzenden Oberfläche glitte durch dieses blaue Aquarium, das Ann in den Armen hielte. Das Swimmingpoolblau von Anns Augen ginge in das Blau des Meeres über, beobachtete sie Pauline. Pauline schwämme in ihrem Wasser in Anns Armen.

2

Es ist dunkel, kalt und regnerisch, als Pauline sich auf den Weg zu Marius macht. Es ist der 6. April, Franzis Geburtstag. Schön, ins Warme zu kommen, zum Kerzenschein, zum Essensduft. Zu Franzi.

Franzi ist Paulines Mitbewohnerin und Marius' Freundin.

Franzi trägt Rot. Sie strahlt über das ganze Gesicht, als sie auf Pauline zukommt. Sie sagt, Pauline sei braun geworden oder habe zumindest mehr Sommersprossen. Sie schließt die Arme um Pauline. Sie fährt ihr durch das Haar, das, so glaubt sie, heller ist jetzt. Sie nimmt Paulines kleines Gesicht in beide Hände.

Franzis Knochen sind stark. Das hat ihre Mutter früher gesagt, als Franzi in dem Alter war, in dem Mädchen dazu neigen, ihre Tage auf der Waage zuzubringen. Franzis Mutter muss es wissen, sie ist Physiotherapeutin.

Paulines Knochen hingegen sind bessere Gräten.

Hinter der Umarmung der jungen Frauen tragen Marius und Katharina Schüsseln auf. Es gibt Tomatensuppe und Salat, danach Lachslasagne und dann Vanilleeis mit heißen Beeren. Marius hatte die Befehlsgewalt in der Küche.

»Du kochst immer so gut«, sagt Pauline, als sie langsam ihre Suppe löffelt.

»Und man sieht es dir an!«, ergänzt Franzi.

Tatsächlich ist Marius' Gesicht mit den braunen Teddybäraugen und den braunen Wuschelhaaren nicht unbedingt schlanker geworden in den letzten Monaten, ebenso wenig sein ohnehin eher stämmiger Körper. Er sieht gemütlich aus. Er geht nicht mehr zum Sport – die Kanzlei anzukurbeln kostet so viel Zeit und dann die beiden Frauen.

Katharina, in einem weißen Kleid mit Puffärmeln, das ein bisschen lächerlich und deshalb besonders entzückend wirkt, ist seit fast einem Dreivierteljahr Marius' Spielpartnerin und seit Franzi im Winter ihre eigene Dominanz entdeckte, auch die ihre. Katharina ist so, wie Franzi nicht ist. Katharina hat langes, blondes Haar, große, graue Augen, kleine, weiche Brüste, lange, dünne Beine. Sie ist tatsächlich so groß wie Franzi, aber nur halb so breit wahrscheinlich.

Marius beugt sich am Schreibtisch über seinen Laptop und Bob Dylan löst die Doors ab.

»Du hast deine Suppe nicht aufgegessen!«, konstatiert Franzi mit Blick in Paulines Schale. »Na los, iss das auf!«

Pauline löffelt ein bisschen weiter, während Marius wieder am Esstisch Weißbrot in Salat, Suppe und Weißwein stippt, während Katharina sich die Mundwinkel tupft, während Franzi den Finger in ihre Schale tunkt und dann in Katharinas Mund.

Katharina trägt die Lasagne auf. Franzi ist ganz albern stolz auf sie, auf ihre Dienerin.

Franzi erzählt vom Gefängnistheater, von Thorsten und Sven. Franzi muss ihnen alles hinterhertragen, sie denken an nichts von allein. Sie halten sich für große Künstler, der Autor und der Regisseur, und große Künstler können sich nicht mit Banalitäten wie Steuererklärungen, Rechnungen, Textkopien oder muffeligen Vollzugsbeamten befassen. Dafür haben sie die gut organisierte, stets dynamische und immer kommunikative Produktionsleiterin. Frauen sind besser in solchen Dingen, finden sie. Der Mann lebt in der Sphäre der Genialität, die Frau im Reich der Organisation. Franzi ist natürlich wütend auf sie. Franzi würde am liebsten die beiden postpubertären Kerle im Regen stehen lassen und sich ein weibliches Team suchen, schließlich arbeiten sie in einem Frauenknast mit inhaftierten Frauen. Aber die inhaftierten Frauen, und das ist wirklich ungerecht, schwärmen nun mal für die beiden Kerle. Es gibt nicht allzu viel Grund dafür, wirklich nicht, aber es sind eben Männer und die Frauen auf Testosteronentzug.

Doch Franzi hat einen neuen Liebling im Gefängnis, der sich nicht von der banal zur Schau getragenen Männlichkeit blenden lässt. Maria, klein und schwarz, die wegen Raub sitzt, wegen Beschaffungskriminalität. Sie wechselt bald in den offenen Vollzug, da wird sie eine Therapie machen und sie wird weiter zu den Proben kommen. Sie ist pfiffig und feinfühlig, obwohl von diversen Schlägereien gestählt. Sie lernt fleißig ihren Text und greift ein, wenn die Mitspielerinnen sich streiten. Sie ist diplomatisch trotz des einen oder anderen gebrochenen Knochens, für den sie verantwortlich zeichnet.

»Sie wurde als Kind misshandelt und missbraucht«, erklärt Franzi.

»Welche deiner Darstellerinnen wurde das nicht«, erwidert Pauline und darauf gibt es nichts zu sagen.

Franzi nimmt Paulines Hand, die Brotrinde über Lasagneresten zerbröselt: »Wie schön, dich wieder hier zu haben!«

*

Pauline war nicht lange weg, eine Woche ungefähr. In der Nähe von Malaga, beziehungsweise in einem weißen Haus in der Nähe von fünf weiteren weißen Häusern in der Nähe von Malaga. Bei der Tante, mit der Mutter.

Dass sie verlassen wurde von der Frau ihres Lebens, hatte sie der Mutter gesagt und die hatte geseufzt. Die Tante wollte mehr wissen.

»Sie ist älter. Ich liebe sie. Ich habe mich ihr unterworfen.«

Die Tante hatte auch geseufzt. »Komm mit deiner Mutter zu mir. Das Meer wirkt Wunder.«

Das Meer wirkte wirklich Wunder. Pauline saß am Strand – in Jeans und Sweatshirt meistens, es war nicht so warm – und blickte auf das ruhige, blaue Wogen des Mittelmeers hinaus. Rhythmisches Rauschen, grenzenloses Glitzern. Bis zu der Himmelskante, an der das Meer abbrach – dahinter war Afrika und eine andere Welt. Im eiskalten Wasser, in dem sie mit klammen Gliedern schwamm, war auch eine andere Welt. Fische, Muscheln, Meerjungfrauen vielleicht, wer kann das schon wissen, mit Seesternen in den Haaren, in Kutschen, von Seepferdchen gezogen. Bei den Seepferdchen werden die Männchen schwanger. Es ist alles möglich. Und tief unten in dem blauen Wogen erstrecken sich endlose Welten. Leben, wo wir sterben würden, dachte Pauline. Wieder am Strand zerrt sie über ihre taub gefrorene Haut salzharte Jeans und Socken voll Sand, Sweatshirt, Schal. Blaulippig sieht sie dahin, wo sie gerade war.

Das Meer hört nicht auf. Paulines Horizont ist begrenzter als das Meer und so hört das Meer nicht auf. Es kann abknicken, wo die Erde sich wölbt, und trotzdem noch sein, ohne auszulaufen. Pauline aber konnte nicht um den Knick herumschauen. Und sie konnte mit ihrem kleinen Landkörperchen nicht so tief hinabtauchen, dass sie weit draußen im Meer den Boden fände. Oder auch nur die Kälte, die Angriffe der Tiere, den Druck des Wassers überstände. Pauline sah mit vor Kälte tauber Haut respektvoll auf das Meer hinaus und dachte Ann.

Ann Ann Ann.

Das gleichmäßige Wogen des latent aufgewühlten Meeres gab selbst diesem chaotisch strudelnden Strom von Ann-Gedanken einen beruhigenden Rhythmus. Manchmal allerdings stand Pauline im Garten vor mannshohen Kakteen und verspürte ein zwanghaftes Bedürfnis danach, sich in die Stachelbäume fallen zu lassen. Sich von den unzähligen Nadeln hundertfach die Haut aufstechen, sich den Leib zerlöchern zu lassen, damit rotes Blut und vor allen Dingen Leben hinausflösse. Über den Kaktus und den Berg hinunter, zur Küste, ins Meer.

Ein oder zweimal fuhr Pauline mit der Tante und der Mutter in kleine weiße Fischerdörfer, aß sauer marinierte Muscheln, trank kühlen Weißwein in der Mittagssonne, flirtete mit Kellnern und fand das Leben punktuell gar nicht so übel.

Schneide diesen Augenblick aus. Schneide ihn heraus aus der gewaltigen Masse deines Lebens. Vergiss, was du bist. Du lebst, was dich umgibt. Schneide diesen Augenblick aus. Er glänzt. Er ist voller Licht. Er ist Glück.

Als sie begann, Augenblicke auszuschneiden, stellte Pauline fest, dass sie viele schöne Schnipsel besaß. Sie könnte die ausgeschnittenen Zeitfetzen nebeneinanderlegen, und das wäre ein Lichtwasser, durch das sie schwimmen könnte.

Abends das warme Haus, die klassische Gitarrenmusik aus den Boxen, das viele Essen, die Mutter erstaunlich lebhaft hier in Spanien, die Tante unterstützend. »Ein halbes Jahr warst du mit ihr zusammen. Im Dezember hat sie dich verlassen. Das ist jetzt drei Monate her. Die Trauer dauert halb so lang wie die Beziehung selbst, das ist die Regel«, sagte die Tante. Schrieb auch Franzi per Mail. Aber die Tante fügte hinzu: »Manchmal dauert die Trauer allerdings ein Leben lang.«

Das tat Pauline gut. Dann war das eben so, dann war das eben ihr Schicksal. Lieber ein Leben lang weinen um Ann, als ein Leben lang ohne sie sein.

Pauline hat die Tante schon immer geliebt. Sie trägt ihr volles dunkles Haar nicht lang und strähnig wie die Mutter, sondern modisch geschnitten, mal rot, mal lila, inzwischen voll silberner Fäden. Sie hat das bisschen geerbtes Geld in Immobilien angelegt (die Mutter hatte es in die eheliche Kinderarztpraxis gesteckt), sie hat wohl Glück gehabt oder sich geschickt angestellt. Jetzt besitzt sie ein paar Wohnungen in Deutschland, die ausreichend Geld auf ihr Konto spülen, und dieses weiße Haus in Spanien. Die Bilder, die sie malt, stehen im sonnigen Garten statt auf staubigen Böden und in finsteren Kellern wie die der Mutter.

Seit Pauline denken kann, gab es keinen Mann im Leben der Tante.

Vielleicht ist sie ja, dachte oder hoffte Pauline in der Zeit, in der das wichtig für sie wurde, vielleicht ist, vielleicht begehrt sie ja wie ich und vielleicht gibt es dann einen Ort für mich. Doch die Tante hatte einfach nur genug von den Schmerzen der Liebe.

»Es ist wundervoll, gemeinsam glücklich zu sein«, sagt sie, »aber die meiste Zeit ist das Zweisamsein anstrengend oder tut weh. Wenn du in der Lage bist, dein Leben allein zu meistern, dir deine Bedürfnisse selbst zu erfüllen, mit dir zufrieden zu sein, dann lohnt sich die Liebe nicht.«

Die Tante hat aber Verständnis für Paulines unbedingte Gier nach Zuneigung. Und wenn es der Mutter leid tut um den jungen Schwiegersohn, der nie kommen wird, dann schüttelt sie den Kopf.

*

Katharina und Pauline haben ihre Geigen geholt. Sie einigen sich auf Vivaldis *Frühling*.

Pauline spielt angezogen.

Franzi sitzt auf Marius' Schoß, sein Glas Wein in der Hand. Vor ihr schmilzt Vanilleeis in heißen Beeren.

Als das Glas leer ist und das Eis flüssig, steht Franzi auf und geht zu Katharina. Sie hat Herzklopfen. Sie ist ziemlich oft schon auf Katharina zugegangen mit gewalttätigen Gedanken und immer noch schlägt ihr das Herz gegen den Busen, dass Katharina ihn wogen sehen müsste. Sie will in Katharina hineingreifen, um sie leuchten zu lassen. Katharina leuchtet ziemlich oft. Doch kurz bevor es so weit ist, erscheint es Franzi ganz unmöglich, dieses Licht erzwingen zu können. Völlig abwegig. Franzi nimmt Katharina die Geige aus der Hand und legt sie auf den Boden. Katharina sieht ihr nervös zu. Franzi mag es, grob mit Katharinas Geige umzugehen und zu sehen, wie sie das besorgt. Katharina ist sich nicht sicher, ob sie das mag. Aber sie mag, wie Franzi sie küsst und streichelt, sie mag den Griff um ihren Hals und den Kniff in ihre Brust. Sie kniet vor Franzi, die jetzt auf dem Sofa hingestreckt ist, sie steckt den Kopf zwischen ihre Beine und bewegt ihn da, dass Franzi seufzt.

Marius betrachtet die beiden Frauen und kann sich nicht entscheiden, welche er schöner findet. Das Gute daran ist: Er braucht sich nicht zu entscheiden. Marius öffnet seine Hose und umfasst sich selbst. Er umfasst sich selbst, den Blick auf Franzis großen Busen gerichtet. Zwei Frauen, eine blond, eine dunkelhaarig, eine schmal, eine kurvig, beide ineinander versunken und für Marius verfügbar. Er könnte da jetzt hingehen, er könnte sie anfassen und alles Mögliche mit ihnen tun. Er muss das aber nicht. Er kann auch hier sitzen bleiben und schauen. Und schauend besitzen. Pornobabes, denkt er. Es zuckt mit dem Wort in seinem Kopf auch sein Schwanz. Und es ist ihm etwas flau im Magen dabei. Frauen als Sextoys zu denken, Frauen als besitzbare Objekte, empfindsame Leiber, wenig mehr, Frauen als Verlängerung seines eigenen Verlangens, Frauen also ausschließlich passiv, reaktiv, Frauen so zu denken in einem Wort, einem Bild, sorgt für Aktivität in seinem Unterleib seit jeher. Und macht ihm ein schlechtes Gewissen.

Eine farblose Mischung aus Protestantismus und Feminismus prägte das Lehrerehepaar-Haus in der Nähe von Münster, dem er entstammt. Nachsichtige Verachtung für Sinnenfreuden und rabiatere für die Domestizierung der Frau in ihrer Rolle als Sexualobjekt. Im Grunde genommen auch leichte Verachtung für Mann und Männlichkeit. Oder Aggressivität oder beides.

Marius' Vater genoss die Stärke seiner Frau und die damit verbundene Erlaubnis, selbst schwach zu sein. Marius' Vater zog einen Teil seines intellektuellen Selbstbewusstseins aus der Tatsache, dass er nicht auf pralle Titten, rote Lippen, schwarze Strapse und dergleichen ansprang wie die vielen Männer, die dem Tier in sich näher waren als ihrer Menschlichkeit. Marius' große Schwester verlangte Bewunderung, Respekt, Aufmerksamkeit, Anerkennung, Schutz und Sicherheit von dem Mann, der an ihrer Seite gehen durfte, ohne ihm allzu viel dafür geben zu wollen. Sie behauptet etwas anderes, aber Marius ist sich sicher, sie hat das Jurastudium mit dem klaren Ziel begonnen, sich einen erfolgreichen Juristen zu angeln. Jetzt ist es doch bloß ein Lehrer geworden, so ist das Leben, es ist kein Geld da für ein Au-pair-Mädchen oder eine Haushaltshilfe und die Prinzessin ist schneller zur Magd geworden, als sie jemals befürchtet hätte.

Zerbombte Träume, denkt Marius, säumen den Weg, auf dem wir ins Ungewisse gehen. Ob schnell oder langsam, spielt keine Rolle, denn die Geschosse sind unberechenbar. Manchmal allerdings, und das fällt ihm jetzt ein, wo er Franzi in Katharina versunken sieht, manchmal findet sich in den Ruinen der ausgebombten Träume ein Wunder, das ohne die Explosion niemals ans Tageslicht gelangt wäre.

Marius' kleine Schwester beißt sich ohne erkennbares Privatleben als Frau durch die männlich geprägte chemische Forschung. Marius vermutet, dass sie lesbisch ist und es nicht sagen möchte, weil sich dann zwangsläufig die ganze Familie vorstellen würde, wie sie es mit einer Frau, wie sie es also überhaupt treibt. Franzi hingegen hält die kleine Schwester für enorm heterosexuell, aber zu sehr um ihre Stärke bangend, als dass sie sich einem Mann hingeben könnte.

So oder so herrschte der Ausnahmezustand in dem Lehrerehepaar-Haus in der Nähe von Münster, als sich im Zimmer des präpubertären Sohnes ein *Playboy* fand. Entsetzen, Sorge, Indoktrination. Und Verachtung, als er im Sommer am Meer ab und zu einen Steifen hatte, wenn er sich mit seinen Schwestern balgte.

Jede Steife erschlafft, denkt er daran, also konzentriert sich Marius auf Franzis Brüste, jetzt und hier.

Franzi sieht in den Raum und lacht lautlos. Es dreht sich alles um ihre Klitoris gerade. Katharina tut, was sie soll, mit der geilsten Zunge der Welt. Marius schießt sich auf Franzis Busen ein. Paulines vertrauter Blick ruht auf Franzis Gesicht. Franzi lacht lautlos. Hier dreht sich alles um ihre Klitoris gerade. Franzi blickt in den Raum, bis er vor ihren Augen verschwimmt. Es gibt Explosionen, die kein Mensch sieht.

Pauline blickt gedankenverloren auf Franzis Busen, der auf und ab wogt wie das Meer.

Ob das Meer auch in Bewegung gesetzt wird durch eine magische Zunge, die es an seinem Grund stimuliert, fragt sich Pauline, die mit ihrem Finger das flüssige Vanilleeis in stilvollen Linien durch die roten Beeren zieht. Gibt es einen Lustantrieb, gibt es eine Stimulation, die das Meer in Bewegung setzt? Es wird doch alles durch irgendetwas bewegt, traut man Aristoteles, außer dem selbst unbewegten Beweger. Wenn man nun nicht mehr an Gott glauben muss wie die Philosophen vergangener Zeiten, dann kann man doch annehmen, dass der unbewegte Beweger ein Verlangen ist, welches alles anschiebt, anheizt, auf die Beine und in Gang bringt. Ein großes, massiges Urverlangen, das allem zugrunde liegt. Es stößt mit seiner unendlich langen Zunge die Erdkugeln an, stößt sie auf ihre Bahnen in ihre Milchstraßen, lässt sie über seine Zungenspitze rollen, dass sie sich für die Ewigkeit drehen, taucht sein Zünglein in die Wasser, dass sie aufgewühlt werden für alle Zeiten, leckt über die Erdoberfläche, dass es wächst und gedeiht.

Und natürlich schafft es Chaos.

Natürlich schafft Verlangen Chaos und Gier und Egoismus.

Marius versenkt sich in Katharina, deren Kopf jetzt auf Franzis Brust ruht, die ihr das Haar zerwühlt und die feuchte Stirn küsst. Hab mich lieb, denkt Franzi auf Katharinas Kopf zu, sei mir nicht böse, sei mir dankbar stattdessen und hab mich lieb.

Ob das große Verlangen manche Orte nicht sorgfältig genug abgeleckt hat, fragt sich Pauline, Rote-Beeren-Kreise in die Vanillesauce ziehend. Ob das Verlangen beispielsweise zu sparsam umgegangen ist mit dem kleinen Örtchen, dem sie entstammt. Es ist sicher nicht leicht, dieses winzige Fleckchen Welt abzulecken, umgeben von Bergen und Wäldern.

Pauline zieht es nicht sehr oft dorthin. Pauline zieht es generell eher ins Zentrum des Verlangens als an seine Ränder. Aber kürzlich, im Januar, ist sie doch da gewesen. Weil sie nicht wusste, wohin sonst, ohne Ann, weil alles egal war, ohne Ann. Dass ihre Tochter Weihnachten in Berlin bei ihren Freunden bleiben wollte, das hatten die Eltern akzeptiert, aber danach wollten sie sie doch gern sehen.

Also ist Pauline durch die Berge, durch den Wald, durch das ganze Land gereist, in ihr altes Heim.

In den Schnee, in das Schweigen.

Sie trug Tränen fiebrig heiß auf ihrer Haut, wenn es draußen fror. Die Augen der Mutter waren trüb wie je. Sie legte den Kopf schief, sie sagte, es käme eine andere, eine Liebe geht, eine andere kommt. Pauline sagte, diese nicht, nein, und du verstehst nicht. Die Mutter seufzte, die Mutter sagte, Pauline sei wertvoll, es käme eine andere, es ginge vorbei, und Pauline kann diese Worte natürlich nicht glauben aus dem Mund der Mutter, für die gar nichts vorbeigeht.

Ihre Mutter hatte sie zwei Jahre lang gestillt, ganze zwei Jahre, und das war eine gute Zeit, sagt ihr Vater. Der Keller ist voll von Bildern, die damals entstanden, auch bei Freunden hängen welche und in der Praxis. Sie hat den ganz kranken Kindern sogar Farben geschenkt und das Malen gezeigt. Sie waren in Urlaub, immer wieder, obwohl die Praxis gerade erst eröffnet und kein Geld da war. Die Mutter trug Pauline mit sich herum, legte sie an die Brust und war ganz geöffnet für alles.

Irgendwann muss aber jede aufhören mit dem Stillen und dann wurde es, wie es vorher war oder schlimmer. Manchmal war die Mutter eine großartige Mutter, die Masken für Fastnacht bastelte oder Kastanientiere, Weihnachtskrippen, Blumenschmuck. Die ganze Welten auf ausgeblasene Eier malte und eifrig die Osterkörbchen suchte, die sie selbst versteckt hatte. Die das Shampoo, das sie kaufte, in der Drogerie in Geschenkpapier einwickelte, um es zu Hause mit Freuden auspacken zu können. Öfter allerdings war die Mutter reglos. Die Mutter hat viel geschlafen, wirklich viel. Sie sollte sich ein bisschen zu ihr legen, hatte der Vater zu Pauline gesagt, der arbeiten musste in der Praxis für zwei, sie sollte ihr das Essen ans Bett bringen, sie sollte sie bitten, zu essen, und sie sollte sich ein bisschen zu ihr legen. Das täte ihr gut, der Mutter, wenn jemand da sei, bei ihr. Doch Pauline hatte nicht den Eindruck, als spürte die Mutter ihre Anwesenheit. Sie selbst war nämlich abwesend. Pauline hatte versucht, sie zu erreichen, wenigstens einen Fetzen von ihr zu erwischen, doch es gelang ihr nicht. Sie schmiegte ihren Kopf an die Brust der Mutter, die auf dem Rücken lag und nicht da war. Sie drückte ihr Gesicht an die Schulter der Mutter, die auf dem Bauch lag und nicht da war. Sie schlang ihre Arme um die Mutter, die auf der Seite lag, abgewandt.

Einmal, als es ihr gut ging, fragte die Mutter Pauline, ob sie sich für einen Jungen interessiere. Pauline erklärte, sie sei lesbisch.

Die Mutter schlug vor: Bring doch deine Freundin einmal mit. Pauline erwiderte, sie habe keine. Die Mutter sagte: Wie schade.

Es gab wirklich keine Frau damals. Es gab zwei Jungen, mit denen Pauline zusammen war, jeweils ein paar Monate. Lesbische Frauen fand Pauline nicht. Es gab allerdings die Lateinlehrerin in der fünften Klasse. Grauschwarze Locken, weiche Stimme, blaue Augen, blasse Haut, Ruhe und Intelligenz. Pauline war sehr gut in Latein, ihre Eltern freuten sich, es war wohl richtig gewesen, sie auf ein humanistisches Gymnasium zu schicken.

Nach zwei Jahren bekam sie eine neue Lateinlehrerin und ihre Leistungen rutschten ins Ausreichende ab.

Pauline kam sich fehl am Platz vor in diesem Januar in diesem kleinen Örtchen, das ihr heimatlich, zumindest bekannt scheinen müsste. Der Vater arbeitete viel – sie war einmal mit in der Praxis, es war schön dort, sehr bunt und gemütlich –, die Mutter saß in ihrem Sessel, lag in ihrem Bett, las und sprach selten. Sie sah manchmal Pauline an und sagte: Du bist unglücklich, Pauline, wenn ich bloß etwas für dich tun könnte.

In der Stadt lag Schneematsch, die Menschen trugen Kleider in Pastellfarben und sprachen auf diese seltsame Weise. Die Kassiererinnen in den Geschäften plauderten mit ihren Kundinnen, Pauline grüßten sie nicht.

Pauline grüßte allerdings auch nicht.

Man konnte Blockbuster im Kino sehen, die Pauline nicht kannte, oder schwere, alkoholgetränkte Torten in den Cafés essen. Die Schaufenster waren so mit Skiern und Snowboards überfüllt, dass es Pauline schauderte. Die Stadt war ruhig und überschaubar.

*

Franzi und Marius lungern auf dem Sofa herum, die nackte Katharina wärmend zwischen sich. Pauline fängt an, leise den Tisch abzuräumen. Ziemlich bald läuft Franzi ihr nach, in Marius' Hemd gehüllt, mit Gläsern in der Hand. Pauline, vor der Geschirrspülmaschine, nimmt sie ihr ab.

»Du kannst Katharina auch anfassen, wenn du willst«, sagt Franzi. »Immer.«

»Ja«, sagt Pauline. »Danke.«

Sie weiß nicht, wie sie eine anfassen soll, die sie kaum kennt, und warum.

»Du brauchst mir nicht zu helfen. Ich räume alles auf«, sagt Pauline.

Franzi lächelt. »Das musst du nicht.«

»Ich möchte das«, erwidert Pauline von der anderen Seite der Geschirrspülmaschine aus.

Franzi lächelt noch etwas mehr.

»Na gut«, sagt sie. Sie streckt die Hand aus, legt sie auf Paulines Wange. Sie beugt sich vor und küsst ihren Mund. »Danke.« Franzi lächelt und geht. Was habe ich da getan, schießt es ihr blitzgleich durch den Kopf, während sie nach Luft schnappt, aber es war doch gut. Pauline fasst sich mit dem Zeigefinger an die geküssten Lippen, dann verstaut sie die Gläser in der Spülmaschine.

*

Franzis Eltern hatten ebenfalls Sehnsucht nach ihr, nachdem sie Weihnachten gefehlt hatte. Im Februar war Franzi, unterstützt von Pauline, in den Kölner Reihenhausvorort gefahren, dem sie entstammt. Die beiden Schwestern hatten die Eltern ebenfalls einbestellt, damit die Familie wenigstens jetzt einmal komplett zusammenkäme, es sei doch so wichtig, dass man ab und an beieinander sei, dass auch die Schwestern sich sähen, es sei doch so wichtig, sich nah zu bleiben, als Familie.

»Wenn ich muss, komme ich mit«, hatte Marius gesagt, und Franzi hatte abgewinkt. Einzeln mochte Marius Franzis Familienmitglieder. Aber alle zusammen waren ihm etwas zu anstrengend. Und ihn beängstigte die Überzahl von Frauen in Franzis Familie ebenso wie in seiner eigenen.

Franzi hielt es sowieso für sinnvoller, Pauline mitzunehmen. Pauline musste in Bewegung gebracht, abgelenkt, aufgeheitert und in neue Kontexte gesetzt werden. Pauline sollte unter keinen Umständen ein ganzes Wochenende allein in der Kreuzberger Wohnung verbringen. Pauline musste von zu viel Alkohol fern- und vom Kopf-gegen-die-Wand-Schlagen abgehalten, außerdem zum Aufstehen und zum Essen gedrängt werden.

Den Reihenhausvorort zu besichtigen verbot Franzi Pauline. Der Reihenhausvorort wecke Mordimpulse, sagte sie, und das schon immer, wie man an dem Sprung im Fenster ihres Kinderzimmers sehen könne.

Pauline fand Köln nett. Kein einziger Ort, an dem sie mit Ann gewesen war, keine Straße, keine U-Bahn, kein Bus, die zu ihr hinführten, keine Studenten, die womöglich die ihren waren, keine Frau, die zu ihrem Mann Z. gehören könnte, keine Ecke, um die sie in dieser Sekunde biegen, kein Auto, dem sie entsteigen könnte – Köln als annfreie Zone und also Mekka der Entspannung.

Franzi hingegen schimpfte lautstark auf ihre Heimat. Spießig, klein, provinziell und nennt sich Großstadt. Klar, dass Franzi nicht positiv auffiel bei ihren alten Freunden.

Ihre Familie fand Franzi nicht weniger furchtbar. Die Mutter hatte ihre Praxis aufgegeben, weil sie nach weit über dreißig Jahren keine Lust mehr hatte, die Rückenschmerzen von Menschen zu lindern, die ja doch nichts an den Umständen änderten, die sie krank machten. Jetzt ging sie vor Langeweile ein. Der Vater zog es vor, möglichst spät erst das Büro zu verlassen, was ihre Laune aber in keinster Weise besserte. Am Wochenende wurde abgerechnet. Die Eltern stritten von morgens bis spätnachmittags und vertrugen sich abends beim dritten Glas Wein.

Franzi vermittelt zwischen ihren Eltern, seit sie sich erinnern kann. In den letzten Jahren war sie zur dringenden Empfehlung einer Scheidung übergegangen. Sie mag beide, sie glaubt auch, dass die Mutter den Vater und der Vater die Mutter liebt, aber Liebe allein reicht eben in der Regel nicht aus für eine harmonische Beziehung, die über die erste Zeit der kopflosen Verliebtheit hinausgehen soll. Die Kombination aus Liebe und Kindern kann Grund zum Aushalten sowie Ausrede vor sich und der Welt sein, aber im Rentenalter, so findet Franzi, ist es höchste Zeit, sämtliche Besser-als-Nichtse zu entsorgen und noch einmal Glück als machbar zu denken.

Vor allen Dingen aber ging Franzi ihre große Schwester Sonja auf die Nerven.

Früher hatte Franzi die sieben Jahre Ältere angebetet. Ganz früher hatte Sonja große Freundinnen gehabt, die entzückt von der kleinen Franzi gewesen waren. Sie spielten Vater-Mutter-Kind mit Franzi als Kind. Sie spielten auch Hexen mit Franzi als Opfer. Und Piraten mit Franzi als Schatz. Manchmal reichte es Sonja, sie sprach ein Machtwort, schnappte sich Franzi und kehrte den anderen den Rücken. Denn Franzi war ihre kleine Schwester und es war eine große Gnade ihrerseits, die anderen mit ihr spielen zu lassen. Mit Gnade sollte man allerdings nicht um sich werfen, sonst schwindet die Dankbarkeit der Beschenkten und ehe man es sich versieht, nehmen sie einen gnadenlos aus.

Doch hauptsächlich kann sich Franzi an Sonja als junges Mädchen erinnern, während sie selbst noch Kind war. Ihre Freundinnen fanden Franzi immer noch süß und zudem umgab sich Sonja jetzt auch mit Jungen, groß, stark und schön, die Franzi hochhoben und durch die Luft wirbelten.

Franzi nutzte jede Gelegenheit, um in Sonjas Zimmer zu gelangen. In die Zentrale der Mädchenwelt. Der weiten, bunten, lichten, geheimnisvollen, glänzenden, begehrten, angenehm beängstigenden Mädchenwelt. Es gab hier nichts Schmutziges. Es gab nichts Schlichtes. Es roch süß und blumig. Wie Bonbons essen in verwilderten Gärten. Alles war in den Farben Rosa, Weiß, Lila und Beige gehalten. Auf den Regalen standen bunte, glitzernde Flakons mit kostbaren Flüssigkeiten darin. Sonja besaß Röcke in gewagten Schnitten und glatte, glänzende, durchsichtige Strümpfe. Sie hatte Unterwäsche mit Blumen und Spitzen. Manchmal stellte sie blaue Wasserflaschen mit rosafarbenen Schriftzügen irgendwo ab. Auf dem Boden lagen oft achtlos abgestreifte Prinzessinnenschuhe mit filigranen Absätzen. An den Wänden hingen Spiegel in verschnörkelten Rahmen, die den Raum seltsam weiteten, und die Bilder schöner, erwachsener Männer und Frauen. Sonja hörte von morgens bis abends lebendige Musik in einer fremden Sprache. In kleinen Schatullen verwahrte sie Perlen, Edelsteine, Silber und Gold. In die unterste Schublade ihres Schreibtisches schloss sie ein geheimnisvolles Buch ein, in das sie mit türkisfarbener Tinte Vertrauliches schrieb.

Dass sie nicht Teil dieser Welt ist, bereute Franzi damals noch – jetzt ist sie heilfroh darüber. Außer in wenigen Ausnahmesituationen, an den ersten Tagen ihrer Periode beispielsweise, nach einer langen Schicht im Café oder nach zu viel Zeit ohne Sex. Dann wünscht sie sich sich selbst geschmeidiger, niedlicher, sanfter. Mehr wie Zuckerwatte oder Sahne-Frucht-Cocktails. Sie redet sich dann ein, irgendetwas würde dadurch einfacher, obwohl sie weiß, es wäre nicht so.

Franzi tat alles für ihre große Schwester. Sie färbte ihr Haar. Sie half nachts Sonja aus dem Fenster hinaus oder Jungen durch das Fenster hinein. Sie erbettelte von der Mutter Geld für Bücher, angeblich, das sie dann ihrer Schwester gab. Sie klaute sogar teure Lippenstifte und Cremes für sie, damit sie weiterhin so schön bliebe und immer schöner werde, so lange, bis sie erwischt und von einem dicken Mann in einem grauen Raum gefangen gehalten wurde, bis die Mutter sie endlich abholte. Die Eltern waren sehr ernst und gingen ihr am Abend stundenlang mit Vorträgen auf die Nerven über Eigentum (die Mutter hielt sehr viel weniger von diesem Wort als der Vater), Gesetze (dem Vater erschienen diese sinnvoller als der Mutter), Strafen (die der Vater für notwendig, die Mutter für faschistoid erachtete), Markwirtschaft (die die Mutter ebenso wenig verstand wie Franzi).

Jetzt allerdings war Sonja vierunddreißig und immer noch das Mädchen aus Franzis Kindheit, was, wie Franzi fand, auf ein erschreckendes Manko an Entwicklung schließen ließ. Sonja trug ihr braunes Haar immer noch blond (ließ es sich allerdings inzwischen vom Friseur statt von ihrer kleinen Schwester färben), hatte immer noch diese niedlichen Perlenstecker in den Ohren und die zierlichen Ringchen an den Fingern und trug immer noch plüschige rosa Pullover. Sonja arbeitet als Redakteurin für den WDR (worauf sie sich laut Franzi viel zu viel einbildet, wenn man bedenkt, dass sie über Trends, Fashion, Starlets berichtet). Ihr Mann (in blauem Hemd zu beigefarbenen Hosen) ist ihr Chef und die beiden hatten vor kurzem ein entzückendes Wunschkind bekommen, das jetzt in einem sportlichen Kinderwagen der Familie vorgeführt wurde. Es war wirklich süß und es hatte zum Bedauern von Mama und Oma sein erstes Weihnachten ohne Tante Franzi feiern müssen.

»Wie kann man bloß so ein spießiges, dummes Leben führen?!«, fragte Franzi in die rauchgeschwängerte Luft, als sie nachts mit Pauline zusammen eine letzte Flasche Wein in ihrem alten Kinderzimmer zwischen bunten von der Decke baumelnden Tüchern und Postern von den Ärzten, Campino und Brad Pitt leerte.

»Lass sie doch sein, wie sie will«, erwiderte Pauline.

»Wie könnte ich! Sie hat nichts als Geld und Karriere im Kopf. Das Kind ist doch auch nur da, weil Frauen wie Sonja Anfang dreißig besser aussehen, wenn sie samstags einen Kinderwagen durch die Fußgängerzone schieben!«

»Deine Schwester ist nett und friedlich«, wandte Pauline ein, Franzi verdrehte die Augen. »Sie lebt ihr Leben und lässt dich deines leben. Du hingegen bist aggressiv und spielst dich als Missionarin auf.«

»Natürlich lässt sie mich mein Leben leben!« Franzi griff nach Paulines Zigarettenpäckchen, Pauline entriss es ihr, Franzi zündete sich ihren letzten Zigarillo an. »Sie weiß ja auch, dass mein Leben richtiger ist als ihres!«

»Warum urteilst du über andere Menschen? Warum arbeitest du nicht an deinem eigenen Leben, anstatt das der anderen zu kritisieren?«

»Weil die Welt, in der ich lebe, mein Leben prägt. Diese Welt wiederum wird auch durch das Leben der anderen, zum Beispiel durch das meiner Schwester, beeinflusst. Weshalb ich an meinem Leben arbeite, indem ich ihres kritisiere. Und seit wann bist du so gleichgültig?«

»Ich habe Sehnsucht nach Ann«, seufzte Pauline. »Wer mir nicht den Kopf verdreht, mich monatelang verprügelt, um mich anschließend telefonisch zu entsorgen, der ist mir sympathisch.«

An ihrem letzten Abend in Köln weihte Franzi ihre Familie spontan in die Beschaffenheit ihrer Lust ein, weil ihr die ewige Heimlichtuerei schon lange auf die Nerven ging. Und weil, wie sie findet, an der eigenen Diskriminierung mitarbeitet, wer nicht zu sich steht.

Der Vater grinste immerzu und schenkte sich nach. Die Mutter wollte alle Gefahren ausschließen. Ob es nicht etwa so sei, dass Marius Franzi mit Katharina betrüge, und um besser damit zurechtzukommen, mische sie mit? Ob sie sich ärztlich behandeln ließen, wenn sie ernsthaft verletzt seien? Ob sie denn überhaupt jemals ernsthaft verletzt seien? Was sie unter »ein bisschen verletzt« verstünden? Ob Franzi Katharina Schaden zufüge? Ob man gegen diese Ann rechtlich vorgehen könne? Ob das etwas mit Franzis Kindheit zu tun habe? Ob sie selbst etwas falsch gemacht habe?

Katja, die kleine Schwester, fragte nur: »Macht dich das glücklich?«, und als Franzi bejahte, umarmte sie sie.

Franzis Liebe zu Katja ist in den letzten Jahren nicht schwächer geworden. Katja und Franzi hatten sich früher, in der ersten Wohnung der Familie, ein Zimmer geteilt. Als sie in dem neuen Haus jeder ein eigenes hatten, schliefen sie trotzdem noch jahrelang gemeinsam in einem Bett. Entweder Franzi las ihrer Schwester nachts Geschichten vor, las ihr die letzte Geschichte neben ihr liegend, ihr heißes Gesichtchen auf der Brust spürend, vor und stand nicht mehr auf, oder Katja schlich zu später Stunde zu Franzi und kroch vorsichtig unter ihre Bettdecke, bemüht, sie nicht zu wecken, und gleichzeitig ihre feste Umarmung erwartend. Unzählige Regensonntage lag Franzi hinter Katja im Bett, ihren Körper an den der Schwester geschmiegt, das irrsinnig weiche Haar auf den Wangen, mit den Fingern darin wühlend, den warmen, weichen Nacken vor sich, ihr Atem an dem warmen, weichen Nacken, kleine Härchen, die sich aufstellten, den schmalen Körper fest im Arm, im Griff, das kleine Herzchen unter der eigenen Haut pochen hörend – so lag Franzi hinter Katja im Bett und erzählte ihr Märchen über Prinzessin Franzi und Prinzessin Katja. Wie sie in herrschaftlichen Kutschen durch den Wald fuhren, wie allerlei Schurken, menschlich und fantastisch, sie angriffen und Prinzessin Franzi die kleine Schwester sowie den Kutscher und die Leibwächter verteidigte, wie sie des Abends entgegen aller Erwartungen doch noch lebendig und halbwegs unversehrt ihr Schloss erreichten, wo ihnen in den weiten Hallen Prinzessin Sonja schluchzend vor Sorge entgegenlief. Wie Prinzessin Sonja dann in der Nacht weinend am Bett von Prinzessin Franzi erschien, um ihr zu melden, dass die böse Zauberin Prinzessin Katja gestohlen habe. Wie Prinzessin Franzi postwendend einen Trupp aus tapferen Rittern zusammenstellte und mit wilden Pferden in die Nacht hinausstürmte, ihre Schwester zu retten.

Katja war sehr kränklich als Kind gewesen, war es immer noch. Franzi hatte Zaubertees aus Hexenkräutern für sie gebraut und seltene Früchte aus fernen Ländern von verwegenen Abenteurern bringen lassen. Sie war außerdem nicht zuletzt deswegen halbwegs gut in der Schule gewesen, weil sie davon ausging, alles Gelernte früher oder später der kleinen Schwester beibringen zu müssen, die oft den Unterricht verpasste.

Jetzt hatte Katja das Jurastudium, das sie nach ein paar Semestern Literaturwissenschaft begonnen hatte, abgebrochen, um eine Lehre zur Tischlerin zu beginnen. Eltern und Schwestern waren vereint in ihrer Sorge um Katjas berufliche Zukunft. Was, wenn sie niemals etwas fertig bekäme, wenn sie gar nichts machte, und kann man von der Tischlerei überhaupt leben. Pauline wiederum hielt Katja für äußerst gewissenhaft.

Sonja zischte später im Bad, während die vier Mädchen sich gemeinsam die Zähne putzten, Franzi zu: »Es ist verantwortungslos, den Eltern so etwas zu erzählen. Wenn du dein Leben mit Höher-weiter-schneller-Sexspielen verschwenden willst und unbedingt alles ausprobieren möchtest, dann ist das deine Sache. Aber du musst die Eltern nicht beunruhigen!«

Franzi gab Unflätiges zur Antwort.

Als Katja, Pauline und Franzi in dem vernebelten Kinderzimmer eine letzte Flasche Wein entkorkten, flüsterte Katja: »Wisst ihr, ich glaube, sie ist auch so wie ihr. Als ich einmal bei ihr übernachtet habe, habe ich Handschellen in ihrem Schlafzimmer gesehen mit rosa Plüschbezug und auch Klammern mit Strasssteinchen.«

Die Mädchen kugelten sich, Campino stierte dem Feind im bürgerlich-nüchternen Lager aggressiv entgegen und es wehten sanft die indischen Tücher.

*

Pauline räumt wirklich die ganze Küche auf. Sie schaltet die Spülmaschine an, packt die übrig gebliebene Lasagne in den Kühlschrank, macht die Auflaufform sauber. Dann schnappt sie sich eine Flasche Grappa und geht zurück ins Wohnzimmer. Dort sitzt die nackte Katharina auf dem Schoß der nackten Franzi, auf dem roten Sofa vor den dunklen Fenstern. Die Frauen bewegen ihre Becken in einem Rhythmus, der aus ihrem Innersten kommt, sie verbeißen sich ineinander, sie halten sich aneinander fest. Franzi kann nie genug bekommen von den weichen weichen Lippen Katharinas. Marius' Lippen wirken dagegen auffallend hart, und auch das ist interessant.

Franzi greift mit ihren großen Händen in Katharinas weiches, feines, langes Haar, sie zieht ihr den Kopf zurück, in den Nacken, so dass sie in ihren Hals beißen kann. Und in ihre kleinen, hellen Brustwarzen auf den kleinen, weißen, erstaunlich weißen Brüsten. Sie beißt in Katharinas Brustwarzen, die ihr Schambein heftig gegen das ihre stößt. Sie wirft Katharina von ihrem Schoß, zu Boden. Sie steht breitbeinig über der Hingestreckten, den weichen Körper zwischen den Beinen, die offenen Lippen, die spitzen Brustwarzen und ihr ist schwindelig. Konzentriere dich, denkt sie, aber vergiss nicht, dass du glücklich bist. Sie spuckt auf Katharina herab. Sie sieht Katharina die Augen schließen, die schwarzen Wimpern auf die weiß-violette Haut legen, die Nasenflügel blähen. Sie kniet sich hin, drückt ihre Knie in die Seiten der Liegenden, leckt den eigenen Speichel von ihrer Wange. Reißt ihr die Beine hoch, auseinander. Beißt in das flüssige Fleisch dazwischen. Beißt in Katharinas flüssiges Fleisch, dass die sich aufbäumt, dass sie den Hintern emporstreckt und sich weiter verflüssigt. Franzi legt die fremden Beine zu Boden und verschwindet mit ihren Fingern im Nass. Sie saugt sich an Katharinas weichem Mund fest, während ihre Brüste Katharinas Brüste treffen und ihre Finger zum Kern ihres Vergnügens vorstoßen.

Franzi lebt.

Pauline lehnt in der Tür, nippt am Grappa und mustert die beiden schönen Frauenkörper, die sich gegenseitig in Brand setzen. Sie kennt Franzi schon so lange und in letzter Zeit sieht sie ihr immer öfter beim Sex zu. Es ist seltsam. Manchmal dreht Franzi sich in der Küche zu Pauline um, während sie gerade Tomaten wäscht beispielsweise oder Basilikum hackt, und ihr Blick macht Pauline ganz kribbelig im Bauch. Manchmal sagt Franzi etwas in ihrem energischen Tonfall, der in letzter Zeit genussvoller wirkt, und Pauline sieht ihre eigenen Armhärchen sich aufstellen. Aber Franzi nackt, Franzi in erotischer Aktion – das berührt Pauline nicht im Geringsten. Ganz im Gegenteil spürt sie, wie sie unberührbarer wird, je intensiver sich Franzi und ihre Gespielen ihrer Lust widmen.

Die Musik ist aus. Pauline genießt die dunklen Laute der beiden Frauen. Sie hätte gern, dass Franzi Katharina schlüge, dass eine Frau einer anderen wehtäte, und fürchtet sich gleichzeitig davor, denn es würde sie sehnsüchtig machen. Ann blitzt auf und wird in Grappa ertränkt. Ann steckt den Kopf aus dem Grappa-Teich und Pauline gießt nach. Bekanntlich kommen Ertrinkende dreimal an die Oberfläche, bevor es mit ihnen vorbei ist.

Marius betrachtet das alles vom großen Esstisch aus. Ein Glas Wein in der Linken, einen Zigarillo in der Rechten. Marius und Franzi haben an Silvester tatsächlich mit dem Rauchen aufgehört. Seitdem rauchen sie Zigarillos, fünf bis zehn Stück am Tag. Wer wollte den ersten Stein werfen.

*

Pauline hätte sich Silvester gern in einem Wodka-See ertränkt und anschließend im Landwehrkanal, aber Franzi ließ das nicht zu.

Franzi, Pauline und Katharina erschienen bei Marius zum feudalen Abendessen. Krabben, Austern, später Perlhuhn in einer Essig-Weißwein-Sauce. Dazu Champagner von Aldi. Das hatte sie allesamt in den vorläufigen Ruin gestürzt, obwohl sich ihre finanzielle Lage durch die weihnachtliche Unterstützung der Eltern eigentlich gebessert hatte.

Serviert wurde von Katharina. Nachdem sie das Hauptgericht aufgetragen hatte, sagte Marius: »Zieh dich doch bitte aus, Liebste.« Etwas in ihrem Gesicht verrutschte, als sie Marius' Worte vernahm. Ihre Gesichtszüge verließen ihren angestammten Platz, ohne zu wissen, wohin sie wollten. Es schienen sich Worte in ihrem Hals bereit zu machen, verlautbar zu werden, doch sie fanden den Ausgang nicht. Es bewegte sich etwas in ihrem Körper, tief drin, was sich nicht in Gesten fortsetzte. Das dauerte ein paar Sekunden höchstens. Die anderen warteten in aller Ruhe, wobei es bis zur Unerträglichkeit still geworden war, so dass es einem kaum gelang, die Luft einzuatmen, die fester geworden war und heißer in diesen Augenblicken. Auch die Gesichtszüge der anderen schienen unruhig zu werden, bereit für Wanderungen in unbekanntes Gebiet, aber es galt, die Gier zurückzuhalten, um kalter Miene die Beute zu betrachten. Katharina zog sich ihr blaues Kleidchen über den Kopf, schlüpfte aus schwarzem Slip und schwarzen Strümpfen, setzte sich wieder. Es wurde in aller Ruhe weiter geschmaust.

Beim Dessert kommandierte Franzi Katharina auf den Boden, zwischen ihre Beine, während sie mit Pauline über Knast und Theater sprach. Klar, dass sie auf diese Weise nicht kam. Zum Kaffee legte sie Katharina über den Tisch und fickte sie mit der Verhaltenheit, der angestrengten Ruhe, der konzentrierten Kälte, die sie alle eingeübt hatten in der letzten halben Stunde. Ihre Wirkung, die Tatsache, dass sie ganz kühl war und dabei enorme Wirkung zeigte, die gewaltige Vergrößerung, die ihre knappen Bewegungen im exaltierten Stöhnen, Zucken, Sich-Aufbäumen Katharinas fanden, all das verdrehte ihr den Kopf. Es gab eine Explosion, die die ihre war, aber nicht in ihr stattfand. Das Schlachtfeld war Katharina.

Ins neue Jahr wurde Katharina von Marius und Franzi hineingeschlagen, breitbeinig an der Wand stehend, während Pauline auf dem roten Sofa liegend die Augen schloss und auf das Gemisch aus Schlägen und Raketen (Bomben, Schüsse, Folterkeller) lauschte, bis Katharinas Stöhnen die Schläge ersetzte. Krieg in der Stadt und hinter brennenden Vorhängen wird gevögelt.

Marius erlag, während er Katharina schlug, einer dieser zwanghaften Vorstellungen, die in seinem Kopf herumlungern, um ihn von Zeit zu Zeit spontan anzufallen. Er bildete sich ein, seine Peitsche schnitte Katharinas Haut auf und er schlüge rotes Blut aus ihrem weißen Fleisch. Es flog bei jedem Schlag Blut in weiten Bahnen durch den Raum, weiße Fleischfetzen jagten ihm nach.

Er ist nicht in der Lage, solche Vorstellungen abzuschütteln, sie gehen erst dann, wenn sie es wollen. Also setzte er sich und überließ Franzi die Peitsche.

Danach versuchte Pauline, sich tot zu stellen oder wenigstens betrunken oder schwer krank, doch es half nichts.

Die Frauen-SM-Party, auf die Franzi Pauline schleifte, fand in einem Club statt, der sich auf einem ausgedehnten Fabrikgelände befand. An dessen Eingang standen Sulkys bereit, um die Gäste zum Ort des Geschehens zu fahren. Wesen von männlicher Statur, in einem Ganzkörperanzug in Pferdefellfarben, mit einer Maske samt Ohren und Mähne auf dem Kopf sowie einem langen Schweif am Arsch zogen kleine Zwei-Personen-Kutschen, mit hölzernen Bänken auf großen Rädern. Franzi spürte Strom durch ihren Körper jagen, der sich aufrichtete, aufplusterte, straffte, während sie neben ihrer Kutscherin dem Menschgaul hinterher über den holprigen Boden fegte.

Pauline hatte Angst, sich falsch zu halten und aus dem Wagen zu fallen, das zweibeinige Pferd zu verletzen.

Der Club lag direkt an der Havel; dunkles Wasser, in dem bunt die Feuerwerke glitzerten, die immer noch und pausenlos an Berlins taghellem Nachthimmel zerbarsten. Am Wasser standen Pavillons für Raucher und Verliebte.

Es feierten neben weiblichen Kerlen und kerligen Weibern in schwarzer Lederkluft großbusige Luxusweiber in ausladenden Gewändern, flachbrüstige Diven mit Bart, hellstimmige Jungs im Frack, Gestalten im Umbruch und Wesen an der Schwelle, Schönheiten in knappen Kleidern und Ungetüme in viel zu wenig Stoff, Verlockendes und Unansehnliches in klassischem Lack-Latex-Look. Es gab aber auch Zigeunerinnen mit kohlschwarzem Haar und bunten Kleidern, eine Frau in Dessous mit Rabbikappe, Meerjungfrauen und sogar eine junge Braut in Weiß, der ein blauer Riesendildo aus dem Kleidchen ragte, an der Hand einer Grauhaarigen mit Gehrock und Peitsche.

Pauline trug das bordeauxrote Kleid aus Samt, das ihr Ann geschenkt hatte und das Franzi am liebsten schon nach Weihnachten verbrannt hätte. Franzi wiederum hatte ihre Rundungen in ein schwarzes Wickelkleid gehüllt, das volle, dunkle Haar fiel ihr offen auf den breiten Rücken und ihre Lippen hatte sie so weinrot angemalt wie die von Pauline.

Peaches heizte lautstark die Stimmung auf. Das Buffet war schon ziemlich verwüstet, aus der Bar klang Lebendigkeit. Auf dem Weg dorthin kamen Pauline und Franzi an einem kleinen Schulzimmer vorbei, in dem eifrig was auch immer unterrichtet wurde. Pauline blieb im Türrahmen stehen. »Komm rein und setz dich!«, herrschte die Lehrerin sie an und Pauline suchte das Weite.

Im Barraum sah Franzi alte Bekannte: Kai hing blutend und dümmlich grinsend auf einem Sofa neben Ara, die high war.

»Hast du das gesehen? Die Rothaarige hat einen Schnitt im Gesicht und einen auf der Schulter!«, raunte Pauline aufgeregt Franzi zu.

»Ja, das nennt man Cutting«, erwiderte diese. »Wir befinden uns in einem Raum voller Sadomasochisten, Süße.«

»Aber sie wird eine Narbe im Gesicht behalten, oder?«

»Nein, wenn man weiß, was man tut, dann sind die Schnitte bald nicht mehr zu sehen. Im Gegensatz zu deinem Piercing.«

Pauline legte die Hand auf ihre Scham. Durch den Stoff ihres Kleides hindurch spürte sie den Stab mit zwei Kugeln, der durch die Vorhaut ihrer Klitoris ging. Anns Besitzanspruch.

»Wie reizend, dich hier zu sehen, meine Liebe!« Pea küsste Franzis Wangen. Ihre platinblonden Locken waren golden bestäubt wie ihre Augenlider, ihr weit ausgeschnittenes Kleid rot wie ihre Lippen, ihre Nägel, die Peitsche, die an ihrem Handgelenk baumelte. Ihre Größe und die Breite ihrer Schultern sind Relikte ihrer vergangenen Männlichkeit. Franzi stellte Pauline vor und Pea schnappte sich beide für einen Rundgang durch die Räumlichkeiten. Sie durchquerten einen verlassenen Klinikraum, schritten an ein paar Käfigen voll edlem Getier entlang, sahen Schweineställe, Beichtstühle, Gefängniszellen. Schließlich standen sie in einem großen, hohen Raum, dessen eine Front, die, die zur Havel zeigte, vollkommen verglast war. Auf einem

Zuchtbock an der anderen Seite saß Nora, die Franzi ebenfalls von früheren Frauenpartys her kannte. Vor ihr standen Tanja und Mo, mit Klammern an den Brustwarzen und den herausgestreckten Zungen.

»Sie lässt sie einen Wettstreit der Submissivität führen«, erklärte Pea. »Am Anfang mussten sie breitbeinig im Nassraum stehend pinkeln, vor Publikum. Tanja gelang das als Erste, dafür bekam sie einen Punkt. Dann mussten sie auf dem Kopf stehen, Schaumküsse fressen, wurden geprügelt – wer am Ende gewinnt, wird von Nora gevögelt.«

»Die andere kann gern bei mir vorstellig werden«, sagte Franzi grinsend. Dabei war ihr gar nicht nach Grinsen zumute. Sie sah die schöne Nora, Anfang oder Mitte vierzig wahrscheinlich, dunkles, halblanges Haar, schlanke Gestalt, enge Bluse, volle Lippen und reglose Mimik. Vor ihr Tanja mit ihrem langen braunen Haar und ihren weiblichen Formen neben Mo mit dunklen Haarstoppeln und knabenhafter Figur. Franzi sah Mo nur von hinten, aber sie erkannte ihre Anspannung, und irgendwie gefiel ihr das nicht. Jede Lust ist anders, aber diese hier beunruhigte sie.

»Dürfte ich dir ein paar erlesene Hiebe mit meiner Lieblingspeitsche anbieten?«, riss Pea sie aus ihren Gedanken.

Franzi machte einen Gegenvorschlag: »Wie wäre es, wenn du dich meiner Freundin annähmst?«

»Mit dem größten Vergnügen!« Pea wandte sich warm lächelnd Pauline zu, die nicht allzu begeistert wirkte.

»Ich weiß nicht, wir kennen uns doch gar nicht – ich bin auch überhaupt nicht vorbereitet ...«, wehrte sie ab.

»Da gibt's nichts vorzubereiten, Pauline!«, entgegnete Franzi, »oder willst du den Rest deines Lebens abstinent bleiben?«

Pauline erklärte sich einverstanden. Pea und Franzi banden sie an ein stählernes Andreaskreuz vor der Glaswand mit Blick auf die Havel. Pea schob ihr Kleid hoch. Franzi stand neben Pauline. Pea strich mit den Peitschenschnüren sanft den kleinen Hintern, die dünnen Beine entlang, stellte feine Härchen auf der weißen Haut auf und schlug dann ein erstes Mal zu. Pauline sah bunte Lichter aus dem Himmel ins Wasser fallen und brüllte. Sie brüllte und sie wand, sie sträubte sich. Franzi und Pea banden sie wieder los, Franzi rannte ihr hinterher aufs Klo.

Pauline lehnte sich heulend an die kalten weißen Kacheln. Franzi war hilflos. »Ich will Ann zurück«, jammerte Pauline, »alles andere tut weh!«

Pea entschuldigte sich bestürzt, als die beiden zurückkamen, sie wollte Pauline nicht wehtun, nicht so. Pauline winkte mit einer fahrigen Geste ab.

»Ihre Herrin ist ihr kürzlich abhanden gekommen«, erklärte Franzi, »ich dachte, du könntest sie aufheitern.«

»Ach Liebes«, seufzte Pea und strich Pauline über die Wange. »Das Schöne ist: Dein Schmerz wird sehr bald schon schwächer werden. Das ist der Lauf der Dinge. Das Schlimme ist: Alle wissen es, bloß du nicht. Es ist eigenartig. Es können sich Katastrophen im menschlichen Leben ereignen, die einfach nie wieder aufhören, einem die Seele zu verbrennen. Liebeskummer hingegen ist ein vergängliches Leid und trotzdem so intensiv.«

»Ich werde mich nie mit einem Leben ohne Ann anfreunden!«, widersprach Pauline.

»Ach, Liebes!« Pea streichelte ihr lächelnd durch das braune Haar (es war länger geworden, von dem Pony keine Spur mehr). »Es geht im Leben nicht darum, immer aufrecht zu gehen. Es geht darum, nach dem Fallen wieder aufzustehen und sich, wenn auch lädiert, auf den eigenen Füßen auszubalancieren. Oder aber liegen zu bleiben und sich in einer Existenz auf dem Boden bequem einzurichten. Du wirst es dir behaglich machen, in deinem Leben ohne Ann, mit deinem etwas zerfledderten Herzen. Das sind doch Kinder oder Langweiler, die mit unversehrtem Herzen durch die Welt marschieren!«

Pauline lächelte. Dass Pea nicht stillzureden war, lag auf der Hand. Pauline, Pea und Franzi tranken ein paar Gläser Sekt miteinander, dann machten die Mädchen sich auf den Heimweg.

»Es tut mir leid«, sagte Franzi, als sie in der S-Bahn saßen.

»Was tut dir leid?«, fragte Pauline. »Dir braucht nichts leidzutun.«

»Doch. Ich habe dich zu einem Spiel überredet, das du nicht wolltest«, fuhr Franzi fort. »So etwas tut man nicht.«

»Ich werde es überleben.« Pauline sah ziemlich mitgenommen aus inzwischen, kleine rote Augen mit Mascara-Schlieren darunter, weiße Haut, trockene Lippen. Franzi legte den Arm um sie und zog sie an sich. Pauline sträubte sich erst, dann gab sie nach, ohne sich zu entspannen.

Was Franzi wirklich gern wissen möchte: wie man Widerstand auflöst, anstatt ihn zu brechen.

Franzi schlug vor, gemeinsam bei Marius zu übernachten. Der lag, als sie ankamen, schon selig schlummernd mit Katharina im Bett, woraufhin sich Franzi wieder in die Küche verzog, um sich die Reste aus den Flaschen einzuverleiben.

»Hast du die beiden gesehen?«, zischte sie Pauline zu. »Sie liegen umschlungen im Bett wie ein Paar!«

»Na ja, Franzi, sie sind ja auch eins«, gab Pauline zu bedenken. Pauline verstand Franzi nicht. Es war ihre Idee gewesen, mit Pauline auf die Frauenparty zu gehen. Man müsse doch als Paar nicht krampfhaft jedes Silvester gemeinsam feiern, hatte sie gesagt, und es müssten doch Marius und Katharina auch einmal die Chance bekommen, ein Fest in trauter Zweisamkeit zu begehen. Alle fügten sich ihrem Willen mit dem Ergebnis, dass sie jetzt wütend ist. Franzis Gefühle sind unberechenbar und inkonsequent.

»Nix da!«, widersprach Franzi. »Sie ist seine Geliebte. Das Paar sind wir!«

Pauline legte den Kopf auf die Arme auf dem Tisch.

»Nenn es, wie du willst, Franzi, jedenfalls lieben sie sich. Und ich weiß nicht, was dich daran stört, denn du gehörst ja dazu!«

»Aber mit mir liegt sie nie und nirgends so da! Mit mir allein würde sie überhaupt nicht in einem Bett schlafen!«

»Weil du das gar nicht willst. Können wir uns jetzt bitte hinlegen?«

*

Franzis Geburtstagsnacht nähert sich ihrem Ende. Nicht mehr lange und es dämmert. Franzi lümmelt mit Katharina im Arm matt und nackt auf dem Sofa, Marius hat sich einen letzten Zigarillo zu einem letzten Schluck Wein angezündet, Pauline summt in der Tür: »Viel Glück und viel Segen auf all deinen Wegen, Gesundheit und Frohsinn sei auch mit dabei ...«

Dann schlurfen sie einer nach dem anderen in Marius' Bett. Je größer dein Bett, denkt Pauline, desto intimer deine Freundschaften.

Pauline träumt, sie sei in dem Ort mit den weißen Häuschen in der Nähe von Malaga. Sie muss irgendwohin, dringend. Sie hat ein ungutes Gefühl dabei, doch sie weiß, sie muss da jetzt hin. Sie läuft am Meer entlang. Es ist stürmisch. Sie geht auf einem schmalen Pfad, das Meer könnte sie jederzeit umwerfen. Sie flieht ins Landesinnere, irrt zwischen Feigenbäumen umher, die mit knorrigen Ästen nach ihr greifen, sie rennt. Sie verläuft sich. Kirchen, Wege, Plätze, Partys, Franzi. Franzi freut sich. Franzi sagt: Schön, dass du da bist, bleib doch. Pauline rennt weg. Franzi zielt mit einer roten Peitsche nach ihr, Franzi schreit: Bleib doch, aber Pauline ist schon längst wieder weg, draußen, auf der Straße, die hinter jeder Ecke ohne Vorwarnung ins Meer übergehen kann. Pauline hat ein schlechtes Gewissen, weil sie von der Party, vor Franzi geflohen ist, aber sie muss woandershin, sie weiß es, obwohl ihr schlecht wird bei der Vorstellung dieses Ortes, auf den sie zusteuert. Das Meer lauert jetzt wirklich hinter jeder Biegung, sie sieht es zwischen den Häusern hervorbrechen, das Dorf ist leck. Pauline gelangt in Anns Wohnung. Im Esszimmer, in der Küche sitzen viele Leute. Unter anderem ihre Mutter und ihre Tante. Sie sind feindselig, allesamt. Du gehörst hier gerade nicht hin, sagen sie ihr, besser du gehst jetzt. Ganz allein, hinaus, dorthin, wo du herkamst, wo der Sturm ist und das gefährliche Wasser. Pauline lässt sich nicht beirren. Sie weiß, Ann ist hier. Ann ist in ihrem Schlafzimmer. Pauline bricht durch die feindliche Menschentraube, biegt nach rechts und steuert das Schlafzimmer an. Direkt vor ihr sind Wäscheleinen voll Kleidung quer durch den Raum gespannt. Dahinter, das weiß sie, das sieht sie vage, steht Ann in ihrem Morgenmantel. So ein seidener Morgenmantel mit asiatischen Drachen darauf, aus einem Hotel, von einer Reise. Dazu Nivea-Duft. Anns spezifischer Duft, von dem Pauline inzwischen nur noch die Nivea-Essenzen erinnert, weil auch ihre Großmutter nach Nivea roch, weil also der Geruch von Nivea in den kindlicheren Regionen ihres Herzens abgespeichert ist. Ann im Morgenmantel. Vor ihr aber steht Z. Ann sieht an ihm vorbei, sieht Pauline, und dreht sich weg. Pauline verharrt wie angewurzelt und wacht auf mit Tränen im Gesicht.

Ann ist noch so nah, viel zu nah.

3

Franzi liest, trägt und hört ihre Geburtstagsgeschenke. Sie leert die Flasche Veterano von Paulines Tante mit Marius an einem sehr amüsanten Abend. »Eins muss man uns lassen«, sagt sie zu Marius: »Wir können gemeinsam trinken.«

Marius weiß, es sollte nicht zu den Qualitäten einer Beziehung gehören, geübt zu sein in der gemeinsamen Einnahme von Giften, aber Recht geben muss er ihr trotzdem. Und ist Sexualität mit Franzi zwar anstrengender als mit Katharina, so verhilft Franzi ihm doch in vielen anderen Bereichen des Lebens zu einer durchaus schätzenswerten Entspannung seiner Seele.

*

Pauline sitzt vor dem Computer, an dem sie nichts mehr zu tun hat, seit sie die Promotion, die sie für Ann schreiben wollte, aufgegeben hat, und denkt an das Kinderfoto von sich, das sie Ann vor langer Zeit geschenkt hatte auf deren Wunsch hin. Was sie mit einem Kinderfoto von ihr anfangen wolle, hatte Pauline sie damals gefragt, ob sie ihr nicht lieber ein aktuelleres Bild geben solle. Aber Ann wollte das Kinderfoto. Pauline mit hellbraunem Bubikopf und rot-weiß gestreiftem Kleid auf einer gepflasterten Straße, kein Mensch weiß, wo, wie sie schüchtern in die Kamera lächelt. Z. hatte die Augenbrauen hochgezogen und die Eiswürfel in seinem Glas klirren lassen, als seine Frau das Foto sorgsam in ihren Kalender legte. »Wenn Pauline gerade nicht greifbar ist, wirst du dich in Zukunft mithilfe dieses Kinderfotos in romantische Stimmung versetzen?«, hatte er sich mit spöttisch verzogenen Mundwinkeln erkundigt.

»Der Begriff Romantik existiert in deinem Kopf nicht nur als Kunstepoche?«, hatte Ann zurückgefragt, und Z. hatte gelacht, während er kopfschüttelnd Richtung Hausbar geschlendert war.

Pauline kauert mit angezogenen Beinen auf ihrem Schreibtischstuhl und stellt sich mit geschlossenen Augen Ann vor, die ebenfalls gerade an ihrem Schreibtisch sitzen könnte, zu Hause oder in der Universität. Pauline malt sich aus, wie Ann ihren roten Stift beiseite legt und zu ihrem Kalender greift, um das Foto von der kindlichen Pauline herauszunehmen und vor sich auf den Tisch, über die halbkorrigierte Hausarbeit, zu legen. Pauline stellt sich vor, wie Anns lange, schmale Finger über ihr Kindergesicht streichen, und fasst sich selbst zwischen die Beine. Es ist allerdings sinnlos, es schüttelt sie bloß ein Weinkrampf.

*

Franzis Liebling im Knast singt: »Wunder geschehn, isch habs gesehn!«

Was glaubst du, was ich bin heißt das neue Stück, an dem sie arbeiten, und es geht um eine Gegenüberstellung des Lebens, welches die Inhaftierten tatsächlich führen, und dem, das sie gern hätten. Franzi sieht das Projekt von Kitsch bedroht, doch Marius sagt, Kitsch täte der Sache sicher gut, denn das sei, was das mutmaßlich linke, tolerante Publikum gern im Gefängnis sehen würde: Verbrecherinnen, die doch aber so anrührend naiv denselben zuckergussrosa Träumen nachhängen wie ihre Zehlendorfer Altersgenossinnen. Und vielleicht just jetzt gemeinsam mit ihnen über die Wiesen tollen könnten, wäre da nicht das ungerechte System.

»Das System ist wirklich ungerecht!«, begehrt Franzi auf und Marius bestreitet, dies bestritten zu haben. Wie er sich dann als Anwalt ebendieses Systems verdingen könne, fragt Franzi. Er sei nicht Staats- oder Bundes-, sondern Strafanwalt, erklärt Marius. Franzi fegt diesen Einwand weg. »So oder so spielst du nach den Regeln des Systems, das ungerecht ist!«

»Nichts anderes tust du, wenn du zur Theaterarbeit ins Gefängnis gehst!«

Sie führen über Stunden erhitzt diese Diskussion, der sie zigmal schon mit Genuss gefrönt haben, während Pauline sich im Badezimmer nackt vor den Spiegel stellt und versucht, sich mit Anns Blick zu sehen. Sie tunkt das Gesicht in kaltes Wasser und sieht wieder in den Spiegel, ohne sich abzutrocknen. Schau, sagt sie in ihrem Kopf zu Ann (sie denkt sich ein Echo dazu, wie im Film, wenn etwas Vergangenes oder Geträumtes dargestellt wird – die Medien, die wir konsumieren, prägen die Semantik unserer Fantasie), schau Ann, wie nass ich bin. Sie stellt sich vor, Ann sähe sie, wie sie selbst sich gerade sieht. Und Ann nähme eines dieser weichen weißen Handtücher aus dem Badezimmerregal in ihrer schönen Schöneberger Wohnung und tupfte damit Paulines Gesicht trocken, ganz vorsichtig. Dann tupfte sie mit dem Handtuch die Nässe zwischen Paulines Beinen weg, die nicht wegzutupfen wäre, und so riebe sie mit dem Handtuch zwischen Paulines Beinen auf und ab, bis Pauline ihr keuchend in die Arme sänke. Pauline berührt ihre Möse, die tatsächlich feucht ist, aber sie hat keine Lust, es sich selbst zu machen. Sie führt stattdessen weiter Selbstgespräche mit ihrer imaginierten Ann, während Franzi und Marius in der Küche um einen brauchbaren Gerechtigkeitsbegriff ringen.

Pauline trifft sich mit Simone und mit Grit zu Kaffee und Wein. Sie spielt Klavier bei Roland. Als er seine Hände auf ihre Schulter legt, entzieht sie sich nicht. Aber sie möchte kein langes Vorspiel.

»Ich beuge mich über den Tisch und du fickst mich von hinten«, sagt sie. Es spricht für Rolands Standhaftigkeit, dass ihm das gelingt und er Überlegungen zum Verlust seiner ihm eigentlich so wichtigen Dominanz auf später verschiebt. Der Aschenbecher steht noch auf dem Tisch, Pauline riecht den aschig-rauchigen Geruch ihrer eigenen Kippen und schmeckt immer noch den Knoblauch im Mund, mit dem das Lamm gespickt war. Pauline mustert die leere Rotweinflasche, überlegt kurz, ob es in der Küche wohl noch eine volle gibt, und konzentriert sich dann auf Rolands Stöße, rhythmisch wie sein Atem, die Haut seiner

Schenkel vom Schweiß klebrig, seine Hände um ihre Hüften allerdings angenehm trocken. Vor allen Dingen aber genießt sie ihre erregende Scham angesichts von Anns imaginiertem Blick.

Franzi schleppt Pauline ins Theater und ins Kino. Franzi weckt Pauline morgens mit Brötchen, die Pauline nicht will, und nachmittags mit dankbar angenommenem Kaffee.

Franzi kämpft gegen die Bürokratie des Justizvollzugssystems. Außerdem sehnt sie sich nach ihrem vernachlässigten Masochismus. Sie will von einer Horde wilder Männer vergewaltigt werden, jetzt sofort, und transkribiert stattdessen bis spät in die Nacht hinein die Erzählungen der inhaftierten Frauen.

Pauline schläft und schläft und schläft. Sie zieht die Vorhänge zu, damit die Frühlingssonne ihr nicht in den Augen brennt, und wickelt sich in die viel zu warme Bettdecke. Wenn sie doch einmal wach wird, wandelt sie schwindelig und müde durch die Wohnung ohne Ziel. Sie sieht sich immer wieder diese beiden Fotografien an, die sie von Ann besitzt. Die Bilder sind nichtssagend. Trotzdem bohren sie sich wie kleine scharfe Messer in ihre Brust.

Es mag alles so gut sein und schön, wie es will, es ist Oberfläche. Darunter ist Ann und dort bleibt sie. Pauline hat sich kaputt gedacht an Ann, an sich und Ann, an sich für Ann. Erkenntnisse, rudelweise. Es hilft nichts. Ann bleibt. Versuchung, Sehnsucht, Ann. Schmerz und Bedürfnis.

Oft versucht Pauline, sich im Bett liegend, halb dämmernd, selbst zu befriedigen, doch es funktioniert nicht, es bringt sie bloß durcheinander und von ihrer Lust weg.

*

Franzi radelt mit Marius und Katharina an den Müggelsee, beunruhigt von der liebevollen Intimität, die zwischen Katharina und Marius herrscht. Er legt Katharina beim Gehen die Hand um die Hüfte, sie lässt ihren Kopf auf seine Schulter sinken und sie laufen leichten Schrittes. Er streicht mit einem Grashalm ihre nackte Haut in der Sonne entlang, sie kichert, er sieht sie die Augen im hellen Licht zusammenkneifen. Zwischen Franzi und Katharina gibt es diese Zärtlichkeit nicht. Gewalt und Sex schon, aber dieses ständige Streicheln fehlt. Wie das zwischen Marius und Katharina sein kann, wo doch eigentlich Marius und sie sich viel näher sein sollten, das versteht Franzi nicht. Und dann diese Geste: wie Marius mit seiner Hand Katharinas schmalen Nacken umgreift. Mit seiner bereits braun gebrannten Hand unter ihr weiches helles Haar fährt, dahin, wo es stickig warm ist, und seine Finger fest um die zarte Haut ihres Halses schließt. Franzi möchte das auch. Sie möchte, dass Marius hier am See in ihren Nacken greift, um sie umzuwerfen, um ihr Gesicht ins Gras zu drücken, dass ihre Nase schmerzt, um sich mit der Wucht seines schweren Körpers auf sie zu setzen, um ihr die Kleider brutal vom Leib zu reißen, um schmerzhaft in sie einzudringen, während sie Erde schmeckt.

Dass er auch gern Franzi mit einem Grashalm berühren möchte, denkt Marius, aber dass er erst einen Moment noch bei Katharina verweilen müsse, die doch so neu sei im Vergleich, die er doch seltener nur sehe und die außerdem so unwahrscheinlich helle Augen im Sonnenlicht bekommt. Später lässt er einen Grashalm auf Franzis Haut landen, doch sie stößt ihn weg. Er versteht das zwar, sieht sich aber nicht in der Lage, die Situation konstruktiv zu ändern, und ärgert sich deswegen. Katharina geht ins Wasser. Franzi überlegt kurz, ob sie ihr hinterherlaufen und sie untertauchen solle, sie ist sich nicht sicher, aus welchem Impuls heraus. Aber sie bleibt liegen und liest.

Marius beobachtet, wie Franzi Katharina mit bösem Blick mustert, wie sie die Schultern hochzieht, wie sich ihre Gesichtszüge verhärten, und spürt dabei in sich selbst seltene Wut plötzlich sich ausdehnen und gegen die Innenwände seines Körpers drücken, dass es ihn Kraft kostet, sie gefangen zu halten. Es scheint etwas Böses in Franzi zu sein oder zumindest etwas Zerstörerisches, wenn sie von Liebe spricht und sich doch über das Glück ihres Geliebten nicht freuen kann. Wenn sie in Seetage zu dritt einwilligt und Katharina wegwünscht dabei. Es ärgert Marius auch Katharina, die mit engelartigem Gleichmut sich Franzis Aggression aussetzt, ohne auch nur den Anschein von Widerstand zu bieten.

Marius verfängt sich inzwischen immer öfter in den Forderungen, die er selbst an sich stellt. Dinge, die ihm einfach, schlicht und wahr erschienen, geraten ins Wanken; was für ihn zusammengehört, schließt sich aus. Auf den Punkt gebracht, ließe sich feststellen, dass er sich in einer ausgewachsenen Midlife-Crisis befindet. Bloß ist er ja erst Mitte dreißig und die Zeit der Träume gerade fünf Jahre her.

Was aus dem Philosophieunterricht bei ihm hängen blieb, war der Utilitarismus. Gut ist Glück, schlecht ist Leid. Sorge für mehr Glück und weniger Leid. Er liebte die Schlichtheit und Verheißung dieses Satzes. Und er glaubte, das ließe sich umsetzen, ohne Schwierigkeit. Dass es einfach sei, ein gutes Leben zu führen und gleichzeitig für ein gutes Leben der Allgemeinheit zu arbeiten, hatte er geglaubt. Dass es gut wäre, diesen Rechtsstaat zu schützen, dem er vertraut, den er für notwendig hält, um der banalen Gewalt zu trotzen, die überall droht, wo Menschen beieinander sind. Und dass sich finanzielle Sicherheit für einen wie ihn in der Folge automatisch einstelle. Dass die Kinder der sozial schwachen Familien vor der diskriminierenden Repression des Staates und seiner Verachtung für die bildungsfernen Schichten geschützt werden müssten, und zwar von ihm, weil das angenehmer wäre, als in Blut zu greifen, wie Ärzte es tun, oder Hass auf sich zu ziehen als Lehrer. Im Grunde genommen schwebte ihm so etwas wie ein Heldendasein im Ohrensessel vor, ein bisschen Rettung der Entrechteten gegen Vormittag, etwas Konversation mit dem System zum Lunch, ein wohlverdientes Nickerchen nach dem Kaffee in der Kanzlei, Kampf gegen Unterdrückung vom Schreibtisch aus am Nachmittag, und Kultur nach Feierabend, weil auf seinem Territorium nur ein kultivierter Held ein erfolgreicher Held ist. Inzwischen ist Marius klar, dass sein Beruf ihm vielleicht Ehre, aber keine finanzielle Sicherheit einbringen wird, dass sich Rechtsstaat und verwahrloste Kinder nicht gleichzeitig schützen lassen und dass eine offene Beziehung nicht die Offenheit der Beteiligten mit sich bringt. Dass außerdem die Frauen seines Herzens sich beharrlich weigern, zu sein, wie er sie braucht. Franzi kann für sich selbst sorgen, was Marius beruhigt, aber sie überfordert ihn mit dem Druck ihrer Forderungen, denen er nicht entsprechen kann. Katharina fordert nichts, aber sie kann offensichtlich nicht für sich selbst sorgen, glaubt Marius ohne irgendeinen konkreten Hinweis hierfür, und so muss er gegen Franzis Forderung nach prinzipiellem Vorrang Katharinas Wohlergehen durchsetzen, wozu er sich nicht in der Lage sieht. Marius würde gern schwimmen gehen, bis seine Wut sich in der Bewegung erschöpft, aber im Wasser ist Katharina und an Land Franzi. Marius legt sich kurz auf den Rücken, schließt die Augen, atmet ruhig, dann reibt er Franzis Rücken mit Sonnencreme ein, denn wenn sie ruhiger wird, wird er es auch.

*

Pauline betrachtet nachts ihre Fotos von Ann, die ihr Ann nicht näherbringen, sieht sich im Spiegel mit Anns Blick und schließt die Augen.

*

Marius gräbt sein Gesicht zwischen Franzis Brüsten ein, denkt, er sei eigentlich der glücklichste Mann der Welt, und schläft ein.

Einmal sind Franzi und Marius kurz davor, miteinander zu schlafen. Sie haben sich bereits beide entkleidet und Franzi beugt sich über den Schreibtisch, um auf ihrer Festplatte nach angemessener Musik zu suchen. Marius erwischt seine eigene Erregung blitzartig, als er sie so sieht. Das kennt er, das war schon immer so. Frauen, die sich vorbeugen und ihm ihr Hinterteil, ob bekleidet oder nackt, entgegenstrecken, stürzen ihn automatisch und mit absoluter Sicherheit mitten hinein in sein Verlangen. Wenn er dort angekommen ist, produziert er die immergleichen Bilder: Wie er von hinten an die Frau herantritt und um ihre Taille greift (diese Verschmälerung des Frauenkörpers, die doch dafür gemacht worden ist, dass man sie greifen kann, die Frau), wie sich sein Schwanz in die immer warmen Falten ihres Unterleibes schmiegt, wie er ganz selbstständig in eine dieser Höhlen hineingleitet, in deren Tiefe alles verborgen liegt.

Eine von ihm sehr geschätzte Fantasie zeigt ihn, wie er sich am Empfangsschalter eines großen Hotels mit einer ihm unbekannten Frau trifft, die immer anders aussieht. Es ist Nacht, dunkel und einsam draußen wie drinnen. Die Frau nimmt einen Zimmerschlüssel aus der Hand des Hotelangestellten entgegen. Er sieht ihr Gesicht nicht. Er steht hinter ihr. Er sieht bloß ihre Haare und ihren Körper, von hinten. Sie verlässt die Lobby und geht einen Flur hinunter, er folgt ihr. Schließlich gelangt sie zu der Tür, zu der ihr Schlüssel passt. (Natürlich ist das etwas unrealistisch, in der Regel befinden sich Hotelzimmer nicht im Erdgeschoss, aber er kann sich weder eine Fahrstuhlfahrt noch einen Treppenaufstieg mit dieser Frau vorstellen. Das Einzige, was geht und sich wirklich gut anfühlt, ist der Gang durch den Flur, über einen Teppich, auf dem ihre hochhackigen Schuhe keine Geräusche machen und seine erst recht nicht. Der Flur ist relativ dunkel, er selbst trägt einen Mantel, die Frau nicht.) Nachdem sie die Tür aufgeschlossen hat, geht sie abwechselnd direkt auf den Schreibtisch oder das Bett zu, schiebt ihren Rock hoch oder ihre Hose hinunter und beugt sich vor. In der Regel kommt er, bevor er von hinten auf sie zugehen kann.

Doch was Franzi, über den Schreibtisch gebeugt, ausgelöst hat, löscht Franzi, die ihren Körper an seinen presst, wieder aus. Seine Lust erschlafft unter ihrem Zugriff. Egal wie langsam sie ist, sie ist immer zu schnell. Dass sie sich überhaupt bewegt, vielleicht, auf ihn zubewegt. Dass sie mit ihm in Kontakt tritt, dass sie ihn auffordernd wahrnimmt. Dass sie nicht einfach da sein kann, für sich, mit ihm im Wissen, doch nicht im Blick, so wie die Frauen in den Hotels. Sie müssen ihn nicht einmal wissen, eigentlich, sie könnten ganz bei sich selbst bleiben und ihn betrachten lassen. Vielleicht dass seine Lust sich mit ihrer Lust treffen würde, zufällig, weil erregte Körper von erregten Körpern angezogen werden, blind, ohne Plan, ohne Bewusstsein sogar.

Franzis fordernde Nähe, ihre drängende Präsenz, die Wünsche, die wie unruhige Geister über ihr Gesicht huschen – Franzis Wollen vernichtet Marius' Wollen.

Marius' Schwanz, der gerade noch aufrecht (eher dick als lang) zwischen seinen Schenkeln aufragte, igelt sich wohlig ein in Franzis Hand, macht sich weich und warm, wird schläfrig. Kurze Versuche von Marius und Franzi, die keiner der beiden ernst meint, denn sie kennen die destruktive Dynamik ihrer beider Lust inzwischen – das war im Grunde genommen schon immer so, das war bloß durch die Verliebtheit des ersten Jahres und den Anpassungsleistungen, zu denen man dann fähig ist, am Anfang nicht so sichtbar –, dann sucht Franzi das Kinoprogramm.

*

Pauline liegt im Bett oder sitzt auf ihrer Fensterbank. Sie schlürft Latte Macchiato in dem Café, in dem Franzi arbeitet, und später Weißwein. Sie verschlingt Simone de Beauvoir, Fourier, Harry Potter und Commissario Brunetti. Sie sieht exzessiv *L-Word* und 24. Sie schläft und döst und träumt und schläft.

Franzi rast von dem Café, in dem sie kellnert, in den Knast, in dem sie probt, vom Knast zum Boxtraining, vom Boxtraining zur Projektbesprechung in der Kneipe, von einer Kneipe in die andere, von der Kneipe zu Marius, von der Küche ins Bad in die Küche ins Bett. Sie geht morgens laufen, bevor sie sich an die Projektanträge für die Zukunft und das Textbuch für jetzt setzt, bevor sie Bewerbungsgespräche für Projektassistenzen in anderen Projekten führt, bevor sie einkaufen geht und für Pauline kocht, die nichts isst.

Einmal reicht es Franzi.

»Pauline«, geht sie ihre auf dem Küchensofa zusammengerollte Freundin an, »es ist an der Zeit, dass du aufwachst! Ich weiß, du hast Liebeskummer, aber das mit Ann und dir ist jetzt fast fünf Monate her – du kannst nicht dein ganzes Leben wegen dieser Frau vergeuden!«

»Das tue ich nicht«, widerspricht Pauline.

»Nein? Was tust du dann?«

»Ich lebe.«

»Du lebst eben nicht, Süße!«, ereifert sich Franzi. »Du liegst auf diesem Sofa und tust nichts!«

»Also du siehst Menschen an, wie viel Leben in ihnen steckt?«, fragt Pauline. »Und wer am schnellsten am weitesten springt, der ist am lebendigsten?«

»In jedem Fall ist auf Dauer nur der lebendig, der isst! Wirklich, Pauline, es gibt noch etwas anderes auf der Welt als Ann!«

»Ja«, stimmt Pauline ihr zu, »zum Beispiel Schokoladenkugeln in golden glitzerndem Papier.« Pauline nimmt sich lächelnd eine Praline aus der Schale auf dem Tisch. »Vielleicht esse ich nachher eine.«

Franzi lässt sich nicht aus dem Konzept bringen: »Pauline, du hast dieses Stipendium nicht bekommen und schreibst nicht mehr an deiner Promotion. Wovon willst du leben?«

»Von meinem Vater«, antwortet Pauline. »Das ist nicht ideal, aber für ihn ist es auch gut, denn er freut sich, wenn er eine Rechtfertigung für sein vieles Arbeiten hat.«

»Dein Vater ist langfristig keine Lösung«, erklärt Franzi. »Du brauchst einen Job und du musst weiter promovieren!«

»Warum muss ich promovieren?«

»Warum nicht? Du wolltest promovieren!«

»Ann wollte, dass ich promoviere.«

»Ann wollte, dass du über Weiblichkeit als Widerlager, Gegenraum, Ausnahmezustand –«

»– Heterotopie –«

»– Heterotopie schreibst. Aber bevor du sie kennengelernt hast, hattest du begonnen, zu Räumen der Lust als ständige Heterotopien zu arbeiten. Warum setzt du das nicht fort?«

»Weil ich keine Lust dazu habe.«

»Aber du hattest doch welche!«

»Das weiß ich nicht. Es ist so, dass jeder zu promovieren scheint, wenn er sich nicht der Kunst widmet oder Geld scheffelt – und Doktor der Philosophie zu sein, ist nach Ansicht der Allgemeinheit ein erstrebenswerter Zustand. Ich persönlich finde diesen Titel ja auch ganz hübsch, bloß ist er die Mühe nicht wert.«

»Aber Pauline, du musst doch irgendein Ziel haben!«, jammert Franzi.

»Wer sagt das eigentlich, dass man ein Ziel haben muss, wo steht das geschrieben? Dieses ständige Streben nach irgendeinem Ziel – das machen doch die anderen Säugetiere auch nicht. Das ist offensichtlich ein Effekt der Zivilisation. Was, wenn man uns alle an der Nase herumführt mit der permanenten Zielanlauferei? Was, wenn wir uns totarbeiten, abrackern, ängstigen, schinden und verbiegen für irgendwelche Ziele, deren absolute Wichtigkeit wir niemals anzweifeln, bis sich schließlich herausstellt: Das ist alles nicht so bedeutsam, wie wir glaubten. Es gibt einfach nichts weiter zu tun als zu leben, und am Ende bekommt man dafür nicht mehr als das Leben, welches man gelebt hat.«

»Das ist mir zu depressiv«, sagt Franzi, »Und wenn du objektiv im Recht wärest, so widerlegt dich die Nützlichkeit. Was haben wir von einer Wahrheit, die uns den Lebenswillen raubt?«

»Warum verschwindet der Lebenswille mit dem Streben nach Erfolg?«

»Pauline, ich finde, so oder so ist es an der Zeit, dass du dich bewegst. Und wenn du nicht arbeiten willst, dann geh wenigstens morgen mit mir auf diese queere Party im Expedia.«

Pauline erklärt sich einverstanden. Daraufhin entreißt Franzi ihr die goldene Schokoladenkugel, packt sie aus und versucht, sie Pauline in den Mund zu stecken, doch die kneift die Lippen zusammen. Franzi bohrt ihr ihre Finger in die Wange, zwischen Unter- und Oberkiefer, bis Paulines Widerstand bricht. Franzi schiebt ihr die Kugel in den Mund. Pauline versucht sie auszuspucken, aber Franzi hält ihr den Mund zu und beide grinsen sich an, während Pauline kaut.

4

Franzis Schützling Maria wird in den offenen Vollzug verlegt. Da niemand sonst es tut, holen Franzi, Thorsten und Sven sie ab. Dicke Mauern mit Stacheldraht. Das Eisentor neben der Pforte, hinter dem ankommende Verhaftete für wer weiß wie lange verschwinden. Ob dieser Stacheldraht nötig ist, um Menschen vom Ausbruch abzuhalten, ist fraglich. Pauline sagt, das Äußere des Gefängnisses sei nicht bloß Instrument zur Konservierung seines Inneren, es sei vielmehr ein Zeichensystem mit Symbolwirkung. Die Übermacht des Staates soll nach innen ausgedrückt werden und Bemühung um Sicherheit nach außen. Die Übermacht der anderen und die daraus resultierende eigene Ohnmacht ist mutmaßlich genau das, was die Inhaftierten hierher getrieben hat. Der Hinweis auf das Bemühen um Sicherheit bringt diese erst ins Wanken. Angesichts von Mauern und Stacheldraht wird sich der Betrachter der Gefahr bewusst, in der er sich mitsamt seiner kleinen halbwegs heilen Welt tagtäglich befindet: Bourdieu schreibt (das hatte Pauline mit Edding auf den Kühlschrank gekritzelt, als sie an ihrer Abschlussarbeit schrieb), eine Gesellschaft, die ihre Wahnsinnigen wegsperre, sei selbst wahnsinnig.

Franzi wartet drinnen, an der Pforte. Sie sieht das Mädchen ganz hinten im Flur in Begleitung der Sozialpädagogin auftauchen. Letztere hat einen riesigen Schlüsselbund bei sich, mit dem sie dem Mädchen eine nach der anderen sämtliche Türen öffnet, die in die vorübergehende Freiheit führen. Der Schlüsselbund wurde im neunzehnten Jahrhundert auch als Schlaginstrument verwendet. Heute raubt er den Häftlingen rasselnd den Schlaf und krallt sich noch in der Freiheit in ihre Träume.

Schlüssel drehen sich in Schlössern, die zwei Jahre lang für Maria magisch verschlossen waren, als ihre Welt zusammengezurrt war auf das Innere des verstachelten Gebäudes aus dickem Stein. Jetzt setzt Weitung ein.

Maria hat eine Tasche dabei mit Kleidern, die inzwischen größtenteils zu eng sind, und alten Briefen von Menschen, die lange schon nicht mehr ihre Freunde sind. Sie blinzelt in der Sonne, das Licht berührt ihre bleiche schwarze Haut. Im Auto lehnt sie sich erst so weit aus dem Fenster wie möglich, kurbelt es dann aber nach wenigen Minuten wieder hoch. Zu laut die Welt und zu hektisch nach zwei Jahren Wirklichkeitsentzug. Maria hat den Hauptschulabschluss nachgemacht, im offenen Vollzug will sie eine Kochlehre beginnen und eine Drogentherapie, außerdem weiterhin Theater spielen. Sie freut sich auf ihr Leben in partieller Freiheit.

*

Am Abend trägt Franzi ihren schwarzen Anzug, Pauline Franzis Aufstöhnen zum Trotz das bordeauxrote Kleid, das Ann ihr für das gemeinsame Weihnachtsfest geschenkt hatte, zu dem es nicht mehr kam.

Katharina wartet vor Ort auf die beiden, in einem lilafarbenen Kleidchen, offensichtlich fröstelnd. Nachdem sie sich begrüßt haben, verlangt Franzi von Katharina einen Kniefall. Und dass sie auf allen vieren durch die drei Hinterhöfe hin zum Expedia krabbelt.

»Aber meine Strümpfe –«, jammert Katharina, doch Franzi schneidet ihr mit einer Ohrfeige das Wort ab.

»Meine Strümpfe!«, äfft sie Katharina nach, als die vor ihnen hertigert. »Demnächst wird sie mir verbieten, ihre Frisur durcheinanderzubringen oder ihr Make-up zu beschädigen. Meine Liebe«, wendet sie sich dann dezidiert an Katharina, »du bist auf dem Weg zu einer SM-Party und nicht zum Laufsteg!«

Katharina krabbelt, Pauline lächelt und Franzi ist voller kribbeliger Energien.

Tatsächlich sind Katharinas Strümpfe von Laufmaschen durchzogen und ihre Knie wie Hände schmutzig, als sie ankommen. Franzi könnte vor Freude in die Luft springen, wenn es nicht so undominant wäre.

Sie beginnt, etwas zu begreifen: Sie war schon immer voll kreativer Energien, aber sie fand nie einen bestimmten Bereich, in dem sie ihr Schöpfertum verwirklichen konnte. Franzi singt ganz gut, doch nicht bemerkenswert, sie spielt ab und an gern Theater, mehr allerdings nicht. Sie bastelt, töpfert, näht, baut und malt passabel, ohne dabei ein besonderes Talent an den Tag zu legen. Sie mag Geschichten, aber das Schreiben war ihre Sache nie.

Jetzt wird ihr plötzlich klar, was der Ausdruck war, den ihre Kreativität gesucht hat, schon immer: Sie will das Erscheinungsbild von Menschen verändern. Und zwar nicht in der reinen Sphäre der Kunst, die ästhetische Distanziertheit ermöglicht, sondern da, wo es wehtut – im sadomasochistischen Spiel, sofern sie darin dominiert. Das ordentlich zurechtgemachte, hübsche Mädchen, das Katharina war, in ein Schmuddelkind zu verwandeln, welches den Gesellschaftsraum, in dem es sich für gewöhnlich bewegt, so nicht würde betreten können, das macht Franzi high. Strümpfe zu zerreißen mit Worten, Farbe zu verschmieren mit einem Kuss, Blicke zu senken durch einen Blick. Franzis Herz schlägt in ihrer Brust, dass es donnert. Sie ist Künstlerin am Menschen. Sie ist Gestaltenmacherin.

Franzi, Pauline und Katharina erkunden das Fest.

In einem großen Raum kauert auf dem Boden Tanja mit hochgerecktem, knallrotem Arsch und wird von hinten von Mo geleckt. Auf einem Zuchtbock daneben sitzt die schöne Nora, ein Paddel auf dem Schoß, und beobachtet.

Kai und Ara haben sich in den Nassraum verzogen – »schon wieder«, sagt Franzi. Die Tür ist angelehnt, aber nicht geschlossen, und so sieht Pauline, als sie durch den Spalt linst, Kai auf dem Boden kauern, die Haut feucht, während Ara breitbeinig hinter ihr steht. Ara flüstert etwas, was Pauline nicht versteht, und dann zieht Franzi sie auch schon weg.

Auf einem Bett knutschen drei Menschen eng umschlungen und nackt.

Über einem Zuchtbock liegt eine junge blonde Frau, die von einer älteren blonden Frau mit einem Rohrstock geschlagen wird. Pauline registriert die roten, geschwollenen Striemen auf dem Po der Jüngeren, doch sie nimmt vor allen Dingen den Blick der Älteren wahr, der voll tiefer Zärtlichkeit auf der versehrten Haut ruht, über die behutsam ihre Finger streichen. Sie zieht ihre Hand zurück und schlägt erneut zu, kraftvoll, die Jüngere schreit und Pauline sieht die Lust an die Augenfenster der Älteren schlagen. Sie entdeckt Glück in ihren Gesichtszügen und tiefe Berührtheit.

An der Theke küssen sich ein Junge in Schwarz und ein Mann im Frack.

Pea hat die Herrschaft über die Bar, ganz in Weiß heute und mit Küssen von rosa Lippen für Franzi, Pauline und Katharina.

Katharina wirkt nervös, Pauline wirkt nervös. Franzi ist die Nervöseste von allen, aber sie versucht, gelassen zu scheinen. Pauline findet sie überdreht. Franzi stellt Pauline und Katharina jedem vor, den sie kennt. Dann weiß sie nicht weiter. Natürlich möchte sie mit Katharina spielen, dafür ist sie hier. Aber sie kann Pauline nicht allein lassen. Pauline sollte jemanden kennenlernen, findet sie, vielleicht auch endlich einmal wieder spielen. Pauline sieht allerdings nicht so aus, als ob sie das vorhätte.

Franzi lässt sich von Pea zwei weiche, rote Seile reichen. Das eine verknotet und verflicht sie mit Katharinas langem blonden Haar. Dann befestigt sie das eine Ende des zweiten Seils an dem in Katharinas Haar und das andere an dem Barhocker, auf dem sie selbst sitzt. Sie nimmt das Seil doppelt, so dass es sich strafft und Katharina wenig Bewegungsspielraum hat, den Kopf nicht auf die Höhe der Barhocker heben und eigentlich bloß zu Boden sehen kann. Dann plaudert Franzi mit Pauline, den Fuß auf Katharinas Schoß.

Kai und Ara kommen aus dem Nassraum zurück und gesellen sich zu Franzi und ihren Begleiterinnen. Pauline scheint interessiert an den beiden zu sein und so nutzt Franzi die Gelegenheit, Katharina in die hinteren Räumlichkeiten zu verschleppen.

Sie reißt mit scharfen Nägeln die ohnehin schon lädierte Strumpfhose vollends in Fetzen und hinterlässt dabei rote Kratzer auf Katharinas Haut. Sie zieht ihr das Kleid über den Kopf, aber nicht aus. Katharina kann nichts mehr sehen, aber immer noch atmen. Sie bindet Katharinas Arme an einem Balken fest, der von der Decke baumelt. So baumelt auch Katharina, stößt man sie an, und das tut Franzi. Sie schubst ihr Opfer hin und her, sie kneift, sie drückt, sie bemächtigt sich des fremden Körpers. Sie greift herzhaft zu, sie bedient sich. Sie fasst in ihre Tasche, fühlt die Single Tail und zögert. Die Peitsche mit dem mehr als meterlangen Schwanz ist nicht leicht zu führen. Sie gräbt sich tief ein in die Haut, und trifft man daneben, kann das üble Folgen haben. Ganz davon abgesehen, dass man sich der Lächerlichkeit preisgibt. Franzi hatte zu Hause nach Marius' Anweisungen geübt, mit dem festen Vorsatz, dieses ungemein wirkungsvolle Instrument heute zum Einsatz zu bringen. Aber jetzt traut sie sich nicht. Sie zückt stattdessen die Peitsche, die Katharina Marius und ihr zu Weihnachten geschenkt hatte, und schlägt zu. Sie lässt ihrer Energie freien Lauf auf dem fremden Leib, sie prägt sich ein. Sie macht eine Frau zur gesichtslosen Figur in Weiß-Rot. Sie lässt diese Figur schwanken und tanzen. Sie macht Geräusche, die langsam anschwellen, das Tempo steigern, zu den Schreien panischer Nymphen in fernen Wassern werden, die der Sturm jagt. Franzi tanzt auf dem Klangteppich, den sie webt, wiegt sich in dem Energienetz, das sie in die Luft schlägt, findet sich in den anschwellenden Linien auf Katharinas weicher Haut.

Als es gut ist, als alles hinausgeflossen ist, als sie leer und friedlich und ruhig ist, ein durchgelüftetes, aufgeräumtes Haus ohne unerwünschte Bewohner, ohne Nippes und Tand und Staubfänger, als sie leer ist, rein und neu, hält Franzi inne. Sie tritt an

Katharina heran, umfasst den Körper, der schwitzt wie ihr eigener, lässt ihre Peitsche fallen und sucht die beiden Lustpunkte, den zwischen ihren Beinen und den zwischen Katharinas. Sie lässt sich selbst das Gleiche zukommen wie der anderen, sie drückt ihr Gesicht an das von lila Stoff verhüllte, um Katharinas Atem gemeinsam mit dem eigenen zu hören, bis sie den einen nicht mehr von dem anderen unterscheiden kann, sie drückt das eigene Becken an das fremde, damit sie nicht weiß, ob das Kreiseln aus ihr heraus- oder in sie hineinkommt, sie schließt die Augen und erreicht den Höhepunkt, kurz nachdem ihr Opfer unter ihren Fingern weggezuckt ist.

An der Bar kommt Pauline derweil erstaunlich schnell erstaunlich tief ins Gespräch mit Kai und Ara. Sie redet über Ann. Beide bedauern ihren Kummer und beglückwünschen sie zur frischen Freiheit.

Ara erzählt von sich. Sie stammt aus einer klassischen türkischen Gastarbeiterfamilie. Die Männer gingen arbeiten, den Frauen gehörte das Heim. Ara war aufmüpfig in jeder Hinsicht. Demzufolge sollte sie als Siebzehnjährige verheiratet werden. Ihr Bräutigam war ebenfalls türkischer Herkunft und lebte in Berlin wie sie. Er war schön und sympathisch, auch klug – eine gute Partie eigentlich, aber Ara war lesbisch. Das hatte sie früh gewusst, mit dreizehn schon, als sie ihre damals beste Freundin in der Umkleidekabine von Hertie küsste und ihr dabei die Hand auf den Arsch legte. Die beste Freundin brach die Freundschaft ab, woraufhin Ara sie terrorisierte, wo sie konnte, doch ging ihr der weiche Hintern der anderen nicht mehr aus dem Kopf und auch nicht der Geschmack ihrer Zunge. Ara probierte keinen einzigen Mann aus, so sonnenklar war ihr ihre ausschließliche Liebe zu Frauen. Dass sie den Brautwerber ablehnen müsse, weil sie lesbisch sei, sagte sie ihrer Familie an einem warmen Maisonntag nach dem Frühstück. Der älteste Bruder schlug ihr daraufhin unverhofft so heftig ins Gesicht, dass sie fiel und im Fall an den Sofatisch stieß, das Häkeldeckchen herunterriss, woraufhin die Vase, die darauf stand, kippte, ihr das Wasser über den Kopf lief und die Blumen auf ihr nasses Gesicht fielen, während Blut in den Teppich sickerte.

Sie kam ins Krankenhaus – es war nicht schlimm, Gehirnerschütterung, eine Woche liegen. Der Vater weinte, die Mutter weinte, der Bruder weinte und alle anderen auch. Ara kehrte nicht mehr nach Hause zurück. Inzwischen hat sie den Kontakt zur Familie wieder aufgenommen, lange schon, es ist nicht einfach, aber machbar.

Damals lebte sie bei Freunden und Bekannten und fast Fremden, ein paar Wochen sogar auf der Straße. Sie verdiente ihr Geld mit Gelegenheitsjobs, Betteln oder Dealen. Sie stahl, raubte und nahm Drogen. Sie missbrauchte Frauen, Mädchen. (Girls: ein Wort, wie blanke Perlen auf ihrer Zunge, sprach sie es aus damals). Sie drückte sie in Discotheken an die Wand und nahm sich, was sie wollte mit der aggressiven Kraft, die sie besaß. Sie ging weiter und ging in Bars bloß für Frauen. Die Kampflesben der damaligen Zeit waren ihre Sache nie, wie sie sagt, leichte Beute für sie dafür die traurigen geschiedenen Frauen aus bürgerlichen Verhältnissen, die Mann und Kinder für die erste weibliche Liebe verlassen hatten und dann von der Angebeteten sitzen gelassen wurden, um die Jahre danach trübsinnig an den Tresen der Lesbenbars auf den Barhockern zu sitzen wie Säcke voll Kummer. Die waren froh um eine wie Ara, die schön aussah, wild und doch weiblich damals, die jung war, die an die verflossene Liebe erinnerte, vielleicht, und dabei ganz anders war, neu, viel versprechend.

Ara war charmant, wirklich. Was die heterosexuell sozialisierte Frau sich nur wünschen konnte an Galanterie und Aufmerksamkeit, das bekam sie von Ara, die die Damen auch im Bett verwöhnte, bis sie weich waren wie Wachs und schnurrten wie Kätzchen und brav den Arsch hochstreckten, um sich schlagen zu lassen. Sie hat viele Frauen umgarnt, Ara, und sitzen gelassen, kaum hatte sie von ihnen bekommen, was sie wollte – zuschlagen dürfen, beim Sex.

Traurige Frauen machte Ara trauriger nach kurzem Glück.

Und es gab auch eine Junge, eine, die sie vom Tanzboden der Heterosexuellen pflückte, eine mit einem frischgebackenen Ehemann und einem kleinen Kind. Blond und schlank und schüchtern. Der hat Ara den Kopf verdreht durch geschicktes Wechselspiel zwischen exakt dosierter Zuvorkommenheit und Brutalität.

Die hat dem Mann gesagt, sie könne nicht mehr mit ihm, sie sei verliebt in eine Frau (in eine, die ihr den Arsch versohlt, bevor sie es ihr besorgt, das hat sie dem Mann gesagt, dem armen Kerl). Und das war das Ende ihrer Ehe und aktiven Mutterschaft. Ara wiederum verlor den Spaß an dem Mädchen, nachdem es sich ihr geschenkt hatte. Was sie hingegen genoss – sie schämte sich schon damals dafür –, das war der Schmerz der Verlassenen. Wie sie ihr hinterherlief. Wie sie heulend vor ihrer Tür saß, frierend im Röckchen, das Ara gefallen sollte, und wie Ara sie sitzen ließ. Wie sie Briefe schrieb voll von so viel Gefühl, dass Ara dreimal hintereinander masturbierte mit dem Blatt in der Hand, ohne je zu antworten.

Ara hat sich am Leidenmachen gütlich getan und sich doch nicht die eigene Einsamkeit verheimlichen können, ihre Scham.

Der Schmerz war nicht ihre alleinige Droge und der Herzensraub nicht der einzige Diebstahl. Es verschlug Ara in den Knast, in den Drogenentzug, in die Therapie.

In der entzugsbegleitenden Therapie lernte sie Nora kennen, ihre Therapeutin. Nora sprach ganz unverblümt davon, dass sie Frauen schlage und diese damit ungemein glücklich mache. Ara traute ihren Ohren kaum, wohl aber der Unruhe ihres Unterleibes. Nora nahm sie mit in Chats, zu Treffen und zu Partys. Nora ging mit ihr einkaufen und gab ihr Bücher. Nora ließ sie ihre Assistentin sein und wies sie geduldig in die komplexe Kunst der Machtausübung ein. Inzwischen hat sich der Zauberlehrling längst von der Leine seiner Meisterin losgerissen, um sich seine eigene Beute für seine eigene Hölle zu jagen.

Seit sie Nora kennt, bekommt Ara neben dem Kick auch noch Liebe, irgendwie, und das Glück ihres Gegenübers. Auch gemeinsam sein statt einsam zu suchen, um zu fliehen. Von partnerschaftlichen Liebesbeziehungen lässt sie die Finger aus Angst vor ihrer Langeweile und den Folgen. In Spielbeziehungen ist sie verbindlich. Dass sie kriegt, was sie braucht, ohne destruktiv zu werden, stattdessen Lust stiftet, dass ihre Gier nichts raubt, sondern Geschenke zutagefördert, das kann sie immer noch kaum glauben.

Seit zwei Jahren quält sie Kai bis aufs Blut (sie weiß, was sie tut).

Kai ging es noch nie so gut, wie seit Ara ihr weh tut.

»Leider biete ich jedem, der im Sadomasochismus die immer neue Aufarbeitung von Kindheitstraumata sieht, ein willkommenes Beispiel«, sagt sie.

Sie spricht von Missbrauch in der Familie und zeigt Narbenhaut. So sanft wie Ara hat sie selbst sich niemals verletzt. Sie sagt: »Es ist ein Klischee, aber es ist auch mein Leben.«

Kai hält nicht viel von allzu großer Nähe, aber sie hat Sehnsucht nach intensiver Begegnung. Um dieses Paradox lebbar zu machen, hat sie sich früher hauptsächlich verheiratete Männer, dann verheiratete Frauen ausgesucht, denen sie Geliebte, aber nicht Nahestehende war. Jetzt hat sie Ara, die zwar unverheiratet ist, ihr aber trotzdem nicht auf die Pelle rückt. Sie treffen sich ab und zu, um zu spielen, telefonieren vielleicht manchmal oder gehen gemeinsam spazieren, um über ihre Spielbeziehung zu sprechen, mehr nicht.

Kai ist überfordert von der gleichzeitigen Anwesenheit der Berührung und der Berührenden. Wenn sie mit Ara spielt, dann ist ihr Kopf leer und Geilheit alles, was es gibt. Die teilt sie gern mit Ara, die bekommt sie ja schließlich auch von ihr. Aber später, wenn sie spürt, wie tief Ara sie getroffen hat auch jenseits ihrer Lust, dann muss sie allein sein mit ihrer Berührtheit.

*

Franzi und Katharina kommen zurück. Katharina ruhig, mit verhangenem Blick, Franzi überdreht. Franzi möchte tanzen, mit Katharina und Pauline. Katharina und Pauline sind wenig motiviert, weswegen Franzi Katharina auf Knien in die Mitte der Tanzfläche kommandiert und Pauline in den Arm nimmt. Bässe gleiten wie träge Tiere durch ihre Leiber, während Pauline die Augen schließt und den Kopf an Franzis Schulter legt. Aras und Kais Glück, das ihres niemals sein könnte, weil sie tiefer getroffen werden möchte, ohne ausweichen zu können. Franzi legt ihre heiße Wange auf Paulines kühle und schlingt die Arme fest um ihre Taille. Halt mich, denkt Pauline, mein Körper ist so schwach, halt ihn. Franzi hebt Paulines Gesicht, damit sie ihr in die Augen sieht, in ihr Lächeln lächelt. Franzi fühlt sich von golden glitzernden Glühwürmchen umgeben, so sehr strahlt ihr die Welt entgegen und sie zurück. Ihr Verlangen ist hellwach. Neben ihr kniet Katharina, die sie so sehr gezeichnet hat, dass sie ihr Geschöpf ist gerade (alles, was jetzt in Katharina vorgeht, dreht sich um Franzi, denn sie spürt ihre Striemen schmerzen ebenso wie ihre Knie, sie spürt die Lust immer noch zwischen ihren Beinen pochen, sie spürt die Abdrücke der Seile und die Erniedrigung der Worte, die Franzi sprach). Direkt vor Franzi, mit einer Faust Abstand höchstens schwebt das vertraute, immer wohltuende Gesicht ihrer Freundin Pauline. Den Blick nach innen gewendet, die Lippen entspannt, die Haut blass. Kein Fluchtinstinkt und auch kein eigener Wille, weder bei Pauline noch bei Katharina. Franzis große Hände gleiten Paulines Schultern entlang, legen sich um ihren Hals (nimm mir die Luft und gib mir das Leben: Wünsche an unbestimmt).

Ihre Lippen, noch voll Blut vom Katharina-Kuss, lässt Franzi auf die Paulines treffen, spürt, dass sie außen spröde sind und innen feucht, findet kurz eine ganz zaghafte Zunge, die sich schreckhaft zurückzieht in ihre Höhle nach dem Erstkontakt, ohne dass die Lippen sich schließen. Franzi öffnet die Augen, sieht Paulines geschlossen und Katharinas starr auf sie gerichtet. Sie genießt die gleichgültige Hingabe ihrer Freundin sowie die schmerzhafte Eifersucht der Geliebten. Vor allen Dingen aber berauscht sie die eigene Omnipotenz.

Katharina versucht, das glaubt Franzi zu sehen, in sich den guten von dem schlechten Schmerz zu trennen. Und wird es wohl schaffen, hofft Franzi, aber denkt dann auch schon nicht mehr daran. Pauline wiegt sich in Franzis Arm. Auf ihren Augenlidern liegen schwere Gedanken. Schwarzfahrer, Schwarzgeher.

Später wird Katharina draußen mit Wangenküssen verabschiedet. »Dass ich deine Strumpfhose zerrissen habe, tut mir leid«, sagt Franzi mit Blick auf Katharinas nackte Beine in einem Moment wahrer Zerknirschung, aber Katharina winkt ab – sie friert gern für ihre Erniedrigung.

Pauline und Franzi kehren auf dem Nachhauseweg beim Türken ihres Vertrauens für eine Linsensuppe ein. Es ist mit einem Mal kompliziert für sie geworden, sich nebeneinander zu bewegen. Es ist merkwürdig viel Abstand zwischen ihnen, während sie gehen. Sie rücken näher zueinander und die Tasche der einen schlägt an das Bein der anderen, sie rücken wieder auseinander. Soll Franzi als Erstes durch die Tür oder sie Pauline aufhalten? Sollen sie nebeneinander oder sich gegenüber sitzen? Müssen sie jetzt lächeln, wenn sie sich ansehen? Pauline mag ihre neue Unsicherheit Franzi gegenüber, argwöhnt nur, sie könnte auf Dauer etwas zerstören. Franzi fühlt sich merkwürdig mächtig und merkwürdig unbeholfen. Ihre Krone ist ihr etwas zu groß, sie rutscht bedenklich hin und her auf ihrem Kopf.

»Warum hast du Katharina nicht mitgenommen?«, fragt Pauline und Franzi zuckt die Achseln. »Warst du jemals bei ihr zu Hause?«, bohrt Pauline weiter. Franzi schüttelt den Kopf. »Hast du je eine Nacht mit Katharina ohne Marius verbracht?«

»Pauline, so ist das nicht, was zwischen Katharina und mir ist!«, erklärt Franzi. »Es lebt von einer gewissen Distanz.«

Pauline versteht das nicht ganz, vor allen Dingen, weil Franzi ebendiese Distanz vor ein paar Tagen noch beklagte. Aber sie nimmt Franzis Bekenntnisunwillen zur Kenntnis. Sie erzählt von Ara und Kai. Franzi kann nicht fassen, dass Pauline den beiden so schnell so nahegekommen ist. Paulines Sorge, dass es womöglich doch einen Zusammenhang zwischen Missbrauchserfahrungen und Sadomasochismus geben könnte, zerstreut sie.

»Es gibt unzählige Sadomasochisten und es gibt leider auch wahnsinnig viele Menschen, die als Kinder missbraucht wurden. Da muss es doch zu Überschneidungen kommen!«

Interessanter als Kais Vergangenheit findet Franzi übrigens Paulines Gegenwart.

»Ara würde sicher gern mit dir spielen!«, sagt sie, während sie maßlos Knoblauchessig in ihre Suppe kippt.

»Ich finde Ara großartig, aber sie ist nicht mein Typ«, erwidert Pauline. Franzi verdreht die Augen, während sie Chilipulver in ihre Schale löffelt.

»Großartig, aber nicht dein Typ. Aha. Wer oder was ist denn dein Typ?« Pauline kuckt störrisch.

»Ann vielleicht und niemand sonst?«, bohrt Franzi.

Pauline kuckt immer noch störrisch.

»Süße, die Rede vom Typ oder Beuteschema ist faschistoid! Du bastelst dir ein sehr enges Korsett von Anforderungen, die du an deine potenziellen Bettgefährten stellst. Wer nicht die gesamte 100-Punkte-Liste erfüllt, kommt nicht in Betracht. Dabei tust du so, als ließen sich Menschen messen und kategorisieren wie Gegenstände, und ignorierst ihre jeweilige Einzigartigkeit, weil du gar nicht bereit bist, diese überhaupt kennenzulernen, sondern schon vorher abwinkst. Dabei ist es in Wahrheit immer dieses einzigartige Nichtmessbare und auch Nichterwartbare, was den Reiz eines Menschen ausmacht!«

Franzi führt ihren Vortrag den gesamten Nachhauseweg über fort, während Pauline sich fragt, was wohl Ara und Kai in diesem Nassraum miteinander getrieben haben. Dann stellt sie sich vor, sie stünde vor Ann, die ihren Namen mit einem funkelnden Messer in die Haut ihrer Brust ritzte. Pauline läuft über einen Teppich aus rosa Kirschblütenblättern (Explosion des Frühlings – jetzt schon vorbei, wie schnell das geht) und träumt, sie trüge nicht nur dieses Piercing zwischen ihren Beinen, sondern außerdem den narbigen Namen Ann auf ihrer Brust unter ihrem Pullover. Ann wäre ihr dadurch nicht näher, aber sie wäre stärker an ihre abwesende ehemalige Herrin gebunden. Pauline findet, neben Franzi durch eine nicht sehr kühle Frühlingsnacht nach Hause zu wandern, Franzis vertrauten Geruch in der Nase, ohne sich jemals den Namen ihres Parfums zu merken, Franzis langes Haar beim Laufen wippen zu sehen, in ihren muskulösen Arm eingehakt ihrem schnellen Schritt zu folgen und ihr beruhigendes Geplapper zu hören, ist viel besser, als sich von Ann die Haut aufritzen zu lassen. Doch fesseln tut sie bloß die Vorstellung der annig vernarbten Haut.

Spielgefährten

5

Am 3. Mai eröffnet in Mitte eine neue Galerie unter anderem mit Aktfotografien von Anns Gatten Z.

Natürlich spielt Pauline ständig mit dem Gedanken, dorthin zu gehen. Wenn jemand sie fragt, dann behauptet sie, nicht scharf auf eine Begegnung mit Ann zu sein, doch die Wahrheit ist, dass sie sich genau danach fiebrig verzehrt. Seit sie von der Vernissage weiß, träumt sie sich und Ann in diese Galerie. Die Szene ist jedes Mal eine andere, aber im Grunde gibt es zwei Varianten: Entweder trifft Pauline auf eine Ann, die sich ihre ehemalige Sklavin seit langem schon zurückwünscht, sie blicken sich an, magische Momente und alles ist wieder gut beziehungsweise so, wie es war. Oder aber Pauline trifft auf eine Ann, die sich ihre ehemalige Sklavin zurückwünscht, allerdings mit Kummer feststellen muss, wie weit sich Pauline inzwischen von ihr entfernt hat. Für die Variante ihrer eigenen kalten Schulter hätte Pauline gern eine andere Frau als Staffage, zur Not täte es Franzi. Sieh, wie glücklich ich bin und wie wenig ich dich noch brauche, denke, will. Ann mit dunklen Ringen unter den Augen bräche zusammen unter der Last ihres Verlustes.

Dieser Traum wird von Paulines Wut gespeist. Was Ann ihr angetan hat. Wut ist gut, das weiß Pauline. Sie zeugt davon, dass ihre Herbergsmutter sich selbst im Sinn hat. Dass sie ihr eigenes Bestes wünscht, dass sie will, was ihr gut tut, und gerechte Empörung empfindet angesichts der Existenz dessen, was ihr Schaden zufügt. Wut ist selbstbewusst. Es ist gut, wenn Anns Kopf rollt in Paulines Kopf. Der Mord in Gedanken ist niemals ein Verbrechen. Etwas anderes ist die Tat, doch zwischen der Tat und der Fantasie liegt der Verstand. Liegt er dort nicht oder ist er zu schwach für seine Funktion als Grenzsoldat, zu schwach, um selektieren zu können zwischen den Reiselustigen, die das Reich der Fantasie verlassen dürfen, um die Materialisierung in der Tat anzustreben, und denen, die bleiben müssen, wo sie sind, vorerst oder auf alle Zeiten, ist der Verstand dieser Aufgabe nicht gewachsen, dann stimmt etwas nicht.

Pauline ist weit davon entfernt, Ann etwas anzutun, aber dass sie von einer Ann träumt, die schwer erkrankt, die Blässe des Todes bereits auf den Wangen alles bereut und sich ihre Pauline herbeisehnt, die allerdings inzwischen nicht mehr zur Verfügung steht, erscheint ihr gesund. Gesünder, als dieser andere Traum von der kranken (nicht sterbens-, aber doch lebensbedrohlich kranken) Pauline, zu deren Bett eine von schlechtem Gewissen zernagte Ann hastig eilt, sich auf ihren ausgezehrten Körper zu werfen und Liebe für immer zu schwören.

Ob Pauline Rache oder Versöhnung träumt, ist zyklusbedingt. Kurz bevor ihr Blut kommt, will sie Ann zurück, und koste es ihr Leben. Pauline geht nicht zu der Vernissage. Ann war im Übrigen auch nicht dort, wie sie im Nachhinein erfährt.

Pauline sieht sich die Ausstellung eine Woche später an, gemeinsam mit Franzi, Marius, Samuel und Kelly.

Dass Ann ausgerechnet an diesem Tag dort erscheinen würde, ist unwahrscheinlich, aber nicht unwahrscheinlich genug, um Pauline daran zu hindern, sich in Schale zu werfen. Pauline mag sich schön, weil Ann sie schön mag. Oder mochte. Pauline weiß nicht, wie sie selbst sich gefällt. Sie weiß, wie sie Ann gefiel.

Kein Mensch ist da außer dem Quintett an diesem frühsommerlichen Frühabend, an dem Touristen in den Straßencafés

Cocktails zum halben Preis trinken und selbstreinigende blonde Kinder Eis essen, ohne ihre weißen T-Shirts zu bekleckern.

Drei Räume, drei Künstler, nackter Beton und nackte Körper. Franzi und Marius interessieren sich nicht für die Bilder, sondern für ihre Begleiter. Im letzten Sommer band Samuel Franzi an Z.s Studiodecke, was schön anzusehen und erst recht zu erleben war. Später, im Herbst, wickelten Samuel und Marius Franzi in Folie, während sie Kelly mit Wachs beträufelten. Franzi hat Lust auf Samuel und auf Kelly, Marius will Kelly.

Pauline findet sämtliche Bilder, ganz besonders die von Z., langweilig.

Pauline ist nicht objektiv. Nicht dass irgendjemand objektiv sein könnte, der objektive Blick müsste ein herrenloser sein. Der Blick, der einem Bewusstsein entstammt, ist notwendig Teil dessen, was er nährt.

Paulines Blick ist alles andere als objektiv, sie weiß das.

Trotzdem raubt ihr ein Bild plötzlich den Atem.

Augenblicksschnell.

Überblendet jeden Gedanken und zieht ihr den Boden unter den Füßen weg.

Eine Sekunde und noch eine.

Pauline kann nicht sagen, ob sie zu fallen glaubt oder bereits mit dem Kopf aufschlägt.

Darauf war sie nicht vorbereitet, das erwischt sie kalt.

Ein nackter Frauenkörper auf einem Tisch. Die Augen verbunden. Eine Kerze in jedem Mund, gehalten von den Händen einer anderen Frau, die jenseits des Bildes steht.

Paulines Herz pocht, schlägt, hämmert. Paulines Herz macht Randale und plustert sich auf. Es wirft sich gegen ihr Brustbein, es will hier raus. Es möchte die Flucht ergreifen, nach draußen gelangen, zu den selbstreinigenden, blonden Kindern und den verschwitzten Touristen. Geruch von indischem Essen, Autogehupe, der Fernsehturm. Beweise für dieses Hier und dieses Jetzt. Raus aus dem Bild. Paulines Herz will sich nicht selbst im Spiegel betrachten, nicht in diesem. Pauline steht auf dem Bürgersteig vor der Galerie und starrt verschwommen in die Wirklichkeit, die sich im Kreis dreht, dass die Farben verschwimmen und die Geräusche ausbleiben.

Das war ihr viertes Spiel mit Ann, ihr zweiter Besuch bei ihr. Pauline habe ihr stets und fraglos zu gehorchen, sagte Ann damals, sonst werde sie verstoßen. Es nistete sich eine kleine Angst in Paulines Innerem ein, die später zu einer handfesten Panik heranwuchs und jetzt als Traurigkeit in ihr ruht.

Pauline dachte damals, die Kerzen würden brennen.

Pauline hielt unter dem Tuch die Augen geschlossen, weil Ann es so wollte.

Pauline liebte Ann damals schon über alle Maßen. Und man sieht, man sieht es, mein Gott.

Pauline ist schockiert von ihrem eigenen Empfinden, das so offensichtlich auf ihren Gesichtszügen liegt und in der Gänsehaut auf ihrem Leib.

Ich war wehrlos, denkt Pauline, mein Gott. Es ist gut, sich zu schälen, aber muss einer derart nackt werden. Pauline hat nicht nur die Waffen gestreckt, sie hat auch jeden Schutz abgelegt. Die Hände an den Kerzen greifen direkt in ihr Blut.

Reiß dich etwas zusammen, faucht Pauline in Gedanken die Person an, die sie vor fast einem Jahr war, sei doch nicht ganz so sperrangelweit geöffnet, sei doch nicht ganz und gar offene Wunde!

Dann wankt sie wieder hinein und zu den Toiletten (sie ist offensichtlich noch nicht zu Boden gegangen), um sich zu übergeben. Ann und ihr Innerstes, das nach außen drängt, sie kennt das.

*

»Ich gehe nach Hause«, murmelt Pauline, als sie an Franzi, die das Bild anscheinend gar nicht bemerkt hat, vorbei auf die Straße eilt.

Ob sie ihr nachgehen sollte, überlegt Franzi kurz, aber die anderen wollen jetzt essen gehen und sie eigentlich auch.

*

»Wir konsumieren und konsumieren«, stellt Franzi zwischen zwei Bissen fest, »erst Kunst, dann Essen, später vielleicht Körper.«

»Was spricht dagegen?«, fragt Kelly. »Es ist lächerlich, den Konsum verallgemeinernd zu verdammen.«

Wertvolles überlegt zu konsumieren, führt sie aus, verfeinere Geschmacksnerven, leibliche wie geistige. Verfeinerte Geschmacksnerven wiederum tragen Kelly zufolge zu einer verfeinerten Wahrnehmung sowie Empfindung und somit zu einem differenzierteren Weltbild bei. »Ohne überlegten Konsum drohen wir zu verrohen«, sagt Kelly.

Marius pflichtet ihr bei. »Der überlegte Konsum ist der Schritt von der Bestie zum Menschen«, sagt er. Wir seien weniger des anderen Wolf und mehr sein Nächster, sensibilisierten wir uns selbst durch sensiblen Konsum.

Marius verfolgt, wie Kellys feingliedrige Hände Fleisch schneiden, auf die Gabel schieben und von da in den Mund. Kleine Happen. Und Ordnung auf dem Teller. Ihre Salatblätter liegen in Reih und Glied. Eins zwei, eins zwei, ruft eine grüne Bohne, die den anderen voran auf die Gabel und ins Verderben marschiert. Marius versucht, diese Idee abzuschütteln, wie albern, doch es ruft leise, aber bestimmt »eins zwei, eins zwei« von dem Teller neben ihm, während Franzi sich einmischt:

»Ach so, dann töten also bloß die Verrohten, wohingegen die Kultivierten zu keiner Gewalttat jemals in der Lage wären?«

Jetzt lass diese Bohnen bloß nicht »Hey ho, let's go« singen, denkt Marius und hat Glück.

»Das stimmt so natürlich nicht«, gibt er Franzi derweil recht. »Allerdings quälen die Kultivierten aus anderen Motiven. Sie quälen nicht aus mangelndem Einfühlungsvermögen heraus. Sie wissen, was sie tun.«

Es sei nun aber durchaus denkbar, mutmaßt Marius, dass die Verfeinerung des eigenen Sinnesapparates zu gesteigertem Egoismus führe. Weil man wisse, was man wert sei, und weil man wisse, wie gut Genuss sich anfühlt. Man wolle sich nun nichts mehr verwehren, erst recht nicht auf etwas verzichten. Dieser Zweck heilige die radikalsten Mittel.

»Nicht nur, was wir konsumieren, auch, was wir tun, macht uns zu dem, was wir sind!«, wirft Franzi ein. Die rohe Tat verrohe die Seele, von der sie ausgehe, behauptet sie, wodurch jedwede vorherige Kultivierung konterkariert werde. Und außerdem – Franzi gerät jetzt in Rage, während Marius Kelly beim vorsichtigen Nippen am heißen Espresso beobachtet – und außerdem sei doch der Ursprung aller Verrohung die Unterteilung in kultiviert und verroht, in Bestie und Mensch. »So funktioniert es immer«, sagt sie. »Einer spricht dem anderen das Menschsein ab. Denn wer entmenschlicht ist, an dem kann alles getan werden.«

Kelly scheint gar nicht zu merken, dass Marius sie beobachtet. Aber sicher ist er sich nicht.

Samuel findet, es sei eben alles eine Frage des Maßes. »Wir müssen im Gleichgewicht bleiben«, sagt er. Je mehr wir konsumierten, desto mehr sollten wir auch produzieren. »Es muss immer so viel aus dir herauskommen, wie du hineingetan hast.«

Die Rechnung und der Aufbruch in die Nacht, verroht oder nicht.

Durch eine schwere Tür aus dem Frühsommerabend hinaus und in rauchige, rhythmische Dunkelheit hinein. Ohne Schmerzensschreie. Wann war Franzi das letzte Mal in einem gewöhnlichen Club. Es dauert nicht lange, bis Franzi und Samuel tanzen. Marius wippt an der Bar ein bisschen auf und ab, wiegt seinen Oberkörper auf der Stelle stehend. Marius' Tanz ist der eines behäbigen Bären und dafür liebt ihn Franzi, die auf der Tanzfläche blanke Energie wird.

Marius stellt das Wippen ein und gesellt sich zu Kelly, die an der Wand lehnend Sekt trinkt. Franzi und Samuel tanzen, Beats im Blut, hektisch. Man kann die Augen schließen, sich die Nase zuhalten, sogar die Ohren, aber man kann nicht seinen Leib vor Rhythmen verschließen, in dieser Lautstärke.

Aus Discokugeln fallen Sterne auf den Boden und werden zertreten.

Manche Körper sind lebendig, andere zögern noch stattzufinden und werden trotzdem von ihren Köpfen, die Spaß spüren wollen, auf die Tanzfläche getrieben.

Franzi ist zufrieden mit sich und der Nacht, sie möchte bloß sichergehen, dass sie später noch Sex haben wird. Sie tanzt sich an Samuel heran.

Als der ihr die Hand auf den Rücken legt und sie an sich drückt, spürt sie nicht bloß die Härte seiner Brust- und Bauchmuskeln.

In seiner weißen Leinenhose ist Samuels Verlangen manifest geworden.

Wer einen Schwanz besitzt, denkt Franzi, der verführt zwangsläufig anders als diejenigen, die keinen haben. Wie soll sanft sich angenähert werden mit diesem harten Stab vor dem Körper?

Ein erigierter Schwanz ist eine eindeutige Botschaft. Samuels Schwanz macht Franzi sukzessive zu der Öffnung, die er jetzt braucht. Sie wiederum mag sein Glied an ihrem Chakra zwischen ihrem Bauchnabel und ihrem Schambein. Sie würde auch gern mit ihrer Hand seinen Umfang ertasten, aber das lässt sie jetzt. Wozu sie außerdem Lust hätte, das wäre Sex auf der Toilette, schnell, überstürzt. Aber sie glaubt nicht, dass Samuel gern in Klokabinen vögelt, und sie denkt, Marius hielte das für unangemessen.

*

Pauline hastet zu Hause von der Küche in ihr Zimmer in die Küche ins Bad in ihr Zimmer in Franzis in die Küche ins Bad in die Küche zum Wein. Die Gedanken jagen einander, ohne sich je zu erlegen. Hat Ann gewusst, dass Z. sich im Wohnzimmer verbarg und Pauline auf dem Esstisch fotografierte? Hat er es Ann später erzählt, doch sie verschwieg es Pauline? Hat er ihr das Foto geschenkt und sie freute sich darüber? Hat Ann dezidiert gewollt, dass Z. sie lauernd beobachtet bei ihrem Treiben mit Pauline? Hat sie ihre Macht dann erst richtig genossen, wenn er ihr dabei zusah? War sie überhaupt mit Pauline bloß zusammen, damit Z. sie dabei sah?

*

Marius entkorkt eine Flasche Wein aus dem Kühlschrank und füllt vier Gläser, die er mit Kelly zusammen ins Wohnzimmer bringt. Dort hat sich Franzi schon über Samuel gebeugt, der auf dem Sofa hingestreckt liegt, in gerechter Erschöpfung. Der Wein stünde auf dem Tisch, sagt Marius und Samuel riecht wie immer herb nach Tabak, außerdem heute nach Kirschbonbons.

Marius und Kelly nehmen am Tisch Platz. Sie legt ihr Jackett nicht ab – ob ihr kalt sei, fragt Marius, sie verneint.

Samuel wirft Franzi vom Sofa, so dass sie hart auf dem Boden aufkommt, was ihr gefällt (zu Fall gebracht, endlich mal wieder – Sehnsucht nach Überwältigung).

Samuel stützt sich auf seine Arme, links und rechts von ihrem Kopf, als wollte er Liegestütze über ihr machen. Einzig die Spitze seines Schwanzes berührt sie gerade. Man kommt an den Mann nicht ran, solange er diesen harten Stab vor sich trägt.

Marius würde gern rauchen, aber er will Kelly nicht belästigen, die selbst nicht raucht.

Samuel lässt sich endlich auf Franzi fallen, mit seinem ganzen schweren Körper. Mit den Händen schälen sie sich gegenseitig aus ihren Kleidern, während sie mit ihren Mündern das Gesicht des anderen attackieren. Samuels Haut ist dunkel, seine vollen Lippen rosig, sein Haar schwarz. Samuel ist ganz warm vor allen Dingen, als hätte er zu lange in der Sonne gelegen, jetzt in später Nacht.

Franzi denkt an einen Urlaub in Portugal, als sie fünfzehn war. Das Verlangen jenes Sommers hieß Jaime. Das Verlangen des nächsten Sommers kannte kein Mensch.

Jaime wirklich glühend auf ebenfalls glühenden Felsen, die Haut braun und fremd. Jaime mit zusammengekniffenen Augen, tiefenschwarz. Die Zähne in Jaimes Bauch hauen und Sand und Salz im Mund zurückbehalten. Jaime in Hauseingängen maßlos begehren. Auf klebrigen Plastikstühlen unterm Tisch einen von der Straße schwarzen Fuß zwischen Jaimes Jeansbeine drücken. Jaime in kalter Nacht die Gänsehaut weglecken und Ewigkeit spüren in dieser Sekunde, im Wissen, morgen abzureisen.

Samuel erinnert sie an Jaime. Sie denkt auch an die warmen, aufgeplatzten Feigen auf den heißen Straßen jenes Sommers, die unter ihren nackten Füßen schmatzten, und an die frischen Feigen, die Jaime und sie von den Bäumen pflückten, um sie sich gegenseitig in den Mund zu stopfen.

Jetzt hat sie Samuel vor sich, das Gesicht auf eine Weise braun, die an das Violett der Feigen erinnert, und dazwischen die saftige Wunde, die sein offener Mund ist. Sie kann Samuel aufbrechen, aufessen, aufsaugen. Wie eine reife, frische Frucht, die den Winter nicht kennt.

Samuels Keuchen ist der dunkle Atem des Lebens. Als hielte man sich eine Muschel ans Ohr. Das Meer, das Erdinnere und das eigene Blut.

Dieses warme Marmortier, das hungrig ist, aber auch blind. Sucht und stößt an, sie hilft ihm nicht. Sie mag das.

Marius würde sich gern mit Kelly unterhalten, sie aber ist wortkarg. Sie hat einen rechteckigen silbernen Ring am Finger und einen in jedem Ohr.

Samuels Becken stößt gleichmäßig an Franzis. Schlicht und wohltuend. Ausgepowert ist Franzi mit sich im Reinen. Franzi ist immer erleichtert, wenn sie Sex hatte. Sie fürchtet, ohne sinnliche Sensationen in die Leere leiblicher Taubheit zu stürzen.

Mit Marius lässt sich diese Angst nur mühsam bekämpfen. Vielleicht wird es ja mit Samuel leicht.

Marius ist ein bisschen traurig, er bangt um seine Nähe zu Franzi. Was kann er denn ausrichten gegen diesen erigierten Mann auf seinem Wohnzimmerteppich. Andererseits – was ist schon das frühmorgendliche Eindringen in Körper? Seelen werden nicht gestreift, bloß weil Genitalien sich treffen.

Kelly ist nicht sehr zugänglich. Das Geschehen auf dem Wohnzimmerteppich betrachtet sie mit teilnahmslosem Blick und auch von Marius nimmt sie nicht allzu viel Notiz. Marius will das aber. Er möchte, dass diese Frau neben ihm endlich aufhört, geflissentlich über ihn hinwegzusehen, und ihn stattdessen mit ihrer geballten Aufmerksamkeit konfrontiert.

*

Pauline erleidet einen weiteren Verlust und spürt deutlich Anns Abwesenheit, die vielleicht früher eingesetzt hat, als sie dachte. Anns Verrat. Ihr selbst tropft das Vertrauen aus jeder Pore auf diesem Bild, doch Ann verrät sie genau in diesem Augenblick.

Was Paulines Stimmung zusätzlich schwärzt: Es gibt keinen Ausblick, denn Pauline kann sich nach wie vor nicht und jetzt weniger denn je vorstellen, einer anderen sich je wieder so zu öffnen, wie sie es Ann gegenüber getan hat, denn so gern sie auch würde – sie weiß, ihr Herz wird sich entschieden weigern, das alles noch einmal zu erleben.

*

Kelly drängt zum Aufbruch. Marius und Franzi schmiegen sich im Bett eng aneinander. Sie riecht Samuel an sich. Er nicht. Er weiß nicht, wie Samuel riecht, denn er begehrt ihn nicht.

Franzi träumt von einem Piratenschiff, auf dem sie mit einem heimlichen Passagier, der Samuel ist, exzessiv vögelt, an etlichen geheimen Orten, weit draußen auf dem Meer und unter Menschenmassen. Irgendwo auf diesem Schiff ist auch Marius. Franzi ist in einer hinteren Ecke ihres Bewusstseins permanent klar, dass sie ihn suchen muss, um bei ihm zu sein, doch vorerst verschlingt sie Samuel.

Sie gleitet am Morgen direkt von dem Piratenschiff in Marius' träge Umarmung, sein durchaus existenter Bauch weich in ihrem Rücken, sein Arm unter ihrem Kopf. Franzi denkt an den Vorabend. Kelly ist Buchhalterin in irgendeiner Werbeagentur und Samuel arbeitet mit Computern, wie sie seit gestern weiß. Franzi hätte nicht gedacht, dass diese interessanten Menschen so langweiligen Tätigkeiten nachgehen.

»Ach, du bist unerträglich arrogant«, sagt Marius, nachdem auch er erwacht ist. »Ständig beurteilst du die Menschen nach ihren Berufen. Und wer nicht für die Kunst oder mindestens die Wissenschaft arbeitet, der ist bei dir untendurch.«

Manchmal weiß Franzi wirklich nicht mehr, was sie eigentlich noch mit Marius verbindet. Aber es ist nicht zu leugnen, dass eine viel zu große Walnuss in ihrem Inneren aufbricht, aus der gemächlich eine saftige, rote Blüte tropft, sobald sie Marius ansieht, der sich beim Schlafen die Hände als Fäuste an das friedliche Gesichtchen mit den geschlossenen Augen hält.

*

Zu Hause findet Franzi Pauline am nächsten Morgen in der Küche, sie hat nicht viel geschlafen. Sie erzählt von dem Bild, das Franzi irgendwie übersehen haben muss. Franzi überlegt, ob man Z. wegen sexueller Belästigung anzeigen könnte. Wegen Verletzung von Persönlichkeitsrechten. Wegen Diebstahl. Er hat Pauline ohne ihr Wissen und erst recht ohne ihre Einwilligung beobachtet mit dem Ziel, sie weiterzuverwerten.

»Er beutet seine Mitmenschen gnadenlos aus«, konstatiert Franzi. »Er ist sagenhaft egoistisch. Er hat keinen Respekt und keine Achtung vor niemandem.«

Außer vor Ann vielleicht und das ist die Frage. Womöglich ist sie wirklich so kalt, wie Pauline es sich nicht vorstellen kann, und hat Pauline vor die Linse ihres Mannes gestoßen, weil es das ist, was seine und ihre Lust entfacht. Vielleicht hat sie Pauline augenblickhaft an Z. ausgeliefert, um sich dadurch ihr Verhältnis mit Pauline zu erkaufen, gegen das Z. sonst sofort aufbegehrt hätte. Wobei er mit seinen unzähligen Frauengeschichten dazu eigentlich kaum ein Recht gehabt hätte.

Gut möglich aber auch, dass Ann von Z.s Anwesenheit damals ebenfalls nichts wusste. Pauline fällt eines ihrer Fotos von Ann ein, auf dem sie unfreundlich von ihrer Arbeit aufblickt, offensichtlich von Z. und seiner Kamera, die sie sich in ihrem Arbeitszimmer verbeten hatte, gestört. Aber wenn Ann von dem Foto nichts wusste, dann wird sich das spätestens jetzt, durch die Ausstellung, geändert haben. Und warum sollte Z. Ann mit einem Bild ihrer Verflossenen unter ihren Händen im öffentlichen Raum einer Galerie überraschen?

Franzi drängt Pauline, Z. zu zwingen, dieses Bild zu vernichten, oder das am besten gleich selbst zu übernehmen.

Die Idee klingt verlockend, aber Pauline will Ann nicht verärgern. Franzi ist fassungslos, doch trotzdem froh um die Fotografie, denn sie könnte Paulines Augen ein weiteres Stück öffnen und sie vielleicht endlich aus ihrem Ann-Schlaf herausholen. Lauter Gründe, Ann abzulehnen, zählen sie auf dem Sofa kuschelnd auf. Verrat und Herzlosigkeit. Verlogenheit und Untreue. Nicht gelebte Frauenliebe, nicht gelebte Dominanz. Ann unterdrückt Ann, um des lieben Friedens und der Karriere willen.

Pauline ist tatsächlich erleichtert, Anns Zwängen entkommen zu sein, an diesem Morgen in Franzis Armen, an Franzis Busen. Gehalten werden und halten. Stark sein im Halten, vergessen im Gehaltenwerden. Auflösen im anderen. Warum will ich mich andauernd in einem anderen auflösen, fragt sich Pauline kurz, dann schweift sie wieder ab. Franzi hält sie fest und küsst ihr Haar und riecht ihr Shampoo. Reines Mädchenhaar, Kinderhaar, sonntags, die Sonne scheint, die Kirche vorbei, die Kommunion ihrer Schwester – Bilderblitze mit Paulines Geruch in der Nase.

6

Franzi und Marius kochen Fischeintopf für Katharina, die direkt aus der Bibliothek kommt, sie hat bald Prüfungen. Das Fenster ist offen, die Luft zum Trinken feucht, es wird gewittern heute Nacht.

Marius kippt Weißwein in den Topf und in sein Glas, öffnet ein Safrantütchen, verteilt den Inhalt über den Küchenboden, flucht und versucht es noch einmal.

Franzi klebt Fischhaut an den Fingern, die sie Marius von hinten um den Hals legt. Er findet das nicht lustig.

»Was ist los«, fragt Franzi, »warum küsst du mich nicht einfach, anstatt schlechte Laune zu verbreiten?«

Marius drückt kurz seine Lippen auf die ihren. »Was sollen wir mit Katharina nachher anfangen?« Marius rührt wie ein Weltmeister.

»Das Übliche. Erst essen wir mit ihr, später quälen wir sie.«

»Ja, aber wie quälen wir sie?« Marius wirkt nervös.

»Ich habe keine Ahnung. Entspann dich doch einfach und lass die Dinge ihren Lauf nehmen.«

»Das kannst du sagen«, sagt Marius, »weil es dir gleichgültig ist, wie es für Katharina ist, was wir tun.«

Franzi knallt ihr Messer auf den Tisch, dass die Gräten tanzen. »Das ist eine gemeine Lüge. Wenn du den Abend so beginnen willst, dann gehe ich besser.«

Marius streckt den Arm nach ihr aus.

»Ach Franzi – entschuldige«, sagt er, »ich bin angespannt. Es ist – die Kanzlei – und diese Schwüle andauernd – vergiss es, ja?«

Franzi gibt sich Mühe, das zu vergessen. Sie muss sich aber leider eingestehen, dass Marius nicht ganz unrecht hat. Sie findet es erotisch, mit Katharina zu spielen. Aber sie weiß nicht, ob sie Katharina wirklich mag. Sie möchte, dass Katharina ihre Spiele genießt, damit sie nicht aufhört, mit ihr zu spielen. Doch ihr liegt Katharinas Glück nicht am Herzen.

Es ist Koriander im Essen. Sie wussten nicht, dass Katharina eine Allergie gegen Koriander hat.

»Gegen was ist sie eigentlich nicht allergisch?«, zischt Franzi Marius zu, als er in der Küche Käsebrote schmiert. Er zuckt die Achseln.

Nach dem Nachtisch küssen sich Katharina und Marius. Franzi sieht zu. Sie findet es schön zu sehen, wie Marius beim Küssen aussieht. So zart und zerbrechlich. Trotz des stetig wachsenden Bauches. Wenn sie ihn selbst küsst, sieht er sicher genauso aus. Sie kann es bloß nicht sehen.

Als Franzi genug vom Zuschauen hat, steht sie auf, greift Katharina ins lange Haar, reißt sie vom Stuhl und zieht sie hinter sich her ins Schlafzimmer. Sie pflückt sie einfach weg von da, wo sie gerade ist. Sie nimmt sich, was sie will. Marius sieht den beiden nach. Er liebt Franzis unbändige Energie, besonders, wenn er sie aus einer gewissen Distanz beobachten kann, ohne ihr selbst zum Opfer zu fallen. Franzi setzt sich breitbeinig aufs Bett, schiebt ihren Rock hoch und Katharina zwischen ihre Beine. Marius nimmt die Peitsche vom Fensterbrett, die Katharina Franzi und ihm zu Weihnachten geschenkt hat. Er zieht Katharinas Hosen hinunter und schlägt ihr mit der Peitsche rote Striemen auf ihren gemächlich sich bewegenden Po. Katharina ist schon wieder tief unten in diesem See, in dem sie nichts erschüttern kann. Franzi schiebt Katharinas T-Shirt hoch, um ihr in die Brüste kneifen zu können, damit sie leidet, während Franzi kommt. Franzi kommt aber nicht. Man kann nicht immer kommen. Manchmal passieren Dinge, die großartig sind, und es berührt einen nicht. Weil etwas fehlt. Es sind nicht die Handlungen, die Detonationen in unseren Tiefen auslösen. Franzi beugt sich über Katharina, um ihren Rücken zu streicheln, wobei ihr langes dunkles Haar in Katharinas Blond hineinfließt, dass Marius ganz schummrig wird.

Marius und Franzi binden Katharina in den Türrahmen. Franzi greift ihr dabei zwischen die Beine. Katharinas Möse ist geschwollen und nass. Franzi sieht Katharina in die Augen. Katharinas Blick ist unlesbar, sie scheint weit weg zu sein. Aber es ist egal, wie sie schaut, Franzi fühlt ja an ihrer Hand, dass Katharina sich jetzt nach einem Fick verzehrt. Und Franzi spürt das erste Mal an diesem Abend selbst eine gewaltige Welle der Lust an ihrem Becken branden, als sie beschließt, Katharina keinen

Orgasmus zu gönnen. Franzi zieht Marius, der sich gerade liebkosend in Katharinas Brüste vertieft, mit sich aufs Bett, wo sie Hand an ihn legt.

Als sie wieder frei ist, laufen Katharina Tränen über die Wangen. Ihre Stimmung muss sich gewandelt haben, als Franzi und Marius miteinander beschäftigt waren, sie haben es nicht gemerkt. Jetzt sind sie bestürzt. Was mit ihr sei, fragen sie, ob sie etwas falsch gemacht hätten. Katharina senkt den Blick, schüttelt den Kopf und sagt nichts. Marius streicht ihr über das Gesicht, Franzi sitzt halbnackt auf dem Bett und fühlt sich hilflos. Katharina läuft ins Bad. Marius geht ihr nach, legt das Ohr an die verschlossene Tür, hört sie leise schluchzen.

Es wäre vielleicht besser, schlägt er, wieder im Schlafzimmer, vor, wenn Franzi nach Hause führe, vielleicht würde Katharina eher sprechen, wenn sie allein wären, vielleicht –

Franzi kneift die Augen zu schmalen Schießscharten zusammen. Dann wirft sie ihr Haar zurück, schnappt sich ihr T-Shirt und stürmt wortlos hinaus.

Marius weiß, dass sie jetzt verärgert ist. Das wollte er nicht, aber was hätte er tun sollen.

Katharina kommt aus dem Bad zurück, in ein Handtuch gehüllt mit roten Augen, fragt nach Franzi, sagt, wegen ihr hätte sie nicht zu gehen brauchen.

»Meine Haut roch nach Koriander, davon wird mir schlecht«, erklärt sie. Mehr will sie immer noch nicht sagen, aber es gehe ihr schon viel besser, die drohenden Prüfungen, sie sei auch so müde. Im Bett schmiegt sie ihr Gesicht in Marius' Armbeuge und schläft schnell ein.

Marius wünscht sich in letzter Zeit häufiger, dass Katharina ein bisschen mehr wie Franzi wäre. Nicht ganz so resolut und laut, aber doch etwas weniger verschlossen. Marius hasst es, von Franzi angeschrien zu werden, und hält es darüber hinaus für furchtbar unproduktiv. Aber er weiß, was Franzi denkt und will, zu jeder Zeit. Doch mit dieser schweigenden, traurigen Frau in seinem Arm wird er einsam.

*

Franzi rast auf ihrem Fahrrad durch den strömenden Regen, rutscht aus, stürzt, schürft sich die Hand auf, flucht, beginnt zu heulen und wirft zu Hause ihre Schuhe gegen die Flurwand, dass der Putz bröckelt. Pauline ist nicht da. Pauline ist ständig zu Hause, aber wenn Franzi sie braucht, ist sie weg. Wozu hat sie eine Freundin, die nicht da ist, wenn sie reden will.

Und wozu – das ist die eigentliche Frage – hat sie eine Geliebte, die ihr den Freund wegnimmt und sie ins Abseits drängt. Wozu Sex mit jemandem haben, der seinen Kummer verheimlicht. Wozu Katharinas Körper besitzen, wenn sie an ihr Herz nicht herankommt. Wozu Marius weiter treffen, wenn Katharina ihm vielleicht mehr bedeutet.

7

Franzis Schützling Maria setzt sich den goldenen Schuss. Sie verschwindet aus dem offenen Vollzug und wird in den WC-Serviceanlagen am Breitscheidplatz tot aufgefunden. Franzi wird das von der Sozialpädagogin der JVA mitgeteilt. In ihrem Kopf singt das Mädchen überlaut »Wunder geschehn, isch habs gesehn!«.

Die Aufführung müsste in drei Wochen ohne sie stattfinden. Es ist bloß so, dass keiner mehr Lust hat, am wenigsten Franzi.

»Ich mache Schluss mit dem Theater«, sagt sie abends am Landwehrkanal zu Pauline. »Es ist ja doch völlig sinnlos.«

Unter Sezuan hat gerade die Erde gebebt und Zigtausende in den Tod gerissen. Franzis Schützling singt mit ihr »Wunder geschehn«, um kurz darauf den Kopf auf die Klobrille einer öffentlichen Toilette zu legen für den letzten Atemzug. Angesichts dessen erscheint es Franzi nahezu obszön, Zeit und Geld in Kunst zu investieren. »Wir denken, das Leben sei schön, doch das liegt nur daran, dass wir hinter unseren abgedunkelten Panzerglasscheiben nichts sehen!«, sagt sie.

»Aber wir spüren es«, entgegnet Pauline gedankenverloren. »Wir spüren alle den Horror vor dem Horror, der uns viel zu nah ist. Immerhin leben wir davon. Die Kapsel, in der wir über dem Abgrund schweben, wird durch Energien aus ebendiesem in der Luft gehalten.«

»Aber dann ist doch Kunst ein Verbrechen!«, sagt Franzi. Denkt an unterlassene Hilfeleistung und denkt nicht mehr klar. Es drehen sich in ihrem Kopf Gedanken und Bilder, dass ihr schwindelig davon wird. Es löst sich karussellfahrend auf, was stützende Säule ihres Lebens war, es überschlägt sich alles im leeren Raum und sie wird diese heisere junge Stimme nicht los, die in einem fort singt: »Wunder geschehn, isch habs gesehn!«

»Kunst ist kein Verbrechen, sondern Leben«, widerspricht ihr Pauline. »Das macht uns doch menschlich. Dass wir Ewigkeit antizipieren in Momenten von universeller Schönheit. Dass wir durch Kunst Zugang zu diesem tatsächlich unendlichen Reichtum an sinnlichen und geistigen Empfindungen erhalten. Dass wir eine Ahnung von dem radikal Fremden in uns und um uns bekommen, weil Kunst uns die Augen dafür öffnet, dass wir Welten, die –«

»Aber das ist doch alles überflüssig im Vergleich zum Überleben!«, unterbricht sie Franzi. »Während wir uns in erlesene Sinneswelten stürzen, sterben, sterben und sterben unzählige Menschen! Wir müssen doch erst einmal die Grundlage, nämlich das Leben selbst, sichern, bevor wir uns in dekadente Genüsse stürzen können!«

»Es ist ein Irrtum, Kunst als dekadent abzutun«, sagt Pauline mit der gelassenen Ruhe der Unbeteiligten. »Dekadent sind Amüsements, denen sich der am Überfluss Abgestumpfte hingibt im verzweifelten Versuch, der Langeweile des Alles-Besitzens und Alles-Kennens doch noch nicht zu erliegen. Kunst aber ist lebensnotwendig, da sie erstens Teil unseres Wesens ist insofern, als dass wir nicht aufhören können, sie zu produzieren, und sie uns zweitens zu dem macht, was wir sind. Wir werden zwar nicht satt von Kunst, aber wir werden durch sie lebendig. Wenn du über die Rettung der unzähligen Todgeweihten auf dieser Welt nachdenkst, dann solltest du dir auch überlegen, wozu du sie retten willst. Wenn wir so viel tun, um das Leben zu erhalten, dann muss es auch stattfinden. Das reine Überleben ist kein Argument.«

»Aber ohne das pure Überleben lässt es sich nicht leben.«

»Das stimmt«, lenkt Pauline ein. »Ich habe allerdings den Eindruck, die Welt ist nicht so ordentlich beschaffen, dass erst aller Überleben gesichert werden könnte, um anschließend gemeinsam mit dem Leben zu beginnen. Es geht vielmehr alles drunter und drüber.«

Abschließend verweist sie auf den dänischen König Christian VIII., der 1813 nach dem Staatsbankrott den Kulturetat erhöhte mit den Worten: »Arm und elend sind wir. Wenn wir jetzt auch noch dumm werden, können wir aufhören, ein Staat zu sein.« Was aus seinem Staat im weiteren Verlauf der Geschichte wurde, möchte Franzi wissen. Das sei in diesem Kontext unwichtig, teilt ihr Pauline mit.

Franzi ist nicht überzeugt. Franzi will nie wieder das Gefängnis betreten, das sie sowieso anwidert, um mit Masken und Liedern gegen die Hoffnungslosigkeit des Stacheldrahtzaunes anzuspielen. Sie will stattdessen ein Café für obdachlose Frauen und

Mädchen eröffnen. Damit sie bei ihr sind, statt in WC-Serviceeinrichtungen zu verenden.

*

Marius trifft Katharina. Sie gehen ins Kino, dann etwas essen. Wie fast immer. Die Routine ist ein Biest, das auf langer Strecke jeden packt. Katharina spricht nicht von drogensatten Kinderleichen wie Franzi vorhin am Telefon, sondern von ihren Klausuren und den Kommilitonen. Von ihrer Sorge, nicht gut genug zu sein. Von dem Geld der Eltern der anderen, das ihr fehlt.

Marius denkt, vielleicht fühlt sich Katharinas Angst um ihren späteren Erfolg genauso an wie Marias Angst vor ihrer Sucht. Vielleicht sind wir es, die Ausmaße festlegen, und nicht die jeweiligen Sachverhalte. Als Katharina sich über ihre Apfelsaftschorle beugt, das Glas mit ihren blonden Haaren rahmt, um den Strohhalm mit den Lippen zu fassen zu bekommen, als sie so ihre Apfelsaftschorle trinkt, denkt Marius daran, wie er mit Franzi und Katharina am Schlachtensee laufen und anschließend in der Fischerhütte ein Bier beziehungsweise eine Apfelsaftschorle trinken war. Franzi sprach davon, die Proteste am 1. Mai nächstes Jahr in die Vorgärten der Grunewaldvillen zu verlegen, schwarz vermummte Autonome aus Osteuropa Orchideenbeete platt trampeln und steinerne Löwen zerdeppern zu lassen. Katharina wiederum trug in ihrem Blick verbissene Sehnsucht nach den Kleidern, den Häusern, den Kindern der Frauen vom Schlachtensee. Zwischen Franzis Wut und Katharinas Neid saß Marius und das ist sein Lebensgefühl.

Zu Hause befriedigt Marius Katharina mit seinen Händen. Sie wird zur Nymphe in ihrem eigenen tiefen See, den er nicht betreten kann. Sie ist ihm fern, was ihn heute nicht reizt.

Danach kann er nicht einschlafen, weil er an Franzi denkt und dann an Maria und dann an das Gefängnis. Denkt Marius an das

Gefängnis, was er als Anwalt für Strafrecht häufig tut, fällt er der zwanghaften Vorstellung eines schmalen, dunklen Lagerraums aus Beton zum Opfer. In diesem Lagerraum, der sich auf einem weiten Fabrikgelände befindet, wuseln Menschen durcheinander, krabbeln übereinander hinweg, krallen sich in die Wände, von denen sie abrutschen, sinken ein in das Knäuel aus Leibern, zu dem sie selbst gehören. Würde einer die Tür des Lagerraumes öffnen, würden die eingesperrten Wesen sich als Schwall auf das Gelände ergießen. Marius versucht jedes Mal, wenn ihn diese Vorstellung befällt, verzweifelt, sich auszumalen, wie man die Tür aufmachen müsste, um nicht unter der herausdrängenden Körpermasse begraben zu werden. Eigentlich wäre es ganz einfach: Er müsste sich bloß hinter der Tür, die natürlich nach außen öffnet, weil innen kein Platz ist, verbergen. Tut er dies aber in Marius' Kopf, dann üben die Herausschwärmenden Druck auf die Tür aus, woraufhin ihr Befreier zwischen Tür und Wand zerquetscht wird. Marius kann nicht machen, dass die Wesen in seinem Kopf das nicht machen.

(Übrigens hat ihm Pauline einmal erzählt, dass laut Kierkegaard sich das Glück ebenfalls hinter einer Tür verberge, die nach außen öffnet, weswegen es mehr als sinnlos ist, sich mit Macht gegen selbige zu stemmen. Seitdem blitzt immer wieder dieses Bild in Marius' Kopf auf, wie er selbst sich kraftvoll gegen die Tür zu seinem Glück stemmt, während ein anderer er selbst verzweifelt versucht, ihn von dieser Tür wegzuzerren, aber es ist nicht möglich, der Stemmende besitzt die Kraft eines Epileptikers.)

Am nächsten Morgen schlägt er Katharina, kaum dass sie den Kopf erwachend aus ihrem Schlafsee gesteckt hat, wieder sanft in ebendiesen hinein, ohne dabei selbst irgendeinen Ort jenseits seines Bettes zu erreichen.

8

Marius fragt Franzi, als sie von ihrer Idee mit dem Café für obdachlose Frauen erzählt, wovon sie eigentlich leben will, ganz generell. Franzi hält diese Frage für notwendig, aber uninteressant. Ihre Frage – und da gibt sie Pauline recht – ist nicht, wovon, sondern wie sie lebt. Sie will ein schönes Leben, und ein schönes Leben ist in ihren Augen eines, das nicht von allzu vielen Schandflecken übersät ist. Unterlassene Hilfeleistung ist ihrem ästhetischen Empfinden zufolge ein Schandfleck. Sich künstlerisch zu verwirklichen, während anderen die Mittel fehlen, um sich auch nur instand zu halten, ist nach ihrer Ansicht unterlassene Hilfeleistung. Marius hält diesen Gedankengang für relativ absurd und die Idee mit dem Café für nur schwer umsetzbar, aber durchaus reizend.

Pauline und Katharina sind bereit mitzumachen, doch ihre Begeisterung hält sich in Grenzen. Wie kann man so weltvergessen in seinem eigenen Saft schmoren, denkt Franzi mit Blick auf die eifrige Jurastudentin und die beharrlich um ihre Sexualität Trauernde. Immerhin gelingt es ihr, Pauline dazu zu überreden, über die Wiederaufnahme der Arbeit an ihrer Promotion nachzudenken.

Was Katharina anbelangt, so würde sie ihr am liebsten die Augen auskratzen.

Marius hat nichts gegen Katharinas Augen, er möchte im Gegenteil gern wieder einmal sehen, wie sie sie schließt, während sie in ihren Lustsee sinkt, doch er erreicht sie nicht. Weder per Mail noch telefonisch. Franzi ist Marius gegenüber aggressiv und Katharina nicht zu sprechen. Er scheint alles falsch zu machen. Als er Katharina dann doch erwischt und sich abends mit ihr trifft, will sie nicht mit ihm schlafen. Sie habe Blasenschmerzen, sagt sie, und sei müde. Im Bett dreht sie ihm den Rücken zu.

Er umschlingt sie von hinten. Im Laufe der Nacht verlieren sie sich. Sie wachen beide kurz auf, als die Müllabfuhr kommt. Katharina gibt einen Grunzlaut von sich und dreht sich wieder zur Seite, von Marius weg. Es hat vielleicht nichts zu bedeuten, aber sie umarmt ihn nicht. Sonst legt sie ihm den Arm über die Brust, wenn sie nachts aufwacht. Doch man weiß nicht, warum Menschen tun, was sie im Schlaf tun. Und es ist heiß in diesem Zimmer.

*

Pauline liegt in der Badewanne, schon so lange, dass aller Schaum weg ist. Franzi kommt und wäscht ihr den Kopf. Sie wollte sich eigentlich bloß die Hände waschen, als sie von den Proben im Knast heimkam (man kann die anderen Frauen nicht im Stich lassen, nur weil einem eine entglitten ist). Aber dann lag Paulines Körper einladend, entspannt und irgendwie wirklichkeitsfern in der Badewanne. Das Wasser ist ein idealer Ort für Pauline, denkt Franzi, alle Formen verschwimmen darin, Entfernungen sind nicht mehr gut einzuschätzen, es ist alles ein Gleiten und Sich-tragen-Lassen. Paulines etwas unwirklicher Körper hinter oder in einer Mauer aus Wasser steht ihr sehr gut, findet Franzi. Und ihr Haar, wenn sie es eintaucht, ist so weich wie der Flaum eines Kükens, denkt Franzi, ohne jemals ein Küken berührt zu haben.

Sie solle nicht zulassen, dass Ann ihr ihre Promotion verderbe, rät sie Pauline.

»Du hast dir ihr Thema aufzwingen lassen, weil du das erotisch fandest in deinem verschrobenen submissiven Empfinden«, fasst sie Paulines wissenschaftliche Arbeit des letzten Dreivierteljahres zusammen. »Aber ihr Thema ist nicht deines, weil ihr Thema ein nützliches ist. Es geht ihr um wissenschaftliches Futter für die Frauenbewegung, um Emanzipation und Gleichberechtigung beziehungsweise das Anerkennen ihrer Unmöglichkeit. Du hingegen hast einen Horror vor Zwecken.« Franzi kennt diese Pauline in diesem warmen, kräutergespeisten Wasser gut. »Deine ursprüngliche Idee war es deswegen, deinem Wesen gemäß über diejenigen Orte zu schreiben, die sich jenseits von allem befinden, weil sie nutzlos und allein der Lust des Augenblickes gewidmet sind. Jahrmärkte, Rummel, Ferienparadiese, Riesenräder, SM-Clubs, Bordelle, Gemälde – all das eben.«

Pauline seufzt. Sie ist träge vom langen Liegen im warmen Wasser. »So einfach ist es ja leider nicht«, erklärt sie. »Alle meine schönen nutzlosen Lustorte sind ja doch durchsetzt vom Nutzen. Diese südfranzösischen Urlaubsorte am Meer, die im Sommer Abertausende von Touristen unterhalten und im Winter verschwinden, die ernähren doch auch Abertausende von Menschen. Sogar vor den Riesenrädern gibt es Kassen, und Kartenabreißer und Schausteller brauchen jeden Cent. Die lustvolle Nacht im Bordell finanziert die Klassenfahrt der Tochter der Nutte, das Betrachten eines Gemäldes treibt das Geld für die Farben für das nächste ein. Ganz zu schweigen davon, wie wichtig beispielsweise der Karneval schon immer zur Wahrung der bestehenden Verhältnisse war und wie viele Ehen wohl durch die Existenz von Bordellen stabilisiert werden.« Pauline schließt die Augen. »Es ist verzwickt. Man kann der Nützlichkeit einfach nicht entkommen.«

Franzi taucht ihre Hand ins seifige Wasser und zeichnet mit ihrem Finger eine unsichtbare Linie, wo sie die Mitte von Paulines Körper vermutet. Vom Schlüsselbein hinunter zum Schambein. Auch hier weicher, weicher Kükenflaum. Pauline rasiert sich nicht mehr, seit Ann aufgehört hat, sie anzufassen. Was tue ich hier eigentlich?, fragt sich Franzi, so berührt man andere Menschen nicht einfach, nicht zum ersten Mal und einfach so.

Was tut sie da eigentlich?, fragt sich Pauline und beschließt, nicht weiter darüber nachzudenken.

»Dann geh doch in das Labyrinth hinein, Süße, und suche einen Ausweg aus der Nutzmanie«, schlägt Franzi vor. »Vielleicht gibt es ja doch einen Weg oder einen Ort.«

Das gefällt Pauline hinter ihren geschlossenen Augen. Sie summt zufrieden oder zustimmend oder beides. Ja, das könne sie wirklich tun, verkündet sie dann, während sie mit ihren Zehen den Wasserhahn aufdreht, um frisches heißes Wasser zu bekommen.

9

Marius, Franzi und Pauline essen späten Spargel. Pauline hatte sich vorhin mit dem Schäler in den Finger geschnitten und andächtig ihr eigenes Blut betrachtet. Marius war ebenfalls fasziniert davon. Franzi hatte ihm einmal eine Erzählung von Garcia Márquez vorgelesen, in der eine junge Frau aus der Karibik sich in den Flitterwochen an der Dorne einer geschenkten Rose stach und nicht mehr aufhörte zu bluten, bis sie in einem Pariser Krankenhaus starb. Daran dachte er, während Pauline ihren Mittelfinger so drehte, dass der Blutstropfen nicht hinunterfiel. Und wenn sie einfach immer weiter blutete, überlegte er, ohne dadurch umzukommen? Wenn sie überall, wo sie auch wäre, einen Blutstropfen hinterließe, wenn sie jeden Gegenstand, jedes Kleidungsstück und jeden Menschen, der sie umgäbe, mit ihrem Blut betropfte? Wenn eine ganz zarte Blutspur ihren Schritten folgte, an jeden Ort?

Franzi wickelte erst ein Taschentuch, später ein Pflaster fest um den Finger. Sie tat Pauline dabei weh und sie fand das richtig. »Pass doch ein bisschen auf, Pauline!«, sagte sie. »Die Welt ist zu gefährlich, um sie mit geschlossenen Augen zu durchschreiten!«

Pauline strich ihr gedankenverloren mit dem verletzten Finger über die Handinnenfläche.

Jetzt lutscht Pauline Spargel aus der Hand. Der Saft läuft über Lippen und Finger und durchnässt ihr Pflaster. Franzi macht das ärgerlich. Pauline ist einfach völlig selbstvergessen. Franzi hätte Lust, ihr grob Mund und Finger sauberzuwischen oder ihr ins Gesicht zu schlagen.

Es gibt zwei Menschentypen, die zu ohrfeigen Franzi reizt: einmal diejenigen, die eine gewaltige Arroganz ausstrahlen, welche Franzis Annahme zufolge durch ihren Schlag wie ein staubiges altes Kartenhaus in sich zusammenfiele, um etwas Echtes freizulegen (dieser Typ reizt Marius überhaupt nicht und er schlägt auch Katharina im Gegensatz zu Franzi nicht, weil er ihr Arroganz unterstellt). Und dann die, die schüchtern und in sich gekehrt wirken, denen Franzi aber zutraut, nach einem Schlag ins Gesicht selbstbewusste Größe zu entfalten. Zu diesem Typ zählt sie Pauline. Es brächte sie jetzt ins Gleichgewicht und mit sich selbst in Kontakt, geschlagen zu werden.

»Süße, du tropfst«, sagt Franzi.

»Ich weiß«, murmelt Pauline.

Morgen Abend werden Franzi, Pauline und Katharina wieder ins Expedia gehen. Franzi versucht, Marius zu überreden, mitzukommen.

»Es ist ein queeres Fest«, sagt sie, »das heißt, es sind auch Männer willkommen.«

»Aber nur solche, die queer sind«, wendet Marius ein.

»Das ist eine Definitionsfrage«, entgegnet Franzi. »Ich finde dich durchaus queer.«

»Langweilst du dich neuerdings ohne mich?«, stichelt Marius.

»Du könntest dich ein bisschen schminken vielleicht«, überlegt Pauline und damit ist das Thema für Marius endgültig erledigt. Marius hat einen Horror vor Schminke. Dezentes Make-up geht, aber er mag keine bunten Münder oder Augenlider. Franzi trägt ihm zuliebe nackte Lippen, wenn sie sich treffen, Katharina auch. An Kelly schätzt Marius, dass sie zwar sehr viel Wert auf Kleidung und Schmuck zu legen scheint, sich aber keine Farben ins Gesicht schmiert.

Als er ungefähr sieben Jahre alt war, haben seine große Schwester und ihre Freundinnen ihn einmal auf einem Stuhl festgebunden, mit Schals und Bademantelgürteln. Sie haben ihn auf seinem Sitz vor den großen Spiegel des elterlichen Schlafzimmers gezerrt und sind ihm mit den grellen Farben ihrer Mütter ins Gesicht gefahren. Entsetzt sah er seinem eigenen Verschwinden zu. Im Spiegel erschien eine Clownspuppe und er schrie sich selbst nach. Die Augen gebläut, die Lippen blutig rot, die Wangen gerötet, die Nase wund glänzend. Affe, dachte er und denkt er häufig heute noch, sieht er geschminkte Menschen. Und er kann nicht anders – er muss dann sich selbst in Farbe denken und das macht ihn schwindelig. Affe, denkt er, Affe wäre er dann unter Menschen. Er würde blinken wie eine Leuchtreklame im Urwald – hier in der Stadt fällt sie nicht auf, aber er täte es, wäre er ein Affe mit Farben im Gesicht aus Chemie und Pflanzenextrakten, die da nicht hingehören.

Das gab es schon oft: Gespräche mit Franzi und Pauline über geschlechtliche Zuschreibungen und frei verfügbare Identitäten. Dass Make-up nichts für Männer sei und dass Männer die einen, Frauen die anderen und die Welt eine sei, die sich in männliche und weibliche Sphäre unterteile, all das ist Unfug in ihren Augen. Das lustvolle Spiel mit klassischen Rollenbildern, Gendercrossing und Crossdressing, Transidentitäten, Zwischengeschlechtlichkeit – solche Dinge faszinieren ihre Köpfe, während ihre Körper sich höchstens einmal im Jahr ein bisschen knabenhaft geben.

Marius leuchtet das nicht ein, dass ihn künstliche Farben aus fernen Fabriken sich selbst näher bringen könnten. Und er sieht nicht, was an seiner empfundenen Männlichkeit selbstentfremdend ist. Mag schon sein, dass man ihn zu dem gemacht hat, der er ist, dass ihn die Menschen und Strukturen, die ihn umgeben, so geformt haben, weil sie eben alle beseelt sind von diesem Bedürfnis nach klaren Geschlechtlichkeiten. Doch das interessiert ihn nicht. Ob er gemacht oder geworden ist, erscheint ihm nebensächlich. In erster Linie ist er, der er ist, und verspürt kein Bedürfnis danach, an sich selbst Eingriffe vorzunehmen.

An jenem Abend vor langer Zeit hatte er das Bett seiner Schwester, ein paar Kleidungsstücke und ihre Zimmerwände mit sämtlichen Schminkutensilien, die er finden konnte, eingeschmiert. Die Schwester schrie, die Eltern ebenfalls, Marius war befriedigt.

Er wurde noch einmal geschminkt, als er doppelt so alt war. Das war auf einer Party bei einem Freund. Marius hatte viel zu früh begonnen, viel zu viel Tequila zu trinken. Die Welt wurde amorph. Alles schwamm. Erscheinungen waberten ineinander, bevor er sie erfassen konnte. Es wurde ein Porno angesehen, von dem er nichts erkannte, nicht einmal der Fernseher hielt still. Er wollte in den Garten. Die Tür war geschlossen, aber aus Glas. Er lief dagegen, er fiel und lag und wurde aufgehoben von wabernden Freunden, deren Einzelheiten sich nicht zu Körpern zusammenfügten. Sie schleppten ihn mit sich, er durchschritt das bergige Wohnzimmer, auf und ab, von einem wankenden Hügel zum nächsten, alles in Bewegung und Worte, deren Spur er in den Mäandergängen seines Gehirns verlor. Er gelangte ins Bad, wo auch Caroline war. Caroline mit braunem Haar und diffusem Gesicht, Caroline, die er heimlich liebte. Das würde jetzt endlich einmal losgehen, da war er sich sicher, diese Geschichte zwischen seiner Nachbarin und Klassenkameradin und ihm, wo sie doch schon im selben Badezimmer waren. Die Freunde aus verschwommenen Einzelteilen schmierten ihm Schminke ins Gesicht, rosa Lippenstift auf Mund und Wangen, Grün auf die Augenlider. Er grinste sich im Spiegel an und Caroline dahinter.

Affe, dachte er, aber so sieht sie mich, sehen alle mich, Affe, mich kann man nicht mehr übersehen, Affe, an mir kommt sie nicht vorbei.

Am nächsten Morgen war sein Kissen voll Farbspuren, unerklärlich, und, schrecklicher, sein Gesicht ebenfalls, als er es im Badezimmerspiegel fand. Sein Kopf schmerzte und so sah er aus. Eine verschmierte Wunde. Marius schlug hart in dem ausgetrockneten Teich auf, der er jetzt war.

»Dir entgeht eine große, weite Welt, wenn du dich nur in Räumen bewegst, die nach den Prinzipien der Zweigeschlechtlichkeit organisiert sind«, konstatiert Franzi.

»Es ist nicht der am glücklichsten, der die meisten Welten bewohnt«, gibt er zurück, obwohl er weiß, sie wird das nie begreifen.

»Glück ist eine irrelevante Kategorie«, sagt Pauline.

10

Franzi hüllt sich in ein langes weißes Kleid mit tiefem Ausschnitt und weitem Rock, das ihr mit ihrem dunklen Haar und ihrer braunen Haut sehr gut steht – Pauline wusste nicht, wie verführerisch Franzi in Weiß aussehen kann. Wie das Versprechen von Sommerabenden an irgendwelchen Stränden oder zumindest in staubigen Gassen, deren Schmutz diesen weißen Rocksaum niemals erhaschen könnte.

Pauline legt mehr Eigeninitiative an den Tag als bei der Party im letzten Monat. Franzi muss sie nicht triezen und drängen, muss ihr nicht das Haar bürsten und ein Kleid herauslegen. Pauline ist seltsam begierig darauf, ihre Hausburg zu verlassen und auf sadomasochistischem Parkett als eigenständiges, souveränes Subjekt zu erscheinen, dem ein Leben offen steht auch ohne Ann.

Ohne diese Ann, die in sie hineingriff, um Z. zu berühren. (Unterstellungen vielleicht, aber das spielt keine Rolle, wenn Sprachlosigkeit Beziehung ersetzt hat, sagt Franzi.) Pauline fühlt sich vor dem Badezimmerspiegel ein wenig fiebrig, als sie das erste Mal seit einem halben Jahr die Möglichkeit in Betracht zieht, Vergnügen aus der Tatsache zu ziehen, dass ihr Anblick einer anderen Person Vergnügen bereitet. Dass mit jedem Funken von Begehren Verletzlichkeit einhergeht, ist ihr glasklar – ihr Fleisch ist noch wund von Anns Prankenschlag. Doch sie fühlt sich mutig heute. Sie denkt an Ann am Meer an einem Nordsommerabend. Ann zog sich ihren Schal von den fröstelnden Schultern, um ihn Pauline umzulegen, und es fiel etwas in Pauline, etwas Großes und Schweres. Sie genoss diesen Fall. Jetzt denkt sie: Lieber will sie mit Gänsehaut durchs Leben gehen, als offene Wunde in verräterischen Händen vor fremden Augen zu sein.

Pauline möchte nicht mehr das hübsche Mädchen darstellen, das Ann so gut gefiel. Sie trägt eine weite schwarze Leinenhose, dazu ein weißes Shirt und ein offenes weißes Hemd. Sie schminkt sich nicht und kämmt sich nicht. Sie sieht aus wie ein niedliches Mädchen, das keines sein möchte. Franzi fühlt sich inspiriert und Pauline tankt Kraft aus ihrem entzückten Blick.

»Warte einen Moment!«, sagt Franzi und verschwindet in ihrem Zimmer. Pauline lehnt in der Badezimmertür und lauscht dem Rumpeln in Franzis Gemächern. Als sie wieder herauskommt, ist ihr Gesicht gerötet und sie hält eine braune Baskenmütze in der Hand.

»Willst du dir nicht das Haar abschneiden?«, fragt sie Pauline, während sie selbiges unter die Baskenmütze stopft.

»Ich weiß nicht«, antwortet Pauline, gefällt sich aber im Spiegel mit der Mütze auf dem Kopf – und vor allen Dingen der begeisterten Franzi hinter sich – ziemlich gut. Franzi dreht Pauline wieder zu sich um, steckt ihr das T-Shirt halb in die Hose, schiebt die Mütze etwas zur Seite, rennt in die Küche, kommt zurück und klemmt Pauline eine angezündete Zigarette in den Mundwinkel. Pauline grinst. Sie spreizt die Beine, lehnt sich ans Waschbecken und fasst sich mit einer Hand in den Schritt. »Darf ich Sie auf einen Kaffee einladen, schöne Frau?«, säuselt sie.

Franzi wickelt sich eine Haarsträhne um den Finger. »Wein wäre mir lieber!«

»Alles, was du willst, Baby!«, Pauline schlendert ihr voraus in die Küche. Mit der Zigarette im Mundwinkel nimmt sie den Weißwein aus dem Kühlschrank, stößt die Tür mit dem Fuß wieder zu, fasst die Flasche grob am Hals und schenkt zwei Gläser ein.

»Für dich, schöne Frau!«, sagt sie, umgreift das Glas mit der gesamten Hand und reicht es Franzi, die mit zwei Fingern den Stiel fasst. Pauline dreht einen Stuhl um und setzt sich breitbeinig Franzi gegenüber hin, starrt ihr ungeniert in den Ausschnitt. Dabei steigt ihr der Rauch ihrer Zigarette direkt in die Augen, es brennt, Pauline muss husten und lachen.

»Du bist echt ein geiler Kerl«, stellt Franzi fest. »Ich muss mal was holen.«

Sie lässt es wieder in ihrem Zimmer rumpeln, aber sie versteckt diesmal, was sie gefunden hat, in ihrem Rucksack.

Auf dem Fahrrad auf dem Weg zum Expedia hat Franzi Bilder im Kopf wie aus einer Gauloise-Werbung, die es nicht gibt: ein französisches Dorf im Sommer, es ist Nachmittag, die Straßen leer. Sonne verbrennt Eidechsenhaut. Disteln am Wegrand. Die Luft ist staubig. Das Becken des alten römischen Waschhauses ist ausgetrocknet. Vor einem Häuschen sitzt eine Alte mit Haut wie Pergament. Ein Bistro an einer Ecke, in dem ein paar Männer Wein trinken, sonst nichts. Franzi in ihrem weißen Kleid geht die staubigen Straßen entlang, weil sie hier etwas Wichtiges zu erledigen hat – was das ist, tut nichts zur Sache. An einer Mauer lehnt Pauline als Garçon. Das eine Bein angewinkelt, den Fuß gegen die Mauer gestemmt, die Hände in den Hosentaschen, das Hemd schmutzig, zwischen den rissigen Lippen eine filterlose Zigarette. Der Garçon würde Franzi unverblümt anstarren, ihren Brüsten beim Wippen zusehen, ihrem Haar beim Im-Wind-Wehen, ihren Füßen, die in Sandaletten steckten, deren Pfennigabsätze Löcher in den Lehmboden bohrten. »Glotz nicht so!«, würde Franzi ihm zurufen, aber der Lümmel verstünde sie nicht. Er stieße sich mit dem Fuß von der Mauer ab und käme auf sie zu. Er zöge eine Hand aus der Hosentasche, um ihr in den Hintern zu kneifen. Sie drehte sich blitzschnell um und schlüge ihm hart ins Gesicht. Sein Kopf flöge zur Seite, die Mütze rutschte ihm vom Kopf. Die langen, weichen Haare darunter kämen zum Vorschein, flössen ihm glänzend auf die Schultern.

»Was bist du, ein Kerl oder ein Mädchen?«, würde Franzi ihn anfahren, aber er verstünde ja nicht. Da würde sie sein Hemd aufreißen, den runden Busen darunter sehen und ihm laut in das erschrockene Gesicht lachen. Sie würde ihr einen Schubser geben, so dass sie rücklings in eine Schlammpfütze fiele, ihr den Rücken zuwenden und von dannen schreiten.

*

Als Katharina in ihrem roten Sommerkleid im Expedia erscheint, zwingt Franzi sie, es auszuziehen (im Barraum, wo sie alle sehen und keiner spielt; Franzi zittern die Hände und sie ist froh um Pauline, die sie stärkend in ihrem Rücken spürt). Kaum ist Katharina nackt – gänsehäutig, aber ruhig, ihr macht ihre Nacktheit nicht so zu schaffen wie Franzi –, verbindet Franzi ihre Augen mit einem roten Halstuch, das Marius ihr einmal geschenkt hat. Sie schnallt ihr einen Harness samt Dildo in Rosa (dieser wiederum ein frühes Geschenk von Pauline) um. Dann zieht sie ihr Boxershorts in Grün mit Snoopy-Figuren und ein Rippenunterhemd in Gelb an. Ihr langes blondes Haar knüllt sie zusammen und verstaut es unter einer schlichten schwarzen Wollmütze. Die geschminkten Lippen wischt sie ihr mit einem nassen Lappen, den ihr Pea vom Tresen aus reicht, so gründlich ab, dass die gesamte untere Gesichtshälfte rot wird und Katharina blind keucht.

Im Bad vor dem Spiegel wird Katharina bleich, als Franzi das Tuch vor ihren Augen löst. Franzi sieht, wie der dünne Körper sich versteift, und greift instinktiv nach Katharinas kleinen Brüsten.

»Hättest du anständige Titten, würdest du keinen so guten Kerl abgeben«, konstatiert sie knetend. »So hat alles seine Vorteile.« Katharina scheint sich etwas zu fangen, sie leistet keinen Widerstand. Franzi bekundet, es sei ihr Wunsch, von Katharina als Knaben charmant umgarnt zu werden. »Wenn du das gut machst«, schließt Franzi, »dann kriegst du mich vielleicht sogar ins Bett.«

Katharina macht das nicht gut. Katharina kauert auf einer Bank und starrt vor sich hin. Franzi reißt ihr die Beine auseinander – »Was bist du, ein Kerl oder ein Mädchen?«

Katharina erwidert nichts. Erst nach Franzis dritter Ohrfeige murmelt sie leise, sie sei ein Kerl, und es scheinen ihr Tränen quer im Hals zu liegen.

Franzi und Pauline trinken am Tresen Sekt-Aperol mit Pea, die heute so etwas wie eine blau-weiße Matrosinnenuniform trägt. Franzi schiebt ihr Glas nach zwei Schlucken beiseite; die Erkenntnis, dass sie als dominante Spielerin zu viel Verantwortung trägt, um sich zu betrinken, ist ihr schreckgleich in die Glieder gefahren.

Ara und Kai erscheinen, beide in Shorts und Shirts. Kai ist verschwitzt, sie hatte schon den ganzen Tag über Sportunterricht bei Ara. Diese hat es sich zum Ziel gesetzt, Kai erst dann in Ruhe zu lassen, wenn sie am Boden liegt und nicht mehr aufsteht.

»So weit waren wir heute Mittag schon«, jammert Kai. »Du hast mich, nachdem Tritte nicht geholfen haben, vom Waldboden aufgehoben und zu dieser Bank getragen, auf der ich mindestens eine halbe Stunde lag!«

»Das stimmt«, sagt Ara, mit glücklichem Grinsen, »du warst wundervoll! Genau so will ich dich noch einmal haben!«

Bevor sie sich ans Training machen, widmen die beiden sich Katharina. Franzi kuckt mürrisch zu dem Kerl hinüber, der nichts von einem Kerl hat, der eingesunken vor seiner Apfelsaftschorle sitzt und den kleinen Finger abspreizt beim Trinken. Kai und Ara unterweisen Katharina in kerligen Gesten, so gut es geht. Sie tut sich wirklich schwer.

Mo sitzt in einer anderen Ecke. Pauline gesellt sich zu ihr. Nora spielt heute bloß mit Tanja, irgendwo in den hinteren Räumlichkeiten. Mo darf nicht einmal zusehen.

»Warum nicht?«, fragt Pauline. Mo weiß es nicht. So sei sie, sagt Mo, so sei Nora. Mal verzaubert, mal ignoriert sie. Es ist unberechenbar und nicht vorherzusehen. Man ist dem ausgeliefert. Pauline hat Mitleid mit Mo, die so traurig ist, und fühlt, dass sie selbst bei allem Ann-Liebeskummer doch immerhin freier ist als Mo. Eindeutigkeit, so schmerzhaft sie auch sein mag, ist in der Regel leichter zu ertragen als Unsicherheit, nichts zu haben, meist immer noch mehr als etwas, doch zu wenig.

»Sie zieht dich übers Meer an jene Küsten aus Gold und Elfenbein: an ihren Mund. Dort aber liegst du immer auf den Knien und sie verwirft und wählt dich ohne Grund«, zitiert Pauline Ingeborg Bachmann leicht abgewandelt. Mo sieht sie fasziniert an, sie sagt: »Ja. Genau so ist sie. So sind wir.«

Auf einem Barhocker sitzt eine große, ziemlich breite Blondine Mitte vierzig, das halblange Haar im Pferdeschwanz, schwarze Hosen, schwarzes Hemd. Vor ihr steht eine zierlichere Blonde in einem kurzen hellen Kleid, sicher zwanzig Jahre jünger. Die Ältere hält die Jüngere am Hals und zieht sie zu sich, um sie zu küssen. Die Jüngere reckt sich ihr entgegen, so gut es geht. Die Ältere entzieht sich. Sie dreht der Jüngeren den Arm um. Die steht mit geschlossenen Augen und geöffnetem Mund, die Züge etwas schmerzverzerrt, der Leib in Hingabe nach vorn gebogen.

Pauline erinnert sich, die beiden letzten Monat schon im Spiel gesehen zu haben. Von der Jüngeren hat Pauline hauptsächlich ihren bloßen Hintern voll geschwollener Striemen in Erinnerung, über einem Zuchtbock, hinter dem die Ältere stand, Zärtlichkeit und Glück im Blick, während sie mit dem Rohrstock zuschlug.

Franzi lässt sich von Pea mit Weisheiten über das Leben wie die Liebe versorgen und nimmt dabei verwundert zur Kenntnis, dass sie zu gleichen Teilen begeistert von Katharina ist und sich über sie ärgert. Sie genießt, wie Katharina als ihr Werk, ihre Figur und ihr Gedanke in neuem Geschlecht und ungewohnter Kostümierung verschüchtert in dieser Ecke hockt, die Schultern vorgezogen, die Beine offensichtlich nur widerwillig breit gehalten. Andererseits nimmt Franzi dem dummen Ding wirklich übel, dass es bloß dröge wie ein Sack auf seiner Bank lümmelt, anstatt Initiative zu entwickeln, sich um Franzi zu bemühen. Sie möchte umworben sein. Sie möchte auf ungelenke Flirtversuche mit Hochmut reagieren und Katharina rot werden sehen. Sie möchte, dass etwas passiert. Sie sieht nicht ein, warum sie, bloß weil sie dominant spielt, das Spiel allein in Gang halten soll.

Dritterseits ist Katharinas ruhiges, stilles, introvertiertes Spiel der unübersehbaren Betroffenheit schlichtweg reizvoll.

Franzi springt von ihrem Barhocker auf und marschiert wehenden Rockes auf Katharina zu. Sie packt sie am Arm und reißt sie hoch. »Habe ich von dir verlangt, trübsinnig in der Ecke zu hocken, oder solltest du um mich werben?«, herrscht sie Katharina an, die Franzis Zehen in weißen Sandalen mustert.

»Leihst du mir deinen Gürtel?«, fragt Franzi Mo, welche bereitwillig die Schnalle ihres breiten schwarzen Gürtels öffnet.

Franzi schreitet in die hinteren Räumlichkeiten, in der einen Hand den Gürtel, mit der anderen Katharinas Arm umgreifend. Mo und Pauline folgen ihr. Franzi wirft Katharina über einen Zuchtbock und zieht ihr die Shorts herunter. Der Dildo, den sie ihr umgebunden hatte, steht zur Seite, sie klemmt ihn Katharina unter den Bauch. »Du bist träge, unfähig und lahm«, schimpft Franzi, während sie der schreienden Katharina mit gewagtem Schwung den Gürtel über den Hintern zieht. Sie registriert, wie Pauline und Mo, an eine Pritsche gelehnt, ihr zusehen. Ihr ist vollkommen klar, dass beide sehnsüchtig die breiten, roten Streifen auf Katharinas kleinem Po betrachten und wünschten, sie wären an ihrer Stelle.

An einer Sprossenwand strampelt Kai, mit Rohrstockstrichen auf den Beinen. Ara ist fasziniert von Franzi, sie lacht über das Temperament ihrer Schläge und Kai ist sichtlich erleichtert, Aras Aufmerksamkeit einen Moment lang zu verlieren.

»Gibst du dir jetzt mehr Mühe?«, fragt Franzi, als sie Katharina nach oben zieht und ihr grob die Haare erneut unter die Mütze steckt. Katharina wimmert und zittert und gibt kein erkennbares Zeichen des Einverständnisses von sich. Ihr T-Shirt ist verrutscht, ihr Arsch glühend rot, ihr rosafarbener Pimmel steht steif zur Seite.

Ara ist plötzlich hinter Franzi, die Hand auf ihrer Schulter. »Sag mal, meinst du, Mo dürfte deinem kleinen Freund etwas zu Diensten sein, wenn sie lieb bittet?«, fragt sie.

»Gern!«, sagt Franzi. Sie hebt Katharinas Gesicht mit einem Griff unter ihr Kinn. Katharina nickt vage.

Ara winkt Mo heran. »Nora scheint dich heute etwas zu vernachlässigen«, sagt sie, »aber wenn du brav darum bettelst, erlaubt dir Franzi vielleicht, dem Kleinen hier einen zu blasen.«

Mo wird rot und senkt den Blick, aber sie geht tatsächlich vor Franzi auf die Knie und bittet leise um die Gnade, ihren

Mund anbieten zu dürfen. Franzi spreizt Katharinas Beine, die immer noch auf ihrem schmerzenden Po auf dem Zuchtbock kauert. Ara zieht Mo die Hosen herunter. Mo rutscht auf Knien zu Katharina hin, sieht sie fragend, suchend, begehrlich an und lässt dann deren Schwanz aus Gummi in ihren Mund bis hin zu ihrem Gaumenzäpfchen gleiten. Die Augen hält sie geschlossen und ihr Oberkörper hebt und senkt sich, während sie schwer durch die Nase atmet. Katharinas weiße, dünne Schenkel, Mos rotes Gesicht. Ihr schwerer Atem, Katharinas verhaltener. Ara nimmt den Gürtel, den Franzi zur Seite gelegt hat, und schlägt damit Mo, während sie bläst. Die Musik geht plötzlich aus. Zu hören ist das Klatschen des Gürtels auf Mos Haut, ihr Atem, ihr Wimmern – mehr nicht. Dass sie sich zwischen die Beine fassen dürfe, wenn sie wolle, sagt Ara irgendwann und dann lässt sie Mo blasen, bis sie kommt.

Kaum gibt Mo ihren Penis frei, rutscht Katharina vom Zuchtbock und huscht davon.

Franzi vermutet sie auf dem Klo, aber als sie nach ein paar Minuten nicht zurück ist, beginnen die anderen, zu suchen. Auf der Toilette ist sie nicht, an der Bar auch nicht und nicht am Buffet. Pauline findet sie unter der Dusche der Nasszelle, nackt unter Wasser, die Kleider und der Dildo auf dem Boden. Pauline sieht, dass Katharina schluchzt, obwohl ihr die Haare lang und nass ins Gesicht hängen.

»Katharina steht unter der Dusche und heult«, sagt sie zu Franzi, die bereits nervös die Spielräume durchkämmt.

Franzi weiß nicht, wie sie an Katharina herankommen soll, die immer noch mit inzwischen vollkommen geröteter Haut unter der Dusche steht. Sie verlässt den Nassraum noch einmal, um Pauline heranzuwinken und sie zu bitten, ein Handtuch aufzutreiben. Dann dreht sie das Wasser ab und schiebt Katharina den schweren, nassen Haarvorhang aus dem Gesicht. Was mit ihr sei, fragt sie, während sie unbeholfene Versuche unternimmt, Katharina in ihren Armen zu bergen. Sie ist nass, außerdem steif und störrisch.

»Das ist eklig, dieser Jungskram!«, bricht es aus ihr heraus.

Das versteht Franzi nicht, das verängstigt sie bloß. Sie sei kein Junge, sagt Katharina, sie sei eine Frau. Das wisse sie, sagt Franzi, das sehe sie. Dann kommt endlich Pea, mit dem Handtuch und resoluter Fürsorge, rubbelt Katharina trocken, schickt Franzi nach ihren Kleidern, zieht sie an und ordnet eine Runde Pfefferminztee am Tresen an.

Auf dem Weg zu Marius – es ist sommerlich warm und samstäglich laut, es knirschen Scherben unter den Absätzen der Mädchen, es riecht nach arabischen Gewürzen, es singen Frauen aus Autos, es schreien Männer sich an –, auf dem Weg zu Marius redet Franzi unbeholfen vor sich hin, Katharina bleibt verstört.

*

»Ich habe versucht, Katharina zum Jungen zu machen, aber das scheint ihr nicht sonderlich gut gefallen zu haben«, erklärt Franzi Marius, als sie Minestrone schlürfen und Tee trinken. Marius runzelt die Stirn.

»Ich bin gar nicht mehr ich mit dem ganzen Jungszeug«, stößt Katharina mit gepresster Stimme hervor.

»Aber du bist doch nicht Weiblichkeit allein, du bist doch noch so viel mehr!«, entgegnet Franzi.

»Ich bin vor allen Dingen eine Frau«, sagt Katharina.

»Wäre es nicht sinnvoll, das zu ändern?«, schlägt Franzi vor. »Weil es Freiheit bedeutet? Und ja irgendwie einfach Ansichtssache, Gewohnheitssache ist?«

»Wollt ihr Vanilleeis mit heißen Beeren?«, fragt Marius, sie wollen. Franzi lässt er den Tisch abräumen, Katharina küsst er im Vorübergehen.

Später im Bett liegt Katharina zwischen den beiden, nackt auf dem Rücken. Sie fahren die Linien ihres Körpers, die kleinen Wölbungen, die Weichheiten mit den Fingern nach und sagen ihr, wie schön sie sei.

Nachts denkt Marius, dass er zufrieden ist mit den beiden. Und genau das schon immer gewollt hat.

Es gab einen Präzedenzfall, da war er fünfzehn. Caroline hatte sich seiner erbarmt, trotz des Alkoholmalheurs im Jahr zuvor. Caroline, seine Nachbarin und Klassenkameradin mit braunem Haar und einem kleinen, goldenen Kreuz am Hals, mit Blusen von Esprit unter Pullovern von Benetton, mit einem Talent für Sprachen und Schwierigkeiten in Mathematik, wurde endlich in der neunten Klasse seine Freundin. Er hatte Neider und war stolz. Außerdem verliebt. Sie gingen zusammen ins Kino und in die Eisdiele, auf Partys und sogar mit ihrer beider Eltern essen.

Auf einer Fete, auf die Caroline aus irgendwelchen Gründen nicht mitkommen konnte, lernte er Nadine kennen. Nadine war blond, etwas füllig, quirlig, sechzehn und im letzten Jahr auf der Hauptschule. Nadine war temperamentvoller, lauter und extrovertierter als Caroline. Außerdem sexuell weiß Gott sowohl aufgeschlossener als auch erfahrener. Nadine nahm Marius an der Hand und zog ihn an ihren warmen, weichen Körper, der voller Geheimnisse war und Verheißungen. Nadine zeigte Marius Weiblichkeit, Lust und Begehren. Was Körper, der eigene und die fremden, an Wunderländern bereithalten, ließ sie ihn entdecken. Caroline hingegen war eine Statue, die Haltung gebot. Das eine und das andere, das Reine und das Lüsterne, Apoll und Dionysos, Herz und Leib, alles offenbarte sich Marius in einem sagenhaften Herbst, den er niemals für möglich gehalten hätte.

Marius war in beide verliebt. Und fand es ganz normal, mit ihnen gleichzeitig zusammen zu sein. Er wollte Nadine und Caroline auch miteinander bekannt machen. Denn beide litten darunter, keine beste Freundin zu haben, was für Mädchen eine spezifische Form der Einsamkeit zu bedeuten schien, die durch niemand anderen kompensiert werden konnte. Marius war verliebt in die Vorstellung, die beiden zu Busenfreundinnen zu machen.

Doch bevor sich die Mädchen kennenlernen konnten, baten Marius' Eltern ihn zum eisern ernsten Gespräch. Sie gaben an ihn die Enttäuschung weiter, die von Carolines Eltern an sie herangetragen worden war. Dass Marius, den sie doch kennen, seit er krabbeln kann, der unzählige Stunden in ihrem Garten, an ihrem Tisch, in ihrer Obhut verbracht hat, dass also Marius Carolines Stolz mit den bösen Füßen der rohen Männlichkeit tritt, indem er sich ein anderes Mädchen nebenbei noch hält – und Marius' Eltern konnten ihnen nicht sagen, was sie selbst falsch gemacht, was versäumt hatten.

Statt der Neider hatte Marius jetzt einige Bewunderer, die ihm allerdings suspekt waren, und noch ein paar Wochen Nadine, die jedoch jenseits der Gleichzeitigkeit mit Caroline schnell ihren Reiz einbüßte.

Dass Franzi und Katharina ihre Lust auf Frauen aneinander befriedigen können, wenn auch holprig manchmal, und sich jetzt beide vertrauensselig an ihn schmiegen, macht Marius glücklich.

Franzi träumt in dieser Nacht, sie brauste mit Marius hinter sich auf einem Jetski über knallblaues Meer, enorm wellig und weißschäumend. Fische spritzen neben ihnen auf, taubengraue Delphine und moosschillernde Wasserschildkröten. Es gibt in diesem Ozean auch ein riesiges, weißes Tier, das an einen Walt-Disney-Wal erinnert, mit großem Kopf und breitem Grinsen. Es schießt etwas weiter entfernt aus dem Meer, stellt sich auf seine mächtige Schwanzflosse und stürzt wieder wasserpeitschend hinab. Das alles ist atemberaubend. Franzi ist schnell und furchtlos, doch plötzlich schwimmt Katharina vor ihr im Wasser. Franzi will bremsen, aber sie weiß nicht, wie das geht. Sie ist schnell und kopflos. Katharina trägt einen rosafarbenen Badeanzug, ihr blondes Haar liegt weich und satt auf dem Wasser. Sie schwimmt langsam, den Kopf knapp unter der Oberfläche, und Franzi, sie kann nicht anders, brettert über sie hinweg. Rote Gischt knallt ihr ins Gesicht, Marius schreit und Franzi schreit. Was macht sie hier, brüllt sie, wie kommt sie hierher, warum ist sie nicht auf einem Boot? Was macht sie hier, ich konnte nicht halten, wie kommt sie hierher, warum ist sie nicht auf einem Boot? Was macht sie mitten im Meer, was macht sie hier, was hat sie auf hoher See zu tun, warum ist sie nicht im Swimmingpool, was macht sie hier, wie kommt sie hierher, was macht sie hier?

Dann sind sie auf einer großen Party in dem wunderschönen Innenhof eines noblen Hotels. Franzi und Katharina tragen Cocktailkleider und schlürfen Buntes. Auf der Tanzfläche erspäht Franzi Marius, der sich sehr langsam zum Saxophon wiegt. Sie will jetzt zu ihm. Lass uns tanzen, ruft sie und schnappt sich Katharinas Hand. Sie hat es sehr eilig, sie will tanzen. Sie schleift Katharina hinter sich her und dann gibt es einen Widerstand und Katharina ist gegen eine Säule gelaufen. Ihr fließt Blut über das Gesicht und ein Zahn fällt aus ihrem Mund auf den Boden. Franzi ist erschrocken, das wollte sie nicht, und was soll sie jetzt anstellen mit Katharina mit den großen, fragenden Augen und dem vielen Blut überall. Katharina steht da und kann nichts und Franzi muss irgendetwas unternehmen. Aber sie weiß nicht, was, außerdem möchte sie gern tanzen und das tut sie jetzt auch.

Franzi erwacht mit schmetterndem Herzen und Steinen im Magen. Sie schnappt nach Luft. Neben ihr schläft Marius, nah und berührbar, und neben ihm Katharina, gewohnt schlafschön und offensichtlich unverletzt. Aber der Anblick ihrer friedlich schlummernden Bettgenossen kann ihr nicht die grausigen

Traumbilder aus dem Kopf treiben. Den Rest der Nacht sieht Franzi ihrem Herzen beim Hüpfen zu. Im Morgengrauen geht sie laufen.

*

In der verlassenen WG liegt Pauline weinend im Bett. Ihr Übermut, ihr Selbstwertgefühl, ihre erste vage Freude über das Am-Leben-Sein ohne Ann haben sich in nichts aufgelöst und erneut dem alten Schmerz Platz gemacht.

Mo hatte Pauline auf ihr Fragen hin von den beiden blonden Frauen erzählt. Astrid, die Ältere, ist Ingenieurin. Sophie, die Jüngere, studiert Erziehungswissenschaften. Ende des Sommers wird sie ihr Studium abschließen und im Anschluss schwanger werden (so der Plan). Es gibt einen präferierten Erzeuger, einen bisexuellen Arbeitskollegen von Astrid. Sophie mag ihn, trotzdem wirkt sie nervös, kommt die Sprache auf die Nacht der Kindskreation. Astrid und Sophie wohnen zusammen in einer geräumigen Altbauwohnung in Charlottenburg. Astrid verdient Geld und Sophie kümmert sich um den Haushalt. Astrid dominiert Sophie allumfassend. Wenn die Milch sauer oder das Brot aus ist, gibt es den Arsch voll. Für Widerworte verpasst Astrid Sophie Ohrfeigen. Wenn sie nicht genug gelernt hat, bekommt sie Hausarrest. Will sie Freundinnen treffen, muss sie vorher um Erlaubnis bitten. Sonntags händigt Astrid ihr das Taschen- und Haushaltsgeld für die Woche aus. Um jeden Euro mehr, den sie benötigt, für Kleider beispielsweise oder Bücher, muss Sophie sie bitten. Das geht so seit zwei Jahren.

Astrid war schon immer mit Frauen zusammen gewesen, aber noch nie auf diese Weise, weil keine das gewollt hat. Mit vierzig, nach dem Scheitern der letzten Liebe, beschloss sie, keine Kompromisse mehr zu machen.

Sophie hatte zuvor bloß mit Männern erotisch-romantische Beziehungen gepflegt. Sie merkte gar nicht, dass Astrid mit ihr flirtete, als sie sie bei einem Abendessen bei Freunden kennenlernte. Sie merkte auch nicht, dass sie sich in Astrid verliebte, als sie Astrid zum Abendessen besuchte. Sie bekam aber einen Schreck, als sie auf die Toilette ging und dort Tampons sah. Die Tampons führten ihr Astrids geschlechtliche Weiblichkeit in aller Deutlichkeit vor Augen. Ihr Erschrecken hierüber wiederum wies sie auf ihre unleugbaren Empfindungen für Astrid hin. Sophie betrank sich und bewältigte so die erste Nacht mit einer Frau in ihrem Leben. Am nächsten Morgen wollte sie heiraten, was sie nicht sagte. Nach der dritten Nacht, in der sie Schläge bekam, wollte sie erst recht heiraten und nickte deshalb eifrig mit dem Kopf, als Astrid sie fragte, ob sie ihr gehören wolle, jeden Tag und jede Stunde, so wie es ihr gefalle.

Pauline fängt an, sich den Alltag der beiden Frauen vorzustellen. Es ist Sonntag, beispielsweise, und beide haben frei. Die Ältere erwacht vor der Jüngeren. Sie küsst ihr Gesicht, bis diese die Augen öffnet und nach dieser kurzen Orientierungslosigkeit, mit der Tage stets beginnen, die Freundin anlächelt. Sie wird noch ein bisschen weiter geküsst und fragt dann: Soll ich Frühstück machen, die Ältere nickt. Pauline stellt sich vor, wie die Jüngere sich aus den Decken schält, wie sie sich die Zähne putzt und in einen Jogginganzug schlüpft, wie sie beim Bäcker Brötchen holt, Kürbiskernbrötchen, denn die mag die Ältere besonders gern. Wie sie Kaffee aufsetzt und Eier kocht. Wie die Ältere aufsteht, sich ebenfalls eine bequeme Hose, ein T-Shirt anzieht, im Bad verschwindet, sie hört die Jüngere dabei in der Küche klappern. Wie sie frühstücken und über den vergangenen Abend sprechen, über dieses eine Pärchen und wie es wohl der Exfreundin inzwischen geht, ob sie sich gefangen, jemand Neues habe. Wie die Ältere dann ihr Ei probiert und sagt: Das Ei ist ja hart, und wie die Jüngere sich entschuldigt und die Ältere den Kochlöffel verlangt. Wie die Jüngere ihn ihr reicht, rot im Gesicht, wie sie sich die Hose herunterzieht und versucht, sich über den gedeckten Tisch zu beugen, was nicht geht, und sich dann stattdessen auf einem Stuhl abstützt. Sie hat blaue Flecken auf ihrem Po, hat sie eigentlich fast immer und so tut es besonders weh, als die Ältere sie schlägt, mit voller Kraft. Manchmal bekommt sie bloß ein paar Hiebe für solche kleinen Ungeschicklichkeiten, aber heute ärgert sich die Ältere über das hartgekochte Ei. Deshalb steht beiden der Schweiß auf der Stirn, als der Kochlöffel schließlich ins Spülbecken fällt. Danach schweigen sie und die Jüngere hat keinen rechten Appetit mehr. Du sprachest gerade über –, würde die Ältere sagen und die Jüngere nähme den Faden wieder auf, stockend erst, dann sicherer. Ob sie ins Kino dürfe mit ein paar Freundinnen, fragte sie, als sie schon den Käse wegräumte. In welchen Film und mit wem genau, würde die Ältere wissen wollen, sie gäbe Antwort. Na gut, sagte die Ältere, wenn du vorher das Bad putzt und die Wäsche machst – ja, sicher.

Pauline reibt ihre Klitoris, spult diesen erdachten Vormittag wieder etwas zurück und kommt.

Durch ihr klapperndes offenes Fenster weht schwarze Nachtluft herein sowie vereinzeltes Lachen, Rufen und Plaudern derer, die von Bar zu Bar ziehen. Pauline verfällt ihrer Wehmut. Wie gern sie das auch erleben würde, was die beiden Blonden leben. Und dass sie das für sich selbst wünscht, weiß sie so genau, weil ihre Geschichte mit Ann manchmal in diese Richtung ging. Als sie am Meer waren und Pauline sich ganz Ann verschrieb für drei unfassbare Tage. Als sie sich in finanzielle Abhängigkeit zu Ann begab, während sie auf ihr Stipendium wartete, das übrigens immer noch nicht eingetroffen ist. Als sie für Ann putzte und Hausarbeiten korrigierte. (Wobei sie Ersteres nur mochte, wenn es sexuell konnotiert war, und Letzteres gar nicht – das Korrigieren, Anschwärzen lag ihr nicht –, sie schiebt diese Erinnerung also beiseite). Als sie überhaupt für Ann promoviert, für Ann gelesen, geschrieben, gearbeitet, für Ann in der Bibliothek gesessen und für Ann in deren Büro geeilt war, um sich dort über einen Tisch zu beugen oder vor einem Stuhl niederzusinken.

Einmal kam Pauline verfroren und regennass zu Ann, Herbst in Knochen und Gemüt. Ann stellte sie unter die Dusche und wartete mit einem Handtuch davor. Fing sie ein, als sie fertig war, fing sie auf, als sie schwach wurde, hielt sie, rubbelte sie. Überall, bloß nicht an ihren Geschlechtsteilen. Berührte stattdessen die tieferen Regionen ihrer Lust.

Ein Leben im Dienste Anns: Seit sie getrennt sind, ist es Pauline unmöglich, sich das vorzustellen, was ihr früher ganz vertraut war als alltäglicher Tagtraum. Das Gefühl dafür allerdings sitzt immer noch in ihrer Brust und da tut es weh.

Draußen schwimmt die Nacht durch Kreuzbergs Lichtermeer, in ihrem Zimmer wird Pauline immer schlafloser. Was ist das bloß für eine Krankheit, die ihr Ann nicht aus der Haut gehen lässt, fragt sie sich und weiß es nicht.

Sie wirft die Decke zurück. Sie geht zu ihrem Schreibtisch. Sie durchforstet ihren E-Mail-Account nach Zeilen von Ann und druckt willkürlich einiges aus, was ihr als Erstes in die Finger gerät:

Pauline, Liebes, Kleines!
In diesem Augenblick liegst Du noch schlafend in meinem Bett – und es hat mich Mühen gekostet, mich von Deinem Anblick loszureißen –, was bist Du für ein entzückendes Geschöpf!

Ich küsse Dich, mit Vorliebe auf Blutergüsse, Striemen und geschwollene Lippen ...

Ann

Pauline, mein Engel!
Ich danke Dir für Deine liebenden Worte und auch für die Rosen, die Du mir gestern mitbrachtest. Sie duften und ihr Duft erinnert mich an Dich, so wie mich die Form der Blüten an Dich erinnert – Du weißt ... so wie mich alles an Dich erinnert, was Leben ist und Schönheit. Ich fühle, wie ich wachse und an Stärke gewinne durch Deine Bewunderung, und fürchte doch manchmal, dass ich ihr nicht gerecht werde, da ich nicht die Größe besitze, die Du mir unterstellst. Andererseits – indem Du mich als groß wahrnimmst, empfindest und ansprichst, setzt Du meine Größe – in dieser bestimmten Situation, in diesem Raum – zwischen uns. Und indem Du sie setzt, ist sie für den Moment – überflüssig also, an ihrer Existenz zu zweifeln. Stattdessen werde ich versuchen, meine Größe zu genießen, als ein Geschenk von Dir.

Ann

Pauline, Du reizendes Geschöpf!
Auch ich bin immer noch beseelt von unserem Abend. Du bist so schön und ich genieße Deine Lust, Deine Fähigkeit, Dich ganz zu öffnen, ganz da zu sein, lebendig und ohne Zaghaftigkeiten. Es ist ein wundervolles Gefühl, zu wissen, dass meine Gesten als erlesener Schmerz immer noch bei Dir, in Deinem Körper, in Deinem Gefühl sind. Ich küsse Deine Wundheit, ganz zart!

Ann

PS: Hast Du S. de Beauvoir schon gelesen? Du weißt, Du musst ihr nachsehen, dass sie in einer anderen Zeit gelebt hat – trotzdem glaube ich, dass gerade ihre historischen Untersuchungen über weibliche Rollenbilder für Deine Arbeit fruchtbar sein können – was denkst Du darüber?

Pauline, mein kleines Mädchen!
Wie sehr ich hoffe, dass es Dir wieder besser geht heute. Glaub mir, Deine Tränen treffen mich tief! Mir wird ganz schwer ums Herz, wenn ich Deinen Kummer sehe, den ich obendrein zu verantworten habe, wenngleich das wirklich nicht meine Absicht war oder ist, zu keinem Zeitpunkt! Kannst Du mir das glauben, heute? Und kannst Du mit Milde an mich denken? Ich liebe Dich, Pauline, und ich versuche, Dir gerecht zu werden, so gut ich es nur eben kann und besser.

Ann

Pauline, Liebe, Liebste!
Ich möchte, dass Du, wenn Du Dich zum Schlafen in Dein Bett legst, Dir vor Dein inneres Auge dieses Bild rufst, wie Du heute Nachmittag mit hochgeschobenem Rock über meinen Knien lagest auf dem Sofa in meinem Arbeitszimmer. Wie ich Dir mit meiner Hand den Po versohlt habe, wie ich Dir den Mund dabei zuhielt und wie Du an meinen Fingern lecktest und wie ich in Dich drang und aufhörte, bevor Du kamst, wie ich Deinen Körper danach auf den Boden schob und Deinen Kopf zwischen meine Beine. Den Orgasmus, den ich Dir heute Nachmittag verwehrt habe, den darfst Du jetzt haben!

Ann

Dummerweise war Pauline damals, als sie diese Mail zum ersten Mal las, so betrunken gewesen, dass sie zu Orgasmen nicht mehr in der Lage war. Für Ann hatte sie am nächsten Tag eine andere Geschichte geschrieben.

Pauline kramt aus der Schublade mit ihren besonderen Spielsachen einen schwarzen Dildo von beachtlichem Umfang hervor, den ihr Ann vermacht hat. Sie wickelt Anns E-Mails um den Schwanz, klebt sie mit Tesafilm fest und zieht ein Kondom darüber. Sie kehrt ins Bett zurückt, wo sie Gleitcreme auf ihrer Möse und dem Dildo verteilt. Sie fickt sich selbst mit Anns Mails. Das Einführen tut weh, dann spürt Pauline nichts mehr, bis sie härter zustößt und es in ihr drin schmerzt. Draußen beginnen die ersten Vögel zu lärmen. Außer dem dumpfen Schmerz und einer seltsamen Taubheit weiter unten ist nichts. Pauline tut sich selbst weh, bis sie erschöpft ist. Dann stellt sie den beklebten Dildo auf ihren Nachttisch und schläft ein.

Passen

11

Zu Hause frühstückt Franzi Rühreier mit Schafskäse und Tomaten, Pauline trinkt grünen Tee. Franzi versteht beim besten Willen nicht, warum die beiden blonden Frauen Paulines Augen dermaßen zum Leuchten bringen.

»Sich schwängern zu lassen für eine andere ist schon fast Vergewaltigung«, sagt sie, und: »SM ist Sex, nicht das Leben!«

Pauline blickt an ihr vorbei wer weiß wohin. »Ich könnte putzen und erschrecken, wenn mir dabei ein Fingernagel abbräche, der nicht mehr der meine wäre«, träumt sie. Sie kauert mit angezogenen Beinen auf dem Sofa, das braune Haar wuschelig um das blasse Gesicht. Franzi lehnt, den Teller in der Hand, an der Spüle. Sie rollt mit den Augen und spricht mit vollem Mund.

»Dein Fokus ist zu einseitig, du positionierst dich im Dreieck zwischen Lust, Produktivität und Entspannung auf eine Weise, die dein Gleichgewicht gefährdet.«

»Wer interessiert sich schon für Gleichgewicht«, seufzt Pauline und beginnt, einer Kirsche die Haut abzuknabbern.

»Dir gilt dein Begehren alles und deine Freiheit nichts!«, wirft ihr Franzi vor.

»Den meisten Menschen gilt weder ihr Begehren noch ihre Freiheit etwas«, konstatiert Pauline. »Worum geht es den Menschen? Warum weiß man das nicht?«

»Es geht ihnen darum, satt zu werden«, sagt Franzi. »Manche sind so satt, dass ihnen der Fraß schon zu den Ohren rauskommt, doch sie merken es nicht.«

Pauline legt ihre hautlose Kirsche auf den Tisch.

»Du suchst kein Gegenüber, sondern bloß eine Funktion!«, fährt Franzi fort.

»Und?«

»Das ist nicht gesund.«

»Nein?«, fragt Pauline und greift dabei nach der nächsten Kirsche. »Woher weiß ich, was gesund ist? Die blonden Frauen schaden weder sich selbst noch einem dritten und sie haben kein Fieber.«

»Du schadest dir selbst, wenn du dich um deine Möglichkeiten bringst, indem du dich auf dein submissives Begehren reduzierst!«

»So wie deine Schwester sich schadet, wenn sie sich auf ihr Aussehen und ihr Konto reduziert, und so, wie wahrscheinlich nahezu jeder außer dir selbst sich schadet, weil er sich auf irgendetwas und zwar das Falsche reduziert? Es wäre sicher gut für uns alle, wenn du öffentliche Verordnungen verkünden könntest. Ab heute hat jeder Mensch genau so und so zu leben, so viel Geld zu besitzen, so oft die Woche Sex zu haben, so und so lange zu arbeiten und so und so lange sich zu entspannen, sich für das und das zu interessieren und nicht für das!«

Franzi hat aufgegessen. Sie knallt ihren Teller ins Spülbecken, wo er zerbricht, und geht zum Boxtraining.

Pauline legt eine dritte Kirsche ohne Haut auf den Tisch.

*

Katharina hat keine Zeit für Marius die nächsten Tage. Es findet eine Party in ihrer WG statt, zu der sie Marius und Franzi nicht einlädt.

»Ich würde gern deine Freunde kennenlernen«, sagt Marius, als es ihm schließlich doch gelingt, Katharina zum Mittagessen in der Mensa zu treffen.

Das sei schwierig, erklärt sie, ihre Freunde würden nicht verstehen, dass sie ein Verhältnis mit einem Pärchen habe.

»Aber für dich ist es doch gut so, oder?«, hakt Marius nach. Katharina nickt leicht.

»Du bist doch nicht sauer auf Franzi wegen eures letzten Spiels?«, fragt Marius. Sie schüttelt kaum merklich den Kopf.

»Es ist alles in Ordnung zwischen euch beiden, oder?«, fragt Marius.

»Ich habe Angst vor ihr«, sagt Katharina nach längerem Schweigen.

»Ach so, und – ist diese Angst sexy?«

Sie zuckt die Achseln.

*

Pauline dämmert mehr und mehr, dass Franzi recht hat, dass es weniger und weniger um Ann geht, denkt sie an Ann. Im Zentrum ihres Begehrens steht eher ihr eigenes submissives Empfinden. Dies hat Ann auf beeindruckende Weise zum Schwingen gebracht, doch vielleicht gelingt das auch einer anderen.

12

Das Gefängnistheaterstück mit dem Titel *Ich wollt, ich wär* hat Premiere. Im grün und gelb gestrichenen Aufenthaltsraum, hinter verschlossenen Türen und unter uniformierter Aufsicht. Im Hof scheint die Julisonne und heizt drinnen die Zellen der Insassinnen auf gesundheitsgefährdende Temperaturen auf. Nach der

Aufführung gibt es ein Buffet mit alkoholfreier Bowle, Ananas und Pfirsichen aus der Dose, mit Chips und geschmierten Broten. Es war nicht leicht gewesen, dieses Buffet durchzusetzen. Viele der Justizvollzugsbeamten sind der Ansicht, dass kriminelle Frauen kein Buffet verdienen.

Der Tag ist schön, aber auch traurig, weil Marias Tod dem Gefängnis einen Anstrich von Ausweglosigkeit verleiht, der die Inszenierung ein wenig albern macht. Die Gedanken sind frei und das ist doch schon mal was, denkt Franzi, aber sie weiß, es stimmt nicht. Die Umstände, unter denen einer lebt, prägen sein Denken. Das Sein bestimmt das Bewusstsein. Franzi hat ein paar Texte der RAF gelesen, für das nächste Projekt. Darin geht es immer und immer um Haftbedingungen. Der Kampf um Zusammenschluss, um Bücher und um das Hungern beschäftigt die RAFler so sehr, dass für nur wenig anderes Raum in ihren Gehirnen zu bleiben scheint. Und Ulrike Meinhof schreibt: »Das Gefühl, es explodiert einem der Kopf.«

Es gibt eine Britney Spears auf der Bühne, übergewichtig, und eine Heidi Klum mit vernarbten Armen vom Ritzen und Spritzen. Es gibt Prinzessinnen, deren tätowierte Glieder aus babyrosa Spitze ragen. Märchen von Liebe auf einer verlassenen Insel zwischen zwei sich tatsächlich Liebenden und irgendwie ist das Gefängnis ja auch eine Insel.

Das Publikum ist angetan, gerührt sogar. Es fließen vereinzelt Tränen und es hagelt Komplimente. Die Mädchen freuen sich gewaltig, was ja durchaus Grund zur Freude ist, doch Franzi denkt, die Worte trügen. Weil die Empfindungen trügen, die das Publikum hegt. Weil es gar nicht darum geht, ob hier irgendetwas tatsächlich gut ist. Weil es schlichtweg schon gut ist, wenn die verrohten Mädchen sanfte Lieder singen können. Es ist eine Prinzessin mit Spitze und Tattoos unwiderstehlich und es rührt das zerschnittene Model die Seele tief an.

Wie die gewaltbereiten Körper Zärtlichkeit träumen und die Energie des Kampfes trotzdem den Raum erfüllt. (Abgeschwächt natürlich, sie wissen nicht, wie abgeschwächt. Das ist, was das Gefängnis tut: Energien nehmen, Menschen narkotisieren. Durch Apathie, Langeweile, Einsamkeit. Durch dieses Essen, dieses Licht. Diese Luft. Diese Räume. Und damit perfektioniert es die Arbeit, die vorher draußen und später vielleicht weiter an den Mädchen geleistet wird, da wo sie herkommen und da, wo sie wohl wieder hin müssen, nachher. Weil die Gesellschaft, in der sie leben, ihre Vitalität nicht ertragen kann.)

Doch das ist nicht, was Franzi sich unter Kunst vorstellt, das ist bloß der Reiz des andersartig Authentischen. Es ist Wesenszug der Kunst, sich sehr dicht an diesem andersartig Authentischen zu bewegen und genau daraus einen großen Teil ihres Reizes zu ziehen, denn nach diesem Echten aus einer anderen Welt scheint es die Menschen zu dürsten, warum auch immer. Aber so, wie Franzi sich langweilt, sobald Rezensenten sich auf die Suche nach Autobiographischem in Romanen begeben, so ermüdet es sie inzwischen, ein Theater zu machen, das hauptsächlich über die Unmittelbarkeit der krassen Leiber funktioniert. Und das darüber hinaus so eindeutig Funktion ist. Am Anfang ihrer Arbeit hinter Gittern hat Franzi genau das gereizt, dass ihr Theater hier einen konkreten Sinn haben, dass es so direkt gesellschaftlichen Nutzen bringen könnte. Jetzt stößt sie gerade das ab. Man sollte sich entscheiden, denkt sie, zwischen kreativer sozialer Arbeit und gesellschaftlich relevantem künstlerischen Tun. Versucht man stattdessen, beides miteinander zu vermengen, verliert sowohl das eine als auch das andere seine originäre Kraft. Und missbraucht nicht das Theater die Inhaftierten mitsamt ihrer Haftanstalt, so wie die Gefangenen das Theater ausbeuten, durch die Funktionalisierung des jeweils anderen?

Franzi beschließt, ab jetzt reiner zu arbeiten. Sie wird ihren Beitrag zur Unterstützung der Gestrauchelten und Benachteiligten durch ihr Obdachlosencafé leisten, später, wenn sie Zeit dafür hat. Vorerst möchte sie sich weiterhin der Kunst widmen, und zwar in Gestalt von erotischem Theater. Denn das ist die andere Seite der Kunst, die ihr im Augenblick wahrer erscheint.

*

Am 14. Juli wird Pauline siebenundzwanzig. Sie grillt am Ufer mit Franzi, Marius, Thorsten, Sven, deren Freundinnen, Simone, Grit und Roland. Fisch, Haloumi, Kartoffeln, viel zu warmer Weißwein. Letztes Jahr war dieses Grillen ins Wasser gefallen und es hatte stattdessen ein Fressgelage in ihrer Wohnung stattgefunden, bei dem Pauline zwar zugegen, doch eigentlich abwesend war, sanft eingenommen von Anns Präsenz in ihrem Leben, wenn auch nicht an diesem Abend. Sie hatte diesen gesamten vergangenen Sommer, golden leuchtend und benommen langsam, im Ann-Taumel zugebracht – dieser ausnehmend exquisiten Droge. Jetzt hingegen ist ihr Sommer voll schlichter Klarheit, wird sie selbst nüchterner und nüchterner, trotz Glas um Glas.

Ihre Wandlung zwischen den beiden Geburtstagen. Von dem wunderlich entrückten Lächeln zu der nachdenklichen Miene des heutigen Tages. Was passiert ist im letzten Jahr. In der ersten Hälfte alles, alles, was je passiert ist. In der zweiten Hälfte nichts mehr. Außer verdauen vielleicht und auch das muss doch sein.

13

Pauline beginnt wieder, Simone de Beauvoir zu lesen. Nicht *Das andere Geschlecht*, wie Ann es gewollt hatte, sondern ihre Briefe. Auf der Suche nach sinnfreien Orten der Lust.

»Es ist heiß und sonnig, lies doch draußen am Kanal«, sagt Franzi, »bevor es wieder zu regnen beginnt, genieß die schönen Tage, Süße.«

Pauline aber sind die Tage gleichgültig, sie liegt mit Simone de Beauvoir im Bett.

Was sie besonders interessiert, ist die jugendliche Sorokine, die von Simone de Beauvoir unterrichtet und in die lesbische Liebe eingeführt wird. Und die unter ihrer Mentorin leidet, vor allen Dingen. Pauline liest, wie die Ältere der Jüngeren von Hegel erzählt, wie Sorokine nichts versteht, aber umarmt werden will, wie das alles Simone de Beauvoir fürchterlich auf die Nerven geht. Wie sie Sorokine hinauswirft. Wie Sorokine weint und schreit und gegen die Tür hämmert. Wie ihr eine Matratze und Bettzeug in den Flur geworfen werden und wie Sorokine dort liegt wie ein Hund. Wie Simone mit einer anderen Frau zusammen ist und Sorokine die gesamte Nacht auf den Treppenstufen vor ihrer Tür kauert. Wie Simone der glücklichen Sorokine erlaubt, sie zur Metrostation zu begleiten. Wie sie die Kleine schilt, die sagt, Simone sei ihr Leben, weil niemals ein anderer das eigene Leben sein könne, und wie sie gleichzeitig Sartre schreibt: Du bist alles für mich.

Pauline stellt sich vor, wie Simone in einem dieser Pariser Kaffeehäuser, im Dome vielleicht, an ihrem neuen Roman arbeitet und Sorokine bei ihr am Tisch sitzen darf.

Sorokine täte so, als läse, schriebe auch sie, während sie in Wahrheit mit ihrer gebündelten Aufmerksamkeit Simone beim Arbeiten betrachtete. Sie sähe sie nicht an, sie blickte in ihr Buch, auf ihr Blatt. Doch sie hörte – und es ließe ihren Atem schneller gehen –, wie der Füller der anderen sich ganz leicht kratzend über das Papier bewegte, wie sie Seiten umblätterte, wie sie die Beine überschlüge vielleicht – wie ihr Unterrock kaum hörbar auf ihren Strümpfen etwas nach oben glitte, wie sie sich räusperte vielleicht, wie sie nach ihrer Tasse griffe und dabei mit einem Ring an den Löffel auf der Untertasse stieße, wie sie tränke, womöglich vorher pustete oder etwas schlürfte, wie sie die Tasse wieder abstellte und vielleicht ein- oder zweimal etwas Neues orderte, irgendwann auch Essen für Sorokine und sich selbst.

Pauline fällt ein Abend ein, einer der seltenen, an denen sie mit Ann bei sich zu Hause war. Ann saß auf Paulines Bett, Pauline kniete vor ihr und Ann sprach über die Geschichte des Patriarchats und über die des Feminismus.

Dass es im Grunde um die Familie geht und ging. Dass mächtig ist, wer Kinder besitzt. Dass die frühen Menschen promiskuitiv, aber ohne dauerhafte erotisch-romantisch motivierte partnerschaftliche Bindungen lebten, weshalb Elternschaft bloß den Frauen möglich war, die eindeutig Mütter und gezwungenermaßen Versorgerinnen waren. Dass der Mann sich Mühe gab, die Elternschaft, das Lebenspenden und Lebenerhalten, schlicht die Fortpflanzung, herunterzuspielen zugunsten anderer Ideen. Was ist das Leben schon gegen Freiheit, beispielsweise. Freiheit wiederum konnte der Mann besser als die Frau erkämpfen, durch das Töten anderer. Das Töten lief dem Gebären seinen Rang ab. Und es genügte immer noch nicht. Also entschied der Mann, es müsse die Frau in monogame Verhältnisse gesperrt werden, damit Vaterschaft möglich werde, denn nur, wer Kinder habe, könne herrschen.

(Lass mich dein Kind sein, dachte Pauline an dieser Stelle absurderweise.)

Und wie die Rückgewinnung der eigenen Kinder, die Vormundschaft zuerst und später die Möglichkeit der Abtreibung erneut zu hart umkämpften Themen wurden im zwanzigsten Jahrhundert. Wie die Suffragetten das Recht auf Rechte verlangten, wie der zweite Feminismus mit Simone de Beauvoir das immer anders und immer Zweites sein der Frau anprangerte und heute mit Judith Butler am Thron der allmächtigen Geschlechterdifferenz gesägt wird.

Ann saß in ihrem Hosenanzug auf Paulines Bett, während sie sprach, nicht sehr bequem offensichtlich. Sie stützte sich ungelenk mit den Armen ab, sie fand keine gute Haltung.

Pauline kniete vor ihr auf dem Boden zwischen Staubmäusen, mit sich und der Welt im Reinen. Anns schwarzes kurzes Haar, ihre weiße Bluse. Anns swimmingpoolblaue Augen, ihre dunklen Wimpern.

Pauline hörte von fern die Worte über Frauen und Männer und das Eigentliche jenseits von beidem und konzentrierte sich dabei vollkommen auf Anns Mund: die Lippen rot geschminkt, die Zähne hell. Ann sprach von Kate Millett und den indischen Hijras. Pauline kannte weder die eine noch die anderen. Anns mutmaßliche intellektuelle Überlegenheit kickte sie mehr als jede Peitsche. Pauline steht auf Waffen, die unsichtbar sind. Anns Stimme sickerte in Pauline hinein als warme Brause. Bedeutung fiel ab, doch diese Stimme floss prickelnd durch Paulines Blut.

Pauline betrachtete von unten (Froschperspektive, sagt man im Film – Ann war der Adler, sie der Lurch) andächtig Anns Mund – rote Lippen, warm wahrscheinlich. Während Ann sprach und Pauline zum Resonanzkörper ihrer Stimme wurde, glaubte Pauline, es würden sich Anns Lippen um sie herumlegen, Anns bedeutsame Lippen um ihren ganzen kleinen Körper. Es würde Anns Zunge Pauline aufnehmen und in ihren Mund hineinschieben. Pauline wäre weich, warm und flüssig fast, wie dicke Milch. Ann würde an der sich verflüssigenden Pauline lutschen, bis sie sich vollends aufgelöst hätte in Anns Innerem.

Ein einziges Mal hat Pauline in Anns Armen im Bett gelegen an einem sagenhaften freien Sonntag und sie mit ihren Fingern statt ihrer Zunge befriedigt. Es verrückte etwas in Paulines Wahrnehmung, es war ihr, als sei diese Klitoris unter ihrem Finger ihre eigene und sie kam gleichzeitig mit Ann.

Das mag am selben Abend gewesen sein wie das Gespräch über Simone de Beauvoir, dem Pauline aus der Froschperspektive beiwohnte, es kann aber auch ein anderer Tag gewesen sein – Pauline weiß nicht einmal mehr, ob sie in ihrem eigenen Bett gelegen hatten oder in Anns.

Es fällt Pauline zunehmend schwer, sich halbwegs präzise an Ann und auch an ihre Zeit mit Ann zu erinnern. Das Verwischen der Spuren ist eine Arbeit, von der die Zeit nicht abzuhalten ist, zu welchen Zaubertricks man auch greifen mag. Allerdings greift Pauline zu gar keinen Zaubertricks, denn sie ist auf allzu scharfe Bilder aus ihrer Vergangenheit mit Ann nicht wirklich erpicht. Würde sie sich ganz genau erinnern, dann wäre das Vergangene schließlich weiterhin gegenwärtig, dabei aber abwesend, und das täte weh. Täte mehr weh als das gemächliche Umsichgreifen des Nichts.

Pauline verlässt ihren Schreibtisch und legt sich ins Bett – es hält sie selten lange an einem Ort außerhalb ihres Bettes zurzeit. Sie mischt ihre Ann mit ihrer Idee von Simone de Beauvoir. Sie versucht, das Ergebnis aus der Perspektive Sorokines zu betrachten, die ja ihrer eigenen durchaus ähnelt. Mit dem Unterschied, dass Paulines ohnmächtige Verehrung Spiel war und Sorokines Ernst. Es durchzuckt diese Erkenntnis Pauline stromschlaggleich – das war ihr nicht klar gewesen, bisher. »Dies ist kein Spiel« war ihre beharrliche Überschrift für ihre hierarchische Beziehung zu Ann gewesen von Anfang an. Und jetzt zwingt Sorokine sie zum Wahrnehmen der Tatsache, dass es doch ein Spiel war. Dass sie einfach nur anders gespielt hat als andere, ernsthafter. Mehr nach Stanislawskis Methode des Einfühlens und der Identifikation, während

Franzi vielleicht eher dem postmodernen Theater des puren Darstellens eines Zustandes, der nicht der eigene ist, folgt.

Es entwickelt sich in Pauline leise der Verdacht, sie könnte nicht nur ihre eigene Ohnmacht, sondern auch ihre Version von Ann gespielt haben. Von einer schillernden, überlegenen Ausnahme-Ann. Wo doch die Ann, die Pauline jetzt noch im Kopf hat, stellt sie sie neben Simone de Beauvoir, relativ reizlos wirkt. Nicht einmal Anns Schönheit erscheint Pauline noch real, auch die könnte sie selbst gespielt haben. Es ist David Humes Satz, demzufolge Schönheit immer im Auge des Betrachters liegt, das Klügste, was Pauline über die äußere Erscheinung der Dinge und Menschen je gelesen hat.

Pauline verspürt plötzlich den dringenden Drang, Ann anzurufen. Sicherzugehen, dass sie wirklich existiert und dass ihr eigenes Glück kein Traum war.

Anns Nummer ist nach wie vor im Telefonbuch von Paulines Handy gespeichert, ihr Name liest sich dort immer noch genauso viel versprechend wie je.

Pauline wird schlecht vor Aufregung, als sie Anns Nummer wählt. Ihre Hände zittern, bevor sie es tut. Sie zögert. Und sie weiß noch, das war immer so. Sie weiß noch, dass sie sich ganz am Anfang einmal übergeben musste, vor Aufregung, nachdem ihr das Telefon aus den flatternden Fingern gefallen war, bevor sie wählen konnte. Sie weiß, dass sie den gesamten ersten Monat kaum atmen konnte, wenn sie mit Ann telefonierte, und dass dieser Zustand anschließend über Stunden anhielt. Dass sie nach Luft japsend zwischen ihren Freundinnen saß, die als ewige Landratten keine Ahnung von der Köstlichkeit des drohenden Ertrinkens hatten.

Sie weiß noch, dass sie an einem Sommertag nach einem Picknick mit Ann, nach Erdbeeren und Ohrfeigen im Park, nach Hause fuhr, dass sie dachte: Heute ist der 7. Juli 2007, präg dir dein Glück ein, und dass sie daheim angekommen ins Bad stürzte, um sich zu übergeben.

Pauline wählt Anns Nummer und hält sich die Hand vors Herz, damit es nicht so laut ist, damit es Ann nicht durch den Hörer hindurch anspringt. Jemand sagt: »Raben, hallo?«, und es ist Ann, muss ja Ann sein, doch es klingt ganz und gar nicht nach Ann, klingt fundamental fremd. Die Stimme wirkt heller als erinnert, jünger auch und vor allen Dingen eben: nicht vertraut. Pauline erschrickt über diese fremde Stimme, die doch ihren gesamten Körper in Aufruhr versetzt hatte, vor gar nicht so langer Zeit und zwar regelmäßig. Jetzt kann sie sich nicht mehr vorstellen, wie diese Frau mit dieser Stimme »Pauline« sagt.

14

Franzi findet abends, als sie von dem Café, in dem sie jobbt, nach Hause kommt, eine E-Mail von Katharina. Im Betreff steht: »Abschied«, was relativ wenig Spielraum für Interpretationen lässt.

Liebe Franzi, lieber Marius, schreibt sie,
hiermit möchte ich mich von euch beiden verabschieden. Ich habe die Zeit mit euch sehr genossen und bin euch sehr dankbar dafür, dass ich all das erleben durfte und dass ihr mir die SM-Welt näher gebracht habt. Aber jetzt habe ich mich in einen gleichaltrigen dominanten Mann (dreiundzwanzig und Mann?, denkt Franzi an dieser Stelle, als ob das irgendwie wichtig wäre) *verliebt und ich ziehe die partnerschaftliche Liebesbeziehung dem Dasein als Geliebte eines Paares vor.*

Ich wünsche euch für eure Zukunft alles Gute,
viele Grüße,
Katharina

Immerhin, denkt Franzi, war ihre eigene Angst, von Katharina verdrängt zu werden, wohl ganz unbegründet, wenn diese sich sowieso stets als Geliebte eines Paares wahrgenommen hatte. Dann muss sie innerlich boshaft schmunzeln bei dem Gedanken an den Dreiundzwanzigjährigen, der Marius und ihr an Dominanz doch nicht das Wasser wird reichen können. Dabei weiß sie, es ist nicht nur gemein, sondern auch falsch, was sie da denkt. Sie selbst ist gerade einmal vier Jahre älter und Dominanz keine Frage der Jahre. Was genau hat man sich eigentlich unter verabschieden vorzustellen, fragt sich Franzi, heißt das, sie zieht weg? Oder will uns nie wieder sehen? Oder bloß keinen Sex mehr mit uns haben? Und wie um alles in der Welt schafft sie es in so kurzer Zeit, mit dem gerade erst Kennengelernten schon eine Partnerschaft zu pflegen? Beziehungsweise, wie kurz ist diese Zeit eigentlich? Es ist Mittwoch und letzten Freitag hatte Katharina noch mit Marius und ihr gespielt. Marius hatte am Wochenende mit ihr telefoniert, vielleicht sogar gestern noch. Wann hat sie sich in ihren »Partner« verliebt? Heute morgen? Und dann: Ich wünsche euch für eure Zukunft alles Gute – wo hat sie diesen Satz her? Aus einem ihrer Praktikumszeugnisse?

Franzi ruft Marius an: »Hast du schon deine Kündigung entdeckt?«

»Du meinst Katharinas Mail?« Marius zieht an einer Zigarette. Sie hatten mit dem Rauchen aufgehört, aber sich mit gepafften Zigarillos selbst betrogen und irgendwie kann man ja auch später noch gesund leben. Marius sitzt in seinem Wohnzimmer, einen Aschenbecher vor sich und ein Glas Weißwein. Die Flasche war schon zu lange offen, der Wein schmeckt säuerlich. Draußen ist es regnerisch und düster. Marius nimmt sich vor, das Licht gleich anzuschalten. Momentan sitzt er am Tisch.

»Genau.«

»Ja.«

»Die spinnt doch, oder? Die ist doch irre!«

»Sie hat sich verliebt. Das ist eine gesellschaftlich halbwegs anerkannte Form des Irrsinns.«

»Aber wann hat sie sich denn verliebt? Das geht doch nicht so schnell! Das muss doch schon vor einer ganzen Weile angefangen haben und sie hat uns nichts gesagt! Sie hat uns betrogen!«

»Ach, wir haben sie nie um Offenheit in solchen Dingen gebeten.« Marius hat Katharina als mehr in sich gekehrt, als distanzierter erlebt in den letzten Wochen. Das ist der Lauf der Zeit, dachte er, es hat ihn nicht gestört.

»Bist du denn gar nicht sauer?«, fragt Franzi mit hoher Stimme.

»Ach – ich weiß nicht, was ich bin«, erwidert Marius.

Ihr Gespräch plätschert noch ein bisschen vor sich hin, ohne dass allzu viel gesagt wird, dann geht Franzi in Paulines Zimmer, die mit Simone de Beauvoir in ihrem Bett liegt. Sie rappelt sich noch einmal auf, um mit Franzi durch den Regen zu laufen, um in einer Bar um die Ecke Gin Tonic, später Wodka zu trinken. Franzi spürt, wie Angst bleischwer in ihren Innereien wächst. Sie hat etwas verloren. Dadurch ist sie aus dem Gleichgewicht geraten und das wird Folgen haben.

»Du hast sie doch sowieso nicht geliebt«, sagt Pauline und eventuell hat sie damit recht.

»Wir waren ja gar nicht zusammen«, erwidert Franzi. Es ist erleichternd herunterzuspielen, was mit Katharina war. Es ist nicht gar so viel, was sie verloren hat, es sah schlimmer aus, als es ist. »Wir haben bloß miteinander gespielt.«

»Und was macht man, wenn man mit jemandem zusammen ist?«, fragt Pauline. »Woran erkennt man, wann man eine Beziehung und wann bloß ein gemeinsames Spiel hat? Und warum kann ein gemeinsames Spiel nicht Basis und Inhalt einer Beziehung sein? Und ist ›zusammen sein‹ mehr wert als ›bloß‹

miteinander spielen? Warum zwängst du die Zustände in ihnen fremde Begriffe, anstatt sie einfach frei atmen zu lassen?«

Franzi versteht kein Wort. Paulines Aussprache zerfasert sich und Franzis Gedanken müssen sich durch einen immer tieferen Wodka-See schleppen.

Franzi weiß nicht, was oder wie irgendetwas ist, sie weiß bloß, dass ihr langsam übel wird, und das ist besser als die drückende Angst zuvor.

Marius ist zu Hause. Er hatte Franzis Besuch abgewehrt, er hatte ihr gesagt, er sei müde, was stimmt, und müsse früh raus. In Wahrheit wäre ihre Stimme zu laut für ihn gerade, ihre Worte vor allen Dingen. Marius sitzt in seinem Wohnzimmer. Draußen ist es dunkel und regnerisch, er wird gleich aufstehen und das Licht anschalten. Er trinkt Weißwein, der nicht sauer ist, er hat die Flasche gerade erst aufgemacht und raucht eine Zigarette. Er denkt sich einen Frauenleib, ganz weiß, durchscheinend weiß, flüchtig also – ein Windhauch. Ein weißer Frauenleib aus Wind, der aus dem See, in dem er wohnt, heraufkommt in Marius' Lebensraum. Ein Lufthauch von Frau, flüchtig, frisch, auf dem Weg zum See schon wieder. Marius, schlafwandlerisch, geht ihm nach. Marius am Ufer, knöcheltief im Wasser, im kühlen Wasser, auf sandigem Grund, die Hosenbeine etwas nass, er hat die Hose aufgekrempelt, nicht ausgezogen. Er greift in das Wasser, das kühl ist, er wedelt mit der Hand, die unnatürlich weiß aussieht im See, die Oberfläche kräuselt sich ein wenig. Marius findet einen Stein, er wirft ihn ins Wasser, es wellt sich die Oberfläche etwas mehr. Unten, in diesem See, läuft die helle, durchscheinende Frau, läuft über den Grund wer weiß wohin, und spürt im Rücken die leichte Aufwallung ihres Wassers, die sein Stein ausgelöst hat. Er könnte einen großen Brocken suchen, den größten Stein, den er tragen kann, den könnte er in diesen See werfen. Und auch dann würde nichts weiter geschehen als das Kräuseln der Oberfläche. Er könnte in das Wasser hinausstürzen, ungeachtet seiner Kleider, könnte weit schwimmen und tief tauchen. Er findet nicht die Kraft dafür.

*

Franzi wird frühmorgens von ihren Kopfschmerzen geweckt. Sie nimmt ein paar Tabletten, dann joggt sie. Anschließend begibt sie sich in einen christlichen Begegnungsraum für Obdachlose, mit Suppenküche, sie hat beschlossen, sich sozial zu engagieren. Man könne sich nicht immer bloß mit Sex beschäftigen, sagte sie zu Pauline, das sei dekadent. Doch es kommt kein Obdachloser, es ist zum Schreien langweilig, Franzi könnte die Wände hochgehen und nimmt noch ein paar Kopfschmerztabletten. Es ärgert Franzi, dass sie allein hier ist. So war das nicht geplant, sie hatte mit Unterstützung gerechnet. Sie wollte mobilisieren, vielleicht Kopf einer Bewegung sein. Stattdessen starrt sie die Flusen im grünen Filzboden an und das Kreuz an der Wand. Sie hat eingekauft und kocht gewaltige Mengen Gulasch, die keiner essen wird. Die Diakonin hat trockenen Streuselkuchen vorbeigebracht, den Franzi jetzt in sich hineinstopft. Sie versteht nicht, warum keiner kommt. Wie soll man die Welt retten, wenn sie sich versteckt?

Langweilt Franzi sich, schießen ihr erotische Bilder in den Kopf. Jetzt stellt sie sich vor, die Tür würde plötzlich aufgestoßen und es marschierten fünf maskierte Kerle herein, über den grünen Filzteppich, träten die hellen Plastikstühle beiseite und griffen nach Franzi. Franzi würde versuchen, sich in Sicherheit zu bringen, sich hinter Tischen zu verbarrikadieren, Hilfe herbeizuschreien, durch Tür oder Fenster ins Freie zu kommen. Aber es gelänge ihr nicht. Die Maskierten würden sie mit den harten Griffen ledern behandschuhter Hände packen und auf den

Boden, an die Wand, gegen die Tür drücken, um sie brutal zu nehmen, einer nach dem anderen.

Sie hatte das einmal mit Marius probiert. Er hatte zwei Männer aus der Szene zusammengetrommelt, die sie nicht kannte. Er wollte eigentlich mehr, aber er fand nur zwei, die wenigstens halbwegs seinen Ansprüchen an Geist, Herz und Körper genügten. Er spielte mit dem Gedanken, Franzi vollkommen zu überrumpeln mit einer spontanen Vergewaltigung auf dem Nachhauseweg Samstagnacht, aber dann schien ihm das doch zu gefährlich, er wollte sie schließlich nicht traumatisieren. Außerdem musste er sie in eine einsame Gegend bekommen, denn in Kreuzberg sind die Nächte zu lebendig für so etwas.

Also fuhren sie extra mit der U-Bahn zu einer Neuköllner Endstation, gingen eine Viertelstunde zu Fuß (während derer Marius die Angst beschlich, tatsächlichen Bösewichten zum Opfer zu fallen) und liefen schließlich an einer Ecke den von Marius angeheuerten Übeltätern in die Arme. Sie zerrten Franzi in einen eigens für diesen Zweck ausgespähten Hinterhof und machten sich, unter Marius' strenger Aufsicht, an ihr zu schaffen.

Aber es funktionierte nicht. Ihre Handgriffe waren unbeholfen und sie versuchten, Franzi mit ihren unsicheren Stimmen herumzukommandieren, was sie anmaßend fand. Franzi wollte körperlich besiegt werden, mehr nicht.

Franzi und Marius fuhren zitternd wieder nach Hause, sie vor Wut und Demütigung (jeder Gewaltakt, der nicht erotisierbar ist, lässt sein Objekt beschmutzt und beschämt zurück), er vor Angst und Schuld. Was hatte er ihr bloß angetan, was würde jetzt mit ihr werden, und wenn sie nun für alle Zeit traumatisiert bliebe, bloß weil er alles (was genau, wusste er nicht) falsch gemacht hatte.

Franzi erholte sich nach ein paar Tagen, doch das Projekt Massenvergewaltigung war vom Tisch. Aber vielleicht könnten sie es ja noch einmal versuchen, überlegte Franzi jetzt, schließlich war das über zwei Jahre her.

Später trifft sie Künstler, die sie für ihr Lusttheater einspannen will. Die Aufführung, die sie plant, trägt den schlichten Titel *Lust*. Sie ruft auch Samuel an. Ob er sich vorstellen könne, sie fesselnd zu unterstützen, Kelly könnte sein Model sein. Er hat Lust, ist bloß nicht mehr mit Kelly zusammen, aber auch Franzi fesselt er gern. Franzi ist bestürzt. Warum trennen sich alle, was ist das für eine seltsame Sache, diese Liebe, die offensichtlich lebensnotwendig ist und einfach nicht funktioniert. Sie erzählt von Katharina, sie fragt, warum, er sagt, später, sie erzählt noch mehr von Katharina, sie denkt, sie könnte Samuel bald wieder treffen.

Pauline schläft bis nachmittags, weswegen sie das Telefon nicht hört, als Franzi anruft, die sich in diesem Obdachlosenzentrum langweilt, die die Wände hochgehen könnte, wenn sie wüsste, wie. Pauline schlurft kurz in die Küche und kriecht mit einem Kaffee und ein paar Kirschen zurück ins Bett. Da warten Simone de Beauvoirs Briefe. Wie die Philosophin das schaffte, ein so außergewöhnliches Privatleben zu führen und gleichzeitig beharrlich zu arbeiten, jeden Tag, immer und überall, allen Widerständen zum Trotz. Es zeichnet sich am Horizont von Paulines Bewusstsein die vage Erkenntnis ab, dass es ihr ebenfalls gut täte, etwas zu tun, was über das schlichte Sein hinausginge, einer Aufgabe nachzugehen, sich einem Zweck unterzuordnen. Vielleicht wäre ein selbst gewählter Zweck nicht so schlimm, nicht so entfremdend, wie sie fürchtet. Ihr fällt bloß keiner ein.

*

Franzi hat die Räume einer freien Tanztheaterbühne, an der sie einmal als Produktionsassistentin gearbeitet hat, für die geplante

Aufführung bekommen. Geprobt wird nicht, es wird vielmehr ein spontanes Zusammentreffen verschiedener Performances geben an diesem Abend. Franzi koordiniert das alles vorab, damit es nicht zu spontan wird. Sie versucht, ein breites Spektrum zusammenzustellen, verschiedene Ansatzpunkte zu vereinen. Es ist nicht leicht. Sie hat es aus organisatorischen Gründen (der Raum ist nicht immer zu haben) und vor allen Dingen wegen ihrer mangelnden Geduld eilig. Es ist komplizierter als gedacht, in so kurzer Zeit ausreichend viele Mitstreiter zu finden. Die Leute sind einfach nicht flexibel genug oder zu verklemmt für das Thema oder haben keine Ideen oder wer weiß was alles.

Katharina hatte Franzi fest als Nacktgeigerin eingeplant. Daraus wird jetzt natürlich auch nichts. Was dieses Miststück ihr alles vermiest gerade.

Marius besucht einen Mandanten in der JVA. Weiße Wände, talgige Haut, eine Hitze, dass es nicht zum Aushalten ist. Und diese Kämpfe: Der Zellengenosse (es gibt zu wenige Zellen für zu viele Verbrechen) sieht den ganzen Tag über fern, 24 Stunden lang flimmert die Glotze, und Marius' Mandant muss in aller Frühe aufstehen, um in der Gärtnerei zu arbeiten. Der andere ist stärker, was soll man machen. Der eigentlich schon bewilligte Wechsel in den offenen Vollzug wird doch nicht stattfinden, weil die Freundin des Mandanten ihn verlassen hat. Er hat also keinen Rückhalt draußen ohne Frau und Kinder und wird deshalb als rückfallgefährdet eingestuft.

Es ist lächerlich, sich um den Verlust der zweiten Freundin Gedanken zu machen, denkt Marius, es ist dekadent. Was mir fehlt, ist nicht Analsex mit Katharina, sondern etwas mehr Überlebenskampf, ein bisschen Wildnis. Alles andere sind die unruhigen Träume eines Übersättigten.

Pauline denkt, dieser Zweck, der ihr guttun könnte, sei eventuell tatsächlich ihre Promotion. Es spricht nichts gegen ihre

Promotion, das Thema ist interessant und sie liest gern. Pauline beschäftigt sich mit Kant und der Suche nach dem Ding an sich.

»Wir wissen nichts darüber, wie die Dinge sind«, erklärt sie Franzi, die Spaghetti mit Tomatensauce isst – Pauline wickelt ihre Nudeln bloß immer wieder neu um ihre Gabel.

»Wir wissen bloß, was die Dinge für uns sind, aber es ist uns unmöglich, zu sehen, was sie an sich, ohne ihren Bezug zu uns sind. Stell dir vor, es gibt einen riesigen Garten voll abenteuerlichster Pflanzen aus aller Herren Länder. Du bist auf der Suche nach Lavendel, weil du Kopfschmerzen hast. Du betrittst diesen Garten durch ein schmiedeeisernes Tor, aber du siehst gar nicht, wie groß der Garten ist, dass er sich bis zum Horizont erstreckt und weiter vielleicht. Die Sonne blendet dich und direkt am Tor wächst ein Lavendelstrauch. Du denkst, du befändest dich vor einem Lavendelstrauch, der sich an ein schmiedeeisernes Tor schmiegt, dabei stehst du mittendrin in einem sagenhaften Garten.«

Das Stichwort Kopfschmerz lässt Franzi zur Tablettenschachtel greifen.

»Wir funktionalisieren alles, wir können nicht anders. Weil wir nicht in der Lage sind zu einem Blick, in dem wir selbst nicht stattfinden«, fährt Pauline fort. »Unsere Wahrnehmung ist in unser Bewusstsein eingebettet. Es ist mir unmöglich, einfach nur ›Franzi‹ zu sehen, ich sehe stets ›Franzi für Pauline‹.«

Franzi macht sich über Paulines Teller her.

»Und auch du selbst siehst dich für dich, Franzi für Franzi, Franzi aus der Perspektive Franzis. Du weißt nicht, was du bist, ohne deinen eigenen Blick auf dich. Du kannst dich nicht von dir selbst losgelöst betrachten.«

Franzi ist schlecht vom vielen Essen.

»Und dann stellt sich mir natürlich die Frage, wo ich denn einen zweckfreien Raum finden soll.«

»Wozu brauchst du einen zweckfreien Raum?«, fragt Franzi.

»Ich schreibe eine Promotion über Orte der Lust«, erinnert sie Pauline, die von ihrer Gabel baumelnden Nudeln schwenkend. »Und Lust ist meiner Ansicht nach etwas vollkommen Zweckfreies, etwas, das nur für sich selbst und für diesen einen Augenblick existiert. Das spurlos verschwindet schon im Moment seines Stattfindens. Wenn wir aber niemals die Dinge in ihrem puren So-Sein erfassen können, sondern alles immer bloß in seiner Funktion für uns sehen, wie soll ich dann zweckfreie Räume finden?«

»Vielleicht ist es nicht nötig, die Dinge pur zu sehen, um Lust zu empfinden«, sagt Franzi. »Lust ist doch schließlich seinem Wesen nach etwas höchst Subjektives. Sag mal, Pauline, schreibst du eigentlich an diesen Texten für meine Aufführung?«

»Ja«, versichert Pauline, »das wollte ich morgen alles fertig machen. Ich habe jetzt bloß doch wieder mit meiner Promotion angefangen.«

»Denk an die Texte, ja?«, sagt Franzi. »Und meinst du, du könntest auch irgendwas auf deiner Geige spielen?«

»Sicher. Was denn?«

»Das ist egal. Wichtig ist bloß, dass du nackt spielst.«

*

Franzi joggt und geht zum Boxtraining und nimmt trotzdem zu. Sie ist so begierig gerade. Katharina war gertenschlank, wirklich, als ob sie gar nichts gewollt hätte. Vor vier Tagen hat Franzi diese E-Mail bekommen und sie hätte schon längst mit Katharina sprechen wollen, sie lässt sich nicht so einfach abspeisen, doch Marius möchte das nicht. Also arbeitet Franzi im Café und im Knast, an ihrem Lust-Projekt und im Obdachlosenobdach. Thorsten und Sven vom Gefängnistheaterprojekt haben versprochen, etwas für ihre Aufführung vorzubereiten. Und sie solle sich keine Sorgen machen, hatten sie gesagt; obgleich sie selbst ja durch und durch spießige heterosexuelle Blümchensexliebhaber seien, würden sie sich Mühe geben, es queer zu gestalten. Franzi gehen die Komplexe der sexuell nicht Abweichenden gewaltig auf die Nerven.

*

Marius sitzt in seiner Kanzlei über einem Schriftsatz und denkt daran, zu sich zu kommen in einem ruhigen Raum, taghell und blond. Weiches Sinken. Hautgefühl: glatt, warm, frisch.

*

Pauline hat nachts einen aufwühlenden Traum. Ann taucht darin auf, sie betritt Paulines Schlafzimmer, sie sagt: Pauline. Pauline ist erleichtert, Ann zu sehen, alles wird gut jetzt, denkt sie. Ann beginnt, mit ihr Federball zu spielen. Nach dem Spiel, denkt Pauline, werden wir uns umarmen. Dann steht Pauline am Ufer eines dunklen Sees. Etwas tiefer im Wasser wiegen sich Ann und eine Frau mit langem Haar und breiten Hüften, schweren Brüsten. Ann berührt diesen Busen, und sie küsst diese Frau. Das ist gut, denkt Pauline, das will ich auch. Dann sind beide weg. Pauline hört glockenhelles Frauenlachen von weither, von einem anderen Ufer vielleicht, und Stöhnen auch, anregendes Stöhnen, das sie an sich selbst erinnert. Sie geht ein paar Schritte weiter ins Wasser. Es ist kalt.

Pauline wacht auf und merkt, dass sie unter Wasser steht. Ihre Bettwäsche ist feucht, ihre Beine sind feucht, ihre Scham ist nass, ihre Hand ist nass. Pauline ist beunruhigt. Ihre Lust verselbstständigt sich, sie selbst verflüssigt sich und das ist ihr Problem. Der Mensch muss auch zur Verhärtung in der Lage sein, da er keine

Schwimmflossen hat. Von unten steigt ihr Wesen auf und nimmt sich, was es braucht. Es befällt sie Dionysos, dieser taumelnde Gott, flüssig in irgendwelchen Kochtöpfen über fremden Feuerstätten, flüssig, erdig. Aber kein Mensch hat bloß einen Unterleib, auf jedem Körper sitzt ein Kopf. Geistige Höhenflüge und körperliche Tauchgänge kommen gemeinsam, doch dann ringt einer den anderen nieder. Wären beide friedlich, könnten sie teilen und Ausgeglichenheit stellte sich ein. Doch der aufgepeitschte Leib will alles zu sich herabziehen, was an Vitalität vorhanden ist, so wie der emporschießende Geist jegliche Energie mit sich hinaufnehmen möchte. Dazwischen zerreißt der Mensch.

Deswegen fühlt sich Pauline verkatert am nächsten Morgen, erschöpft und wankend.

Und dann Ann, die sie kaum noch kannte am Telefon und die ihr des Nächtens doch wieder so dicht zu Leibe gerückt ist. Tags erinnert sie sich nur noch verschwommen an Anns Gesichtszüge, im Schlaf aber sieht sie sie glasklar.

Pauline starrt lange wie betäubt den Bildschirm ihres Computers an, sie hatte gestern etwas geschrieben. Es fehlt ihr die Energie, die über Nacht aus ihr hinausgeflossen ist. Ihr Geist hat tags keine Chance, ist ihr Leib nachts zügellos.

Per Photo Booth fotografiert sich Pauline selbst dabei, wie sie ihre Promotion anstarrt und an Ann denkt, ohne tatsächlich etwas zu denken. Sie druckt die Fotos in miserabler Qualität aus und klebt sie mit Tesafilm an die Zimmerwand. Sie nimmt sich eine Zigarette aus der Packung auf dem Schreibtisch. Sie sucht ein Feuerzeug und findet es auf dem Fensterbrett. Sie zündet die Zigarette an und danach eines der Bilder. Es glüht nur ein bisschen, kohlt vor sich hin. Sie hilft nach und dann brennt es wirklich, zündet auch gleich das Bild daneben an. Ein paar flammende Fetzen fallen zu Boden, wo sie sofort erlöschen, doch Paulines Adrenalinspiegel steigt und dann steht Franzi plötzlich im Zimmer. Vielleicht hatte sie geklopft, vielleicht wollte sie wer weiß was. Jetzt schreit sie: »Spinnst du!«, und greift sich ein Handtuch von einem Stuhl, schlägt auf die brennenden Bilder ein, bis sie erlöschen. »Sind denn alle verrückt!?«, brüllt sie, dreht sich um, sieht Pauline grinsend an ihrem Schreibtisch lehnen. Ihr ist völlig unklar, warum sie jetzt gerade grinst, ob sie wirklich irre ist oder einfach ein Biest. Franzis Hand schnellt nach vorn und in Paulines Gesicht.

Der Kopf fliegt zur Seite, die Hand sinkt.

Franzi erschrickt, Pauline schließt die Augen.

Man weiß nicht, warum so etwas passiert, plötzlich. Bloß keine Kinder bekommen, denkt Franzi, bis ich anders bin, dann fasst sie wieder nach Paulines Wange, sanfter jetzt. Vielleicht ist die Haut heiß, vielleicht ist es Einbildung. Franzi tritt auf Pauline zu. Sie ist erleichtert über deren geschlossene Augen. Sie streichelt die geschlagene Wange, dann hellbraunes Haar. Pauline steht reglos und entspannt mit geschlossenen Augen. Franzi küsst diese Wange, die nicht heißer ist als ihre Lippen, sie streicht mit der einen Hand durch hellbraunes Haar und umfasst mit der anderen dieses kleine Gesicht. Pauline öffnet die Augen, sieht Franzi an, ruhig. Man kann nicht wissen, was in ihr vorgeht, denkt Franzi. Sie denkt das manchmal, dann vergisst sie es, bis es ihr plötzlich wieder einfällt.

Franzi küsst Paulines Wange und dann ihren Mund, nicht heißer als ihr eigener. Und sieht Pauline in die Augen, die wirklich sehr grün sind, das war ihr gar nicht klar, mit Splittern von goldenem Bernstein darin, und weiß plötzlich nicht weiter und was tut sie eigentlich. Sie nimmt Paulines Hand, sie zerrt sie hinter sich her (sie passt auf, dass Pauline nicht gegen den Türrahmen stößt) in die Küche. Sie setzt Teewasser auf, dann dauert ihr das zu lange, und sie reißt den Kühlschrank auf, entkorkt einen Riesling. Sie gießt Wein ein, zündet zwei Zigaretten an, eine steckt sie Pauline zwischen die Lippen, setzt sich ihr gegenüber an den Küchentisch und greift ihre Hand.

»Ann hat mich nicht geliebt«, sagt Pauline.

Franzi stöhnt auf. Das kennt sie. Pauline weigert sich beharrlich, Liebe zu erkennen. Sie ist vehement liebesresistent. Es ist wie mit einer durch und durch löchrigen Flasche. Du gießt Wasser hinein und es sickert zu allen Seiten wieder hinaus. Wenn du schnell gießt, dann gibt es immer wieder diese Momente, in denen die Flasche fast voll ist, weil das Absickern durch die kleinen Löcher nicht so schnell vonstatten geht. Aber du darfst eben nicht nachlassen. Lässt du einmal nach, fließt alles wieder hinaus. Dann gießt und gießt du gemächlich, während ebenso gemächlich das Wasser entweicht, und du schaffst, du schaffst es einfach nicht, den Wasserspiegel steigen zu lassen. Du könntest natürlich einfach in die Vollen gehen, Gas geben, nicht nachgeben, volle Kanne nachschenken und einschenken ohne Unterlass. Du könntest den Druck erhöhen und weitermachen. Aber es könnte durchaus sein, dass sie dann ganz kaputtginge, die Flasche, dass aus den Löcherchen Löcher und aus den Löchern Risse würden. Oder dass dir die Flasche aus der Hand fallen, umfallen, zu Boden fallen würde.

Pauline glaubt keine Liebe. Paulines feste Überzeugung, ihre festeste überhaupt vielleicht, ist es, nicht geliebt zu werden. Und man könnte sich im dichten Kreis um sie stellen und ihr die Liebe ins Ohr kreischen, dass ihr Trommelfell ächzt, sie würde sie doch nicht hören. Auf diesem Ohr ist sie taub aus Prinzip.

»Wie kannst du behaupten, eine Liebe existiere nicht, bloß weil sie nicht genauso aussieht, wie du sie dir vorstellst? Wenn wir uns ein paar Monate nicht sehen und ich zehn Kilo zunehme, existiere ich dann auch nicht mehr, weil ich nicht so aussehe, wie du mich im Kopf hast?«, fährt Franzi Pauline an. »Das Ding an sich hat bei dir wirklich überhaupt keine Chance!«

*

Marius findet auf seinem Schreibtisch zu Hause eine Karteikarte, auf der in gut leserlicher Schrift eine Zahlen-Buchstaben-Kombination steht. Es ist die Signatur eines Buches, die Katharina sich aufgeschrieben hatte. Marius erinnert sich an diesen pink schreibenden Stabilo-Stift, den Katharina gern benutzte. Sie hatte ein ledernes Mäppchen für ihre Stifte, wie die Mädchen in Marius' Schulklasse sie besessen hatten.

In der Küche steht eine Packung schwarzen Tees, die Marius für Katharina gekauft hatte, weil sie morgens keinen Kaffee mag. Im Badezimmer lehnt ihre rosafarbene Zahnbürste neben seiner schwarzen und Franzis gelber in einem Glas.

Er hat Fotos von ihr in seinem Handy, die er sich nicht ansehen möchte. Ich werde gleich onanieren, das kann ich auch ohne Katharina, hatte er auf dem Heimweg frohlockt. Doch es ging nicht ausschließlich um Sex zwischen Katharina und ihm. Es ging noch um viele andere Dinge, die ihm jetzt allesamt fehlen. Aber er kann nicht sagen, was für Dinge das waren.

*

Franzi steht unter der Dusche, es war ein schwüler Tag, schraubt den Duschkopf ab und richtet den Wasserstrahl zwischen ihre Beine. Sie versucht sich Katharina vorzustellen, wie sie auf dem Boden kauernd unter ihren Peitschenschlägen zuckt. Die Gedanken sind frei, denkt Franzi und weiß, dass es nicht stimmt. Sie kann Katharina nicht mehr autoerotisch nutzen, nachdem diese sich entzogen hat. Der harte Duschstrahl tut weh und Franzi wird wütend. Sie trocknet sich ab, zieht sich an und fährt zu Marius.

»Du gehst mir seit Tagen aus dem Weg«, wirft sie ihm vor, »seit das mit Katharina passiert ist. Und mach doch verdammt noch mal das Licht an!« Marius sitzt im dunklen Wohnzimmer, ein Glas Weißwein vor sich und eine Schachtel Zigaretten. Auch das Handy mit den Fotos von Katharina darin und ein paar Kurzmitteilungen. Er wird sich nichts davon ansehen, aber er weiß, es ist da. Franzi stürmt zur Wand und knallt ihre Hand auf den Lichtschalter.

»Was kann ich denn dafür, dass sie weg ist!«

»Ach, gar nichts«, sagt Marius und lächelt Franzi an. Einiges, denkt er. Diese Verkleidung als Junge kürzlich. Dieses geschmacklose Kleid, auf dem »Bitch« stand, das Franzi im Winter für Katharina gekauft hatte. Dabei wollte Katharina keine Bitch sein, das hatte er versucht, Franzi klarzumachen, aber das ging nicht in ihren Kopf. Dass Franzi ständig darauf bedacht war, mehr Aufmerksamkeit zu bekommen als Katharina. Es ist schlicht unmöglich, Franzi auf Augenhöhe zu begegnen. Sie braucht die freie Sicht über die Köpfe der anderen, um zur Ruhe zu kommen. Und will aber weiterhin von Marius dominiert werden, wie stellt sie sich das vor.

Marius streckt den Arm nach Franzi aus, sie tritt zu ihm, drückt ihn an sich, sein Kopf auf ihrem Bauch.

»Immerhin haben wir uns«, sagt Franzi, als sie kurz darauf eng umschlungen im Bett liegen. »Das ist doch besser, als allein verlassen zu werden!«

Franzi findet den Liebeskummer zu zweit schon fast wohlig gemütlich, wie Kuscheln im Bett, während es draußen gewittert.

Am nächsten Morgen reicht es ihr trotzdem. Marius hat violette Ringe unter den Augen und hängende Schultern. Franzi liebt diesen Mann. Sie wird zur Furie, sieht sie ihn leiden.

Sie trinkt mit Marius einen Kaffee im Bett, dann schwingt sie sich auf ihr Rad und rast in den Prenzlauer Berg.

Ihre Hände zittern, als sie ihr Fahrrad vor Katharinas Wohnung abschließt (sie ist noch nie hier gewesen), und ihr Herz hämmert, als sie an der Wohnungstür klingelt (ins Haus ist sie gekommen, indem sie bei jemand anderem geläutet hat, wer weiß, ob Katharina ihr aufgemacht hätte). Zwischen Zerstörungswut und absurder Hoffnung schwankte sie auf dem Weg hierher. Es könnte schließlich immerhin möglich sein, dass doch alles bloß ein Missverständnis war und sich die Sache durch ein sachliches Gespräch wieder einrenken lässt. Vielleicht hat Katharina die männliche Verkleidung im Expedia vor ein paar Wochen ja wirklich zu schaffen gemacht, vielleicht braucht sie ein bisschen Beistand. Oder sie fühlt sich ausgegrenzt, würde Marius oder Franzi gern öfter allein sehen, und das ließe sich doch sicher machen.

Katharina öffnet die Tür. Sie ist sichtlich erschrocken, als sie Franzi sieht.

»Komm rein«, sagt sie trotzdem, und führt Franzi in eine ordentliche kleine Küche, alles sauber und rechtwinklig aufgestellt. Kaum zu glauben für Franzi, dass es solche WG-Küchen gibt. Da sitzt am Tisch vor einer Tasse Tee ein junger Mann. Blass, Brille, feines braunes Haar. Schmächtiger Leib, albernes Karohemd.

»Guten Morgen«, sagt Franzi, »ich bin Franzi.« Er lächelt unsicher und sagt: »Hi.«

»Hast du auch einen Namen?«, fährt Franzi ihn an.

»Das ist Stefan«, sagt Katharina, die jetzt neben ihm steht, »willst du einen Tee?«

Plötzlich weiß Franzi gar nicht mehr, was sie hier eigentlich macht. Katharina hat den Arm auf Stefans Stuhllehne gelegt. Es ist eine Geste, die Zusammengehörigkeit demonstriert. Beide sind nicht unfreundlich, aber verschreckt. Katharina ist distanziert. Vielleicht war sie das immer gewesen, solange Franzi ihr nicht mit Gewalt nahekam.

»Kauft ihr euch jetzt ein Reihenhaus an irgendeinem scheiß Stadtrand?«, fragt sie.

»Nein«, sagt Katharina.

Franzi dreht sich um und rauscht hinaus, während das Teewasser gerade zu kochen beginnt.

15

Marius versucht sich in seiner Kanzlei auf seine Schriftsätze zu konzentrieren, aber es drängt sich ihm immer wieder die Vorstellung auf, dass er mit Katharina schläft und plötzlich der Raum in ihr sich merkwürdig weitet. Sein Glied schwebt im Leeren, tastet suchend nach allen Seiten, aber da ist nichts mehr. Er zieht sich panisch zurück und steckt seine Hand in Katharina, um sie zu suchen. Er greift nach links und nach rechts, nach oben und unten. Er bekommt pralles Fleisch zu fassen, doch kaum hat er es, zieht es sich zurück. Er versucht zu folgen, das Fleisch wird magerer. Katharina verschwindet von innen, sie wird immer dünnschichtiger, er sieht bereits von außen ihr Restfleisch rot unter blasser Haut schimmern, er sieht, wie es nach und nach verschwindet, wie da schließlich nur noch Haut ist und auch die bekommt Risse.

Marius fasst sich an den Kopf, presst die Finger gegen seine Schläfen, was soll das. Er will Katharina heil im Kopf, nicht so. Er will mit Katharina heute Abend essen, sie könnte ein bisschen von ihrem Studium erzählen und ihn an seines erinnern. Später hätten sie Sex im Bett, sie wäre bieg- und folgsam dabei. Nachts hätte sie duftendes Haar, in dem seine Hand ruhen könnte. Er könnte zu Katharina fahren und sie zurückholen, irgendwie. Vielleicht wäre mit ihr zu reden, vielleicht ist alles ein Missverständnis. Aber so ist er nicht. Wenn der Schmerz der Zurückweisung sein Inneres trifft, dann verschließt sich Marius automatisch. Wie es ein Igel tut, den man anstupst. Nur ein Mensch ohne jeden Stolz, findet er, bleibt beharrlich an einem Ort, an dem er offensichtlich nicht erwünscht ist.

Franzi stürmt am Mittag schon seine Kanzlei. Er sieht müde aus, hat diese Ringe unter den Augen.

»Es ist Freitag«, sagt sie, »lass uns das Wochenende wegfahren, raus, etwas entspannen, zu uns kommen.«

Sie buchen ein Hotelzimmer auf Usedom, viel zu teuer, aber den Blick aufs Meer, den brauchen sie jetzt.

*

Zinnowitz ist im Juli ein Ameisenhaufen voll lärmender, entspannungsgieriger Menschen. Am Wasser wimmelt es von Hüpfburgen, Strandkörben und Sonnenschirmen. Am Kai stehen die Fressbuden Wand an Wand, und es schiebt sich die hungrige Masse von Fisch- zu Bratwurst- zu Eisstand. Wo das Essen aufhört, beginnen die Souvenirs. Bernstein, Sanddorn, Haifischzähne. Die Sonne knallt weiß vom Himmel und es riecht weihnachtlich nach gebrannten Mandeln, gebratenem Apfel und Punsch. Eine Straße weiter im Landesinneren tobt ein Rummel mit Karussells und Zuckerwatte.

Marius und Franzi sind viel zu wund und instabil für so viel geballtes Leben. Sie kurbeln die Fenster hoch, damit weder festlicher Geruch noch vergnügungswütiges Geschrei in ihr Auto dringen. Sie huschen schnell vom Wagen zum Hotel. Ihr Zimmer ist im vierten Stock. Hier oben ist es ruhig und man sieht das Meer vom Fenster aus. Es ist blau und schillert im Sonnenlicht. Was immer auch die Menschen am Strand treiben – das Meer bewahrt seine majestätische Würde.

Es ist früher Abend, genügend Zeit noch, etwas zu unternehmen, aber was. Franzi und Marius sind hier, weil sie Ruhe brauchen, um sich für die Trauer zu wappnen. Und jetzt ist es dort draußen so laut wie selten in Berlin.

Sie schließen das Fenster und lassen Badewasser ein. Die Wanne ist nierenförmig und groß. Es gibt Sekt in der Minibar und Boxen in der Decke des Badezimmers, aus denen man beim Baden klassische Musik hören kann.

Im heißen Wasser setzt Entspannung ein, darauf ist Verlass.

Franzi und Marius sitzen einander gegenüber, sehen den vertrauten, nackten Körper des jeweils anderen, drücken ihre Beine aneinander und sprechen nicht. Wie Geschwister, denkt Franzi, so sind wir.

»Soll ich dein Haar waschen?«, fragt Marius irgendwann, er soll. Franzi dreht sich wasserschwappend um, bis ihr Rücken an seinem Bauch liegt und sein Schwanz sich weich an ihre Pobacken schmiegt. Er massiert Shampoo in das viele dunkle Haar und tunkt dann Franzis Kopf unter Wasser, so dass die Haarsträhnen wie schwarze Algen auf der Oberfläche treiben. Da könnten sich jetzt Fische drin verfangen, denkt Marius, kleine, rotschillernde Fische und Seesterne vielleicht, warum nicht auch Seepferdchen. Wie schön das aussähe, wie wunderschön. Wie schön es jetzt schon aussieht, in seinen Gedanken. Das Leben ist so viel reicher, wenn es einem gelingt, von Zeit zu Zeit seine innere Wirklichkeit über die äußere zu legen. Man darf bloß nicht vergessen, welches Element zu welcher Wirklichkeit gehört. Man vergisst es aber zwangsläufig. Sonst wäre alles ganz einfach.

Am Abend essen sie frittierten Fisch und Salzkartoffeln in einem Lokal, in dem Fischernetze und Schiffsmodelle an den mit Holz ausgekleideten Wänden hängen.

Sie sind angeschlagen. Verlust wird spürbar. Lust, sich verlustieren, Verlust. Woher kommen die Worte.

Marius fühlt sich schwach. Er vermisst blonde Ruhe an seiner Seite, in seinem Leben. Es fehlt eine Hand, nach der er greifen könnte. Es fehlt ein Blick aus blaugrauen Augen, der ihm seine eigene Existenz gewisser macht.

Franzi erzählt ihm nicht, dass sie bei Katharina war. Es gibt ja auch im Grunde genommen nichts zu erzählen. Es ist nichts passiert und Katharina hat nichts gesagt. Da saß bloß dieser hässliche Junge.

Franzi fällt später im Bett, als Marius, den Bauch an ihrem Rücken, bereits leise schnarcht, auf, wie schwach sie plötzlich wieder ist. Machtamputation. Jetzt, wo Katharinas kniende Gestalt, die Franzi gen Himmel gehoben hat, verschwunden ist, fällt sie. Und knallt hart auf den Boden. Schwer, auf den eigenen Füßen zu stehen statt auf eines anderen Leib. Sie schwebt nicht mehr in einer weichen Wolke aus Verehrung, sondern muss sich mühsam allein über den Asphalt schleppen. Und hat kein anderes Objekt für ihre Aufmerksamkeit als sich selbst.

Den Samstag verbringen sie im Bett. Bücher, andere Welten. Halt. Am Abend kommt Regen auf. Das ist gut, denn der Regen vertreibt die Menschen. So sind Franzi und Marius ungestört, als sie in Regenjacken und zum Auswringen nassen Hosen am Strand spazieren gehen. Das Meer tost gleichmäßig. Wind treibt Gedanken aus Köpfen. Ruhe greift Raum, wo Natur statt Menschen lärmt.

Jedes Unheil büßt an Macht ein, sind Franzi und Marius zusammen. Weht ihm Franzis Haar ins Gesicht, ist Marius in Sicherheit, hat Franzi Marius' Geruch in der Nase, ist sie unbesiegbar. Franzi und Marius verstehen einander und das ist selten. Sie haben Meinungsverschiedenheiten, unterschiedliche Lebensentwürfe, wenig Sex und viele Schwierigkeiten. Aber es gibt keine unbeabsichtigten Missverständnisse zwischen ihnen, aus denen Schmerzen entstehen, die niemand wollte, die wiederum neue Missverständnisse und neue versehentliche Schmerzen und Einsamkeiten in Massen nach sich ziehen. Franzi und Marius wissen, was der andere meint, wenn er etwas sagt, und auch, wenn er schweigt. Sie durchschauen einander, so weit Menschenaugen eben sehen können in den düsteren Wassern von Seelen. Sie wissen, woher der andere kommt und wonach er strebt. Sie sind sich auf eine Weise vertraut, als seien sie aus derselben Ferne auf die Erde gekommen. Und spüren dabei gleichzeitig ständig die fundamentale Fremdheit, die einem anderen immer anhaftet. Und wissen dabei um die unüberbrückbare Distanz, die zwischen zwei Menschen stets liegt. Sie verlieren nicht den Blick für das unbegreifbare Anderssein des anderen in trügerischen Momenten der Verschmelzung und sind einander doch auf eine sanfte Weise ständig so vertraut. Je länger sie beieinander sind und je leiser ihre Leidenschaft füreinander wird, desto tiefer spüren sie ihre uneigennützige Liebe zueinander. Je weniger sie voneinander wollen, desto mehr wollen sie für den anderen. Sein Glück, seine Unversehrtheit, seine Gesundheit. Wenn das Meer sich jetzt aufbäumen, einmal Luft holen und dann über seine Grenzen treten würde, um den Strand zu verschlingen, dann wären sie immerhin beieinander.

Abends, beim Essen, denkt Marius daran, wie Katharina vor ihm in seinem Arbeitszimmer stand, nackt bis auf Halsband, Arm- und Fußfesseln. Er legte ihr eine Leine an. Er band die Leine an eines der hinteren Schreibtischbeine. Er befestigte mit Seilen ihre Fußgelenke an dem linken und dem rechten vorderen Bein. Ihr Kopf lag auf dem Boden. Sie war gespreizt. Er peitschte ihren Hintern, bis er rotschwielig wurde. Dann kniete er sich hinter sie und nahm sie wie eine Hündin.

Später im Hotelbett vergräbt Marius sein Gesicht zwischen Franzis Brüsten. Er knetet ihren Hintern, greift in ihren Bauch, lässt sie die Beine um ihn schlingen. Sie fasst zwischen ihre und seine Schenkel. Schwellkörper schwellen. Er liegt schwer auf ihr, als er sich in ihr bewegt, Schweiß bildet sich zwischen Häuten, er keucht dunkel an ihrem Ohr, sie krallt sich in sein Brusthaar. Er kommt und sinkt erschöpft in ihre Arme und die Kissen darunter.

Sie hat keinen Orgasmus, sie will auch keinen. Sie mustert sein Gesicht von der Seite, es sieht jünger aus. Die Lippen voll, die Wangen rosig, die Augen nicht mehr so tief liegend, keine violetten Schatten. Die Liebe macht schön.

Im Auto auf der Rückfahrt isst Franzi Eis am Stiel von den Tankstellen, an denen sie eine Zigarette geraucht oder einen Kaffee getrunken haben. Sie sieht durch ihre Sonnenbrille auf die Autobahn. Geichmäßige, graue Strecke unter aufklarendem Himmel. Mit Katharina ist auch ihre Macht gegangen, begreift sie, und mit ihrer Macht ihre Fürsorge, ihre Verantwortung, ihre Sicherheit. Macht ist ein leerer Raum, in den man treten kann, um ungestört zu sein. Da greift keiner nach einem, erst recht nicht man selbst. Da ist es kühl und frisch und ordentlich. Ein Königssaal auf einer Anhöhe. Wohltuende Einsamkeit. Fern das Treiben und Wuseln der Menschen. Erhabenheit. Durchatmen und Überblick. Macht ist ein leerer Raum, der sich im Körper des anderen befindet. Man muss einen fremden Leib besetzen, um zu diesem Ruhepunkt auf dem grünen Hügel über der Stadt zu gelangen.

Macht bedeutet, Empfindungen aus sich selbst herauszunehmen und in den anderen hineinzulegen. So kann man die eigenen Gefühle von außen betrachten, ohne ihnen ausgeliefert zu sein. Das Chaos spielt sich im anderen ab, während man selbst klare Ruhe wird. Die eigenen Empfindungen unterliegen der eigenen Kontrolle, wenn sie einen anderen Leib besetzen. Katharina brannte in den Feuern, die Franzi aus sich selbst herausgenommen und sie eingesetzt hatte. Franzi sah den Brand und fand ihn schön. Und hielt ihn in Schach und Grenzen.

Der leere Raum auf der Anhöhe weit über dem Menschentreiben ist nicht in dem eroberten Leib des anderen, das war ein Irrtum, sondern in einem selbst, nachdem man all das wirre Empfinden aus sich heraus und in den anderen hineintransplantiert hat.

Dass sie ein leerer Raum voll tiefer, erfrischender Ruhe sein konnte, hatte sie Katharina zu verdanken. Franzi war nicht klar gewesen, welche Macht Katharina über sie hatte.

*

Pauline hat Pilzrisotto und Salat für Marius und Franzi zubereitet. Sie selbst stochert in ihrem Teller herum und zerbeißt einzelne Reiskörner. Sie ist immer noch viel zu dünn. Sie schläft andauernd und isst nicht. Ihr Körper ist im Sparmodus.

Franzi schlingt Reis, Salat, Weißwein und Kopfschmerztabletten in Windeseile hinunter. Sie hatte ihre Sportschuhe vergessen mitzunehmen, deswegen drängte sie Marius, mit ihr laufen zu gehen, kaum dass sie wieder in Kreuzberg angekommen waren. Jetzt ist Franzi hungrig und Marius erschöpft. Er kommt nicht dazu, sich ausreichend zu bewegen, die Kanzlei, Franzi, früher Katharina. Franzi hingegen rennt wie eine Wahnsinnige und schlägt zweimal die Woche auf Sandsäcke ein.

16

Freitagabend schleppt Franzi Marius und Pauline ins Klit. Die Party ist alles andere als queer, sie ist konventionell. Lack und Latexklamotten, Lederröcke, -hosen, -westen. Korsetts und Korsagen, lange Handschuhe und hohe Stiefel.

Hier ist vor über einem Jahr Ann Pauline unwiderruflich zu Leibe gerückt. Pauline stand am Tresen und trank Wasser, als Ann sie mit ihrem swimmingpoolfarbenen Blick an ihrem Platz festnagelte, ihr so nahekam, dass Pauline sich nicht mehr traute auszuatmen, ihr eine Leine umlegte und sie hinabschickte auf den Fußboden, damit sie ihre Stiefel leckte. Hier hatte sich Pauline in Ann fallen lassen, auf diesem Boden, zu ihren Füßen.

Erwartung lädt die Stimmung auf, Körper spannen sich, es ist Zeit, dass jemand schreit.

Pauline lässt sich von Männern begutachten und lächelt dabei. Wenn sie merkt, wie die Kerle sich einen Ruck geben, um zu ihr zu kommen, schmiegt sie sich an Marius.

Der nuckelt an seiner Bierflasche und als die leer ist, an Franzis.

Seine Miene hellt sich schlagartig auf, als er Kelly sieht. Sie trägt einen schwarzen Hosenanzug aus Samt, die glatten, braunen Haare im Zopf.

Wo Samuel sei, fragt Marius.

»Ich weiß nicht«, sagt Kelly. »Ich habe ihn verlassen.«

»Ach – das tut mir leid.«

»Es war schrecklich am Ende. Aber ich möchte jetzt nicht darüber sprechen. Ich will euch nicht die Party verderben.« Kelly lächelt.

Franzi dreht später eine Runde. Hintern liegen auf Zuchtböcken wie auf Silbertabletts, Busen quellen aus engen Schnürungen, lange, dünne Stöcke schnellen durch die Luft, aus allen Ecken stöhnt und seufzt es. Franzi möchte Teil dieser Orgie sein. Sie weiß allerdings nicht, ob sie schlagen oder geschlagen werden will.

Und erst recht nicht, wer dabei ihr Partner sein könnte. Es ist zum Verrücktwerden, dass man sich nicht selbst an die Decke binden und auspeitschen kann, denkt sie, wie abhängig man doch in solchen Dingen ist.

Sie spielt mit dem Gedanken, sich Marius zu schnappen, damit er ihr wehtut. Aber Marius starrt gemeinsam mit Kelly schweigend auf die Tanzfläche und scheint sich dabei gut zu amüsieren. Also pflückt sie sich Pauline von der Theke.

»Ich muss mal fesseln üben«, erklärt sie ihr in einem kleinen, düsteren Raum, in dem sich nichts weiter befindet als ein schwarzer Torbogen mit vielen Haken daran. »Du könntest doch mein Model sein, oder?«

Pauline ist einverstanden. Franzi fesselt ihr die Hände vor den Bauch, hinter dem Rücken und im Nacken. Dann umseilt Franzi Paulines Brust.

»Mach das noch mal kurz weg«, sagt Pauline. Nachdem Franzi die Seile von ihrem Rumpf gefummelt hat, schlüpft Pauline aus ihrem grünen Kleidchen.

»Ist doch besser so, oder?«, fragt sie Franzi nackt. Die nickt. Und gibt sich Mühe, nicht Paulines kleine, aufrechte Brüstchen mit den überproportional großen Nippeln anzuschauen. Fixiert stattdessen ihr Gesicht und verliert sich einen Moment in den Bernsteinsplittern ihrer grünen Iris. Sie streicht Pauline eine Haarsträhne hinters Ohr, spannt ihr Seil und fängt sich wieder.

Franzi hat keine Ahnung vom Fesseln. Also zieht Pauline wieder ihr Kleid an und Franzi bindet ihr das Seil um die Hüfte. Dann schleift sie sie hinter sich her wie ein Vieh am Strick. Nicht auf die Schlachtbank leider, bloß auf die Tanzfläche.

Sie ziehen rudelweise Blicke auf sich und Franzi ist stolz.

Doch wirklich spaßig sind Spielpartys ohne Spielpartner nicht. Sicher ist es unterhaltsam, die Hüften zu schwingen und Wodka zu trinken. Aber der DJ spielt grauenvolle Hits aus den Neunzigern und der Wodka kommt nicht aus dem Gefrierfach. Dafür kreischt aus allen Ecken die Einladung zur Sündhaftigkeit. Sei verdorben, raunen die schwarzen, glatten Stoffe zu enger Kleidungsstücke, sei böse!, fordern in Reih und Glied am Rückbuffet aufgehängte Schlaginstrumente. Sei unersättlich!, grunzen Eimer voll Gleitgel und haufenweise Kondome an den Eingängen zu den Räumen, in denen ein jeder tun kann, was er schon immer tun wollte, ohne von Moral oder Nachbarn gestört zu werden.

Franzi allerdings fehlt das passende Gegenüber. Ihre Geliebte, dieses Biest, lässt sich jetzt von den verschwitzten Händen eines Karohemdträgers malträtieren. Ihr Freund rückt alle fünf Minuten zwei Millimeter näher an Kelly heran. Und Pauline ist ihre Mitbewohnerin und allerbeste Freundin – mehr als sie ein bisschen über die Tanzfläche zu ziehen, kann sie mit ihr nicht anstellen. Denn sie liebt Pauline als platonische Freundin heiß und innig. Sie möchte sich die Freundschaft zu Pauline nicht ruinieren durch unüberlegte sexuelle Taten. Auch nicht durch überlegte. Denn dass man mit Pauline nicht ein bisschen zwischen Tür und Angel spielen und das Ganze am nächsten Tag wieder vergessen kann, ist ihr klar. Sie kennt ihre Freundin. Und dafür wäre sie auch wirklich zu schade. Nicht, dass etwas gegen unverbindliche Spiele spricht. Aber Pauline ist so verletzt. Und überhaupt so sensibel. Und hat ja vielleicht auch gar keine Lust, mit Franzi zu spielen. Wobei sie eigentlich nie abwehrend wirkt und sich ja gewisse Situationen in letzter Zeit nahezu von selbst quasi manchmal so ergeben. Aber Pauline interessiert sich nun mal eher für ältere Frauen. Und da werden die drei Monate nicht reichen, die Franzi ihr voraus ist. Obwohl Franzi schon findet, dass sie irgendwie älter wirkt als Pauline, die so etwas Junges, fast Kindliches hat. Weil sie auch einfach nicht genug isst und keine Verantwortung für ihr Leben übernimmt. Man hätte nur Ärger, ließe man sich noch intensiver auf sie ein, als man es als beste Freundin sowieso schon tut. Wobei Sex ja eigentlich nicht die Übernahme von Verantwortung bedingt. Aber Sex mit Pauline steht ja nun auch wirklich nicht zur Debatte. Es ginge eher um ein paar Spiele und da wäre Franzi als die Dominante ja schon –

»Franzi, wir gehen!«, sagt Pauline und hat sich bereits ihre beiden Taschen umgehängt.

»Jetzt schon?«

»Kelly ist müde und Marius möchte sie nach Hause fahren«, erklärt Pauline. »Außerdem ist es drei.«

*

»Du wolltest also die ermattete Kelly nach Hause fahren«, säuselt Franzi zu Hause in der Küche, den Riesling griffbereit. »Soso. Das ging ja schnell!«

»Du verstehst das völlig falsch«, sagt Marius mit ernster Miene. Franzi zieht fragend die Augenbrauen hoch.

»Es geht ihr nicht gut.«

»Ach, die Arme!«, seufzt Franzi. Pauline kichert vom Sofa aus.

»Nein, wirklich.« Marius will jetzt ernst genommen werden. »Sie war doch mit Samuel zusammen.«

»Ja, ich erinnere mich.«

»Und diese Beziehung ist wohl sehr unerfreulich zu Ende gegangen.«

»Wie denn?«, fragt Franzi jetzt neugierig.

»Er ist wohl gewalttätig geworden zum Schluss.«

»Unerwünscht?«

»Ja. In der ersten Zeit haben sie sexuell sehr gut harmoniert. In den letzten Wochen hatte Kelly allerdings manchmal keine Lust auf Sex. Ihr war einfach nicht danach. Aber wenn er in Fahrt war, dann ließ er sich nicht mehr bremsen. Er hat sie quasi vergewaltigt.«

»Aber dann hat er nicht gemerkt, dass sie keine Lust hat!«, vermutet Franzi. »Dann war das ein Missverständnis.«

»Nein. Sie hat ihm klipp und klar gesagt, dass sie nicht will. Sie hat um Hilfe geschrien und sich gewehrt, als er über sie hergefallen ist. Sie mochte noch nicht einmal Überwältigungsspiele. Sie war trocken, er musste Gleitgel nehmen. Sie hat nachher geweint. Und er hat gesagt, er verstehe nicht, was so verkehrt an dem war, was er getan hat. Denn sie sei schließlich seine Lustsklavin und somit habe er doch das Recht, sich ihrer zu bedienen, wenn er das wünsche. Und das ist nicht nur einmal vorgekommen.«

Beklemmung macht sich breit. Franzi und Pauline starren Marius entsetzt an. Mit dem habe ich geschlafen, denkt Franzi, widerlich. Warum hat sie das nicht gemerkt, dass er so ist! Stattdessen hat sie ihn gebeten, bei ihrer Theaterproduktion mitzuwirken! Franzi schnappt sich ihr Handy und spricht Samuel auf die Mailbox, dass sie auf seine Mitarbeit an ihrem Projekt lieber verzichten möchte, sie lasse sich und andere nicht gern von Vergewaltigern fesseln, das werde er sicher verstehen.

*

Franzi kann nicht einschlafen, weil sie an Katharina als Kerl mit rosa Schwanz denkt und sich fragt, ob das nicht auch schon eine Vergewaltigung war. Ein gewaltiger Übergriff in jedem Fall. Und sie hat es nicht gemerkt, weil sie es sich nicht vorstellen konnte. Was bedeutet, dass sie nicht besser ist als Samuel. Und zu wer weiß was in der Lage wäre.

»Marius«, flüstert sie und rüttelt an seiner Schulter. Marius brummt in sein Kissen.

»Ich habe Katharina besucht.«

»Was?« Marius sieht sie müde, wirklich müde an. »Wann? Warum?«

»Ich wollte sie zur Rede stellen. Oder ihr die Meinung sagen. Oder sie zurückholen.«

Marius stöhnt.

»Aber es hat nicht geklappt.«

»Was hat sie denn gesagt?«

»Nichts.«

»Ach, sie muss doch etwas gesagt haben.«

»Ob ich einen Tee will, hat sie gefragt. Und mir dann so ein Milchgesicht von Partner vorgestellt.«

»Und dann?«

»Dann bin ich gegangen.«

»Aber du musst doch auch was gesagt haben.«

»Ich habe gesagt, dass ich gern einen Tee trinke. Und dann bin ich gegangen. Es war zwecklos.«

Marius stöhnt.

»Soll sie doch mit ihrem Partner ein Häuschen im Grünen kaufen und darin versauern«, sagt Franzi, »sie war eh langweilig.«

»Warum suchst du dir nicht eine eigene Freundin, wenn du meine langweilig findest? Vielleicht hätte ich meine dann noch!«, brummt Marius.

»Du bist das Allerletzte!«, faucht Franzi. Dann steigt sie aus ihrem Bett, zieht sich ein T-Shirt über und schleicht zu Pauline.

»Darf ich bei dir schlafen?«, fragt sie und kriecht schon unter Paulines Decke. »Marius nervt.«

»Klar«, sagt Pauline, das Gesicht zur Wand gedreht und bald schon gleichmäßig atmend. Aber sie schläft nicht. Sie denkt daran, wie sie einmal abends bei Ann war, während Z. sich auf irgendeiner Sexparty amüsierte, und wie sie gekocht hat und wie sie aßen und wie Ann dann mit einem Buch in der Hand auf ihr Sofa sank und sagte, sie sei so erschöpft. Wie Pauline bat: »Bitte schlaf mit mir.« Wie Ann sie über den Buchrand hinweg musterte und fragte: »Wollen wir nicht ein wenig lesen?« Wie Pauline sich ihr Shirt über den Kopf zog und barbusig wiederholte: »Bitte schlaf mit mir.« Wie Ann sie wortlos ansah und Pauline vor ihr auf die Knie sank und bitte sagte. Und wie Ann dann tatsächlich Pauline anstieß, leicht nur, und Pauline fiel. Wie Ann ihre Füße auf Pauline am Boden stellte, wie Pauline ihre Fußsohlen küsste. Wie Ann Pauline mit ins Bett nahm und in sie hineingriff. Vielleicht war das ja sexuelle Nötigung, denkt Pauline jetzt, vielleicht hat sie Ann gezwungen. Vielleicht hat sie auch nur gebettelt. Sie kann es nicht unterscheiden. Sie weiß, dass Ann ihr Betteln genoss, ihren Zwang aber sicher nicht. Sie kann es nicht unterscheiden.

17

Eine Woche später begeben sich Franzi und Pauline ins Expedia. Pauline ist aufgekratzt. Es ist lächerlich, andauernd auf dieselbe SM-Party zu gehen, ohne jemals SM zu haben. Sie sollte vielleicht langsam doch auch mal, wenn es sich ergibt, falls es sich ergibt, zumindest aufgeschlossen sein für das, was sich ergibt, falls sich etwas ergibt.

Franzi ist hungrig. Sie hat Sehnsucht nach ihrem Königssaal auf grüner Anhöhe, nach ihrem weiten Machtraum. Franzi ist ein Raubtier auf Beutezug, sie riecht Blut und will etwas erlegen. Gleichgültig was, solange es nur leidet – zur Not könnte sie vielleicht Pea überreden.

Weil Pauline ewig brauchte, um sich zurechtzumachen – es wird ihr wieder wichtig, wie sie aussieht –, sind die Räume schon quirlig belebt, als die beiden eintreffen.

Le Tigre lärmen aus den Boxen, Pea schmeißt die Bar. Es ist die Luft elektrisch aufgeladen von der flirrenden Gier der hier Versammelten. Es wollen alle etwas haben, und zwar saftiges Fleisch kurz vorm Siedepunkt, eigenes oder fremdes.

Manche würden gern mehr wollen, als sie wollen können, andere kochen über.

Die einen versuchen, ihre domestizierten Kätzchen hinauszuscheuchen in den Erlebnispark der Lust, die anderen sind erbebende Käfige kurz vorm Zerbersten, in denen die Bestien toben. Im Grunde genommen tobt in jedem die Meute, bloß ist sie bei manchen schon so lange in so tiefen Höhlen hinter so vielen Falltüren eingekerkert, dass man sie kaum noch ans Licht locken kann. Dabei kommt sie früher oder später doch. Bestien können lange in Kellern leben, aber irgendwann wollen sie Licht.

Franzi in einem engen roten Kleid ist ein wildes Tier mit Fangzähnen, schwarz glänzend das Fell auf ihrem Haupt und heiß ihr Blut unter der bronzenen Haut. Pauline bewundert Franzi, doch sie sehnt sich nach Wildheit aus kälteren Regionen.

Nora sitzt auf einem Barhocker, schön wie immer. Sie hält zwei Leinen, an deren anderen Enden sich Tanja und Mo befinden. Mos Hosen sind hinuntergeschoben, Tanjas Rock nach oben. Tanja ist rasiert und mehrfach gepierct, Mo dunkel behaart. Um den Hals haben sie jeweils ein Schild hängen, auf dem steht: »Ich bin zu vermieten für 99 Cent die Stunde.«

Besser hätte der Abend für Franzi nicht beginnen können. Sie begrüßt nicht einmal Pea, so eilig hat sie es, zu Nora zu stürmen.

»Ich hätte gern Mo«, sagt sie, »aber ich finde 99 Cent für eine Stunde zu viel. Bei zwei Stunden für denselben Preis kommen wir ins Geschäft.«

»Je länger ich meine Ruhe habe, desto besser«, sagt Nora. »Bitte.« Sie drückt Franzi die Leine in die Hand und bekommt dafür ein Euro-Stück.

Franzi zieht Mo hinter sich her in einen geräumigen Spielraum. Sie setzt sich auf den Zuchtbock, über dem Katharina vor ein paar Wochen noch lag. (Und wenn sie da nicht gelegen hätte, wäre sie dann noch da? Man kann es nicht wissen, da sie nicht spricht, und es können auch andere Ärsche auf Zuchtböcken zucken.)

Franzi mustert Mo, die ernst, erwartungsvoll, angespannt wirkt. Es befinden sich zwei unsichtbare Schattenmenschen mit ihnen im Raum. Der eine ist Katharina und die wirft Franzi jetzt raus.

»Hättest du lieber, dass Nora hier vor dir säße?«, fragt Franzi.

»Ich weiß es nicht«, erwidert Mo.

»Was heißt ›Ich weiß es nicht‹?«, bohrt Franzi. »So schwierig war die Frage nicht, oder? Du wirst doch in der Lage sein, zu wissen, was beziehungsweise wen du willst!«

»Das hängt davon ab, was passiert«, sagt Mo.

»Hm.« Franzi verschränkt die Arme. »Deine einzige Chance, dass überhaupt etwas passiert, bin ich. Denn Nora wollte dich ja offensichtlich loswerden.«

Etwas verrutscht in Mos Gesicht. Ihre Schultern sinken.

»Aber wenn du mich hier nicht willst, sondern lieber Nora auf die Nerven gehen möchtest, dann gebe ich dich eben einfach wieder zurück und kaufe mir für den Euro draußen ein Eis!«, fährt Franzi fort.

»Nein!«, sagt Mo ziemlich vehement, und dann, mit leiserer Stimme: »Bitte nicht.«

»Also willst du doch von mir geschlagen werden?«

»Ja.«

»Du machst keinen richtig gierigen Eindruck«, bemängelt Franzi mit zusammengekniffenen Augen und verschränkten Armen. »Ich schlage niemanden, der das nicht wirklich, wirklich will.«

»Ich will ja!«, sagt Mo. »Wirklich!«

»Dann sag brav Bitte!«

»Bitte.«

Franzi beschießt Mo durch ihre Augenschlitze mit wütenden Blicken.

»Das reicht nicht«, erklärt sie. »Gib dir mehr Mühe. Bettle, so gut du kannst.«

Mo sieht Franzi unsicher an. Dann sagt sie noch einmal: »Bitte.«

Franzi wirft das Haar zurück und steht auf.

»Okay, wir lassen es, das wird nichts. Ich gebe dich zurück.«

»Nein!«, ruft Mo. »Bitte nicht! Bitte schlage mich!«

Franzi verschränkt wieder die Arme und mustert Mo wie als Kind die Bienen unter Glas, die nur träge über den Boden taumelten, anstatt gegen die Glaswände zu fliegen. Mo steht immer noch mit heruntergelassenen Hosen vor ihr.

»Bitte. Bitte schlag mich.« Mo wirkt tatsächlich schon etwas interessierter an Franzi als vorhin. »Bitte«, sagt sie noch einmal und kniet nieder. »Bitte.«

»Steh auf, geh nach vorn und sag zu Pea: Gibst du mir bitte einen Rohrstock, damit Franzi mir den Arsch versohlen kann?«

Mo kuckt wenig begeistert, aber sie steht auf. »Darf ich meine Hose wieder hochziehen?«, fragt sie. Franzi verneint.

Mo stolpert also mit dem Hosenbund zwischen den Knien und nacktem Unterleib von dannen, um kurze Zeit später wieder mit einem Rohrstock in der Hand zu erscheinen, den sie Franzi hinstreckt.

»Wo soll ich hin?«, fragt sie.

»Bück dich einfach«, sagt Franzi. »Wenn du dich rührst, höre ich auf.«

Mo beugt sich nach vorne, stützt sich mit den Händen auf den Oberschenkeln ab und reckt Franzi ihren weißen schmalen Hintern entgegen. Franzi beginnt, sie zu schlagen. Der Rohrstock hinterlässt rote Linien, manche davon schwellen an. Franzi versucht, mehrmals auf dieselbe Stelle zu schlagen, was Mo wimmern lässt – so zarte Geräusche hätte Franzi dem kerligen Mädchen gar nicht zugetraut. Mo rührt sich nicht vom Fleck. Also schlägt Franzi härter zu, bis Mo tatsächlich vornüberkippt und in die Knie geht. Franzi lässt den Rohrstock fallen und sagt: »Das war's.«

»Nein!« Mo rappelt sich auf, greift den Stock und rennt der verschwindenden Franzi hinterher. »Bitte nicht! Bitte, ich rühre mich nicht mehr, bitte!«

Franzi mustert Mo schweigend. Mos Augen betteln.

»Sag: Ich bereue, ungehorsam gewesen zu sein. Bitte schlage zur Strafe noch härter zu.«

Mo braucht einen Moment, um sich zu überwinden, diesen Satz zu sagen.

»Bück dich!« Franzi schlägt auf Mo ein in dem Flur, in dem sie jetzt steht, härter als zuvor. Beim vierten Schlag geht Mo schon wieder in die Knie und wimmert am Boden, doch Franzi schlägt weiter. »Arsch hoch!«, kommandiert sie. Mo gehorcht und zuckt und rollt sich zusammen und bietet sich an und versucht sich zu schützen und liefert sich aus. Franzi sieht ein paar Minuten – oder Sekunden oder Stunden, sie weiß es nicht, denn Spiele spielt man jenseits der Zeit – nichts weiter als Mos weiße Arschbacken voll roter Schwielen. Dann öffnet sie ihre Aufmerksamkeit wieder für den Rest des Raumes. Sie stehen beziehungsweise kauern im Weg, es wird voller, der Boden ist kalt. Franzi lässt den Stock sinken und hilft Mo auf.

»Wollen wir eine Pause machen?« Mo nickt.

*

Pauline hatte in der Zwischenzeit einen Spaziergang durch die Räumlichkeiten unternommen. In einer Zelle mit steinerner Pritsche entdeckte sie Kai und Ara. Kai lag auf der Pritsche, ganz und gar in durchsichtige Folie gewickelt. Bloß ihre Nasenlöcher waren noch frei. Ihr Gesicht wirkte platt und verzerrt – fischig. Ihre Brüste gequetscht, alles gequetscht.

Ara saß neben ihr und betrachtete sie. Als Pauline sich absichtlich gut hörbar in den Türrahmen lehnte, drehte sie sich um.

»Komm doch rein«, sagte sie zu Pauline. »Es ist leise, was wir tun.«

Pauline betrat den kleinen Raum und stellte sich an die Wand gegenüber von Kai. Sie sah Kais Pupillen in ihre Richtung wandern.

»Pauline ist da«, flüsterte Ara.

Dann sagte sie wieder nichts, sondern betrachtete schweigend Kai. Irgendwann bückte sie sich, um eine Rose vom Boden aufzuheben. »Ich habe dir Blumen mitgebracht.«

Sie legte die Blume auf Kais Oberkörper, wie man Königen die Schwerter in den Sarg mitgab. Doch diese Rose besaß im Gegensatz zu einem Schwert Dornen und Kai war lebendig. Ara drückte den Stiel in die Folie und wohl auch in die Haut darunter. Pauline konnte nicht sehen, wie sich das für Kai anfühlte. Sie war fixiert und stumm.

»Tut das weh?«, fragte Ara leise. Vielleicht nickte Kai kaum wahrnehmbar. Ara verstand sie wahrscheinlich.

»Ich kann dir noch mehr wehtun.« Sie griff in ihre Hosentasche und kramte ein kleines Taschenmesser hervor. Sie öffnete es. Sie legte die Klinge an Kais Hals. »Ich kann dich töten.« Sie strich Kai mit dem Messer über die Wange. »Ich kann dich entstellen.«

Pauline glaubte, Kais Körper beben zu sehen. Vielleicht bebte sie aber bloß selbst.

Plötzlich stach Ara ihr Messer in Kais Brust und jetzt zuckte sie wirklich.

»Du blutest«, stellte Ara fest. Pauline machte leise einen Schritt nach vorn und verrenkte sich möglichst unauffällig den Hals. Und wirklich, es wurde ein roter Fleck langsam zu einer roten Linie unter der glänzenden Folie auf Kais Haut. Es sah wunderschön aus.

Das Messer war wieder an Kais Hals. »Ich kann das auch hier tun«, sagte Ara. »Ich kann dich töten.« Jetzt wimmerte Kai laut und deutlich. Und klang heiser panisch, als die Klinge ihren Hals entlangfuhr. Als Ara tatsächlich zustach. In ihren Hals stach. Als Blut aus ihrem Hals in die Falten der Folie floss. Pauline stockte der Atem. Kai krächzte. Es war bloß eine oberflächliche Verletzung, bloß ein winziger Schnitt in der Haut. Doch das wusste Kai nicht.

»Jetzt hole ich dich!«, sagte Ara plötzlich lauter und schnitt mit dem Messer die Folie an verschiedenen Stellen auf, ohne dabei Haut zu verletzen. Sie packte das Messer wieder weg, drückte Pauline die Blume in die Hand und riss die Folie weiter auf. Wo Kais Haut zum Vorschein kam, schimmerte sie nass und überzog sich in Sekundenschnelle mit Gänsehaut. Ara befreite Kais Gesicht. Kai stöhnte, seufzte, schrie, alles durcheinander. Ihr Körper zuckte. Ara legte ihr die Hände auf Brust und Becken. Unter Aras dunklen Fingern kam Kais heller Körper langsam zur Ruhe. Es war wunderschön. Es war ein Naturschauspiel, dem Pauline hier beiwohnte, ein Feuerwerk aus Energien, unscharf verschwommen hinter irgendeinem Dunstschleier. Kais Kopf flog von links nach rechts und zurück. Ara legte ihr die Hand auf den Mund. Kai leckte, biss, lutschte, küsste Aras Finger und entspannte sich dabei.

»Hi!«, flüsterte eine Frau rechts von Pauline. Sie hatte nicht gemerkt, dass noch jemand den Raum betreten hatte.

»Schön, nicht?«

Pauline nickte.

»Magst du Folie?«

Pauline nickte wieder.

»Ich habe auch welche dabei. Hast du Lust?«

Pauline war vollkommen überrumpelt. Aber manchmal passieren die Dinge eben genau so schnell, wie man sie haben will. Heute hatte sie beschlossen, endlich auch einmal wieder zu spielen, statt immer bloß zuzusehen oder zu erinnern. Und jetzt.

Pauline folgte der Frau. Sie hatte braune kurze Locken, trug eine schwarze Jeans und ein schwarzes T-Shirt. Sie sah hübsch aus.

Die Frau holte ihre Tasche aus dem Barraum, dann ging sie mit Pauline an Franzi vorbei, die weltvergessen auf Mo eindrosch, in den großen Spielraum. Sie stellte ihre Tasche auf eine Pritsche und lächelte Pauline an.

»Magst du dich ausziehen?« Theoretisch mochte Pauline das schon, aber etwas in ihr blockierte.

»Ist alles in Ordnung mit dir?«, fragte die Frau, die immer noch lächelte.

»Es tut mir leid, aber ich kann das jetzt doch nicht«, sagte Pauline. Sie drückte der Frau die Rose in die Hand und stürmte nach vorn in den Barraum.

*

»Warum so gehetzt, wirst du gejagt?«, fragt Pea, ein Geschirrtuch in der Hand. »Ist deine Jägerin lecker?«

»Ich bin bereits erlegt und ausgeweidet«, erwidert Pauline, »und jetzt hätte ich gern einen Weißwein.«

Sie kippt ihren Weißwein hinunter und verschluckt bei der Gelegenheit ein paar Tränen, die ihr auf die Lippen fallen.

»Bist du traurig?« Dauernd sprechen sie heute fremde Menschen an. In diesem Fall ein schmächtiger junger Mann, den sie hier irgendwann schon einmal gesehen hatte in Begleitung eines Älteren.

»Ja«, sagt Pauline.

»Was ist denn los?« Er hat sich auf dem Hocker neben ihr niedergelassen und ihr die Hand auf den Arm gelegt. Ihr Körper scheint heute begehrt zu sein.

»Ich war ein halbes Jahr lang mit einer Frau glücklich oder zumindest manchmal, bis sie mich verlassen hat. Seitdem bin ich unfähig, mich zu amüsieren, und es kotzt mich an.«

»Dann bist du nicht traurig, sondern wütend, was deine Lage erheblich verbessert!«, mischt sich Pea ein. Der Junge drückt Paulines Arm und sieht ihr mitfühlend in die Augen. »Erzähl doch mal!«

Pauline erzählt von Ann und kann es selbst nicht mehr hören. Ann hängt ihr zum Hals heraus, ihre eigene Ergebenheit widert sie an, ihr Unglück langweilt sie.

»Und du, hast du nicht was mit einem älteren Mann?«, fragt sie den Jungen, der Lukas heißt.

»Ach, mir geht es gar nicht gut!«, seufzt Lukas.

Er ist wirklich mit dem älteren Mann zusammen. Er ist Lukas' erste große Liebe, aber er ist auch ein schwieriger Mensch. Lukas glaubt nicht, dass er in der Lage ist, harmonische Beziehungen zu führen. Er kann nicht bei anderen sein, er ist gefangen in sich.

»Sein Sohn hat sich umgebracht«, erzählt Lukas. »Kein Mensch weiß, warum. Wir passen nicht zueinander, er quält mich, aber ich komme nicht von ihm los. Als sein Sohn gestorben ist, hat er seine Frau verlassen. Er sei schwul, und das schon immer, hat er ihr gesagt. Ob er deshalb ständig versucht hat, sie in den Arsch zu ficken, hat sie ihm nachgebrüllt. Dabei war sie es gewesen, die das gewollt hatte, nicht er. Mich fickt er gern in den Arsch. Oder in den Mund. Mein Schwanz interessiert ihn nicht. Ich weiß gar nicht, ob er wirklich schwul ist. Und SM haben wir auch nicht. Als er ging, hatte er Angst, seine Frau könnte sich etwas antun. Doch das tat sie nicht. Die Wut auf ihn ist ihr bestens bekommen. Er ist übler dran. Vielleicht bringt er sich eines Tages um, oder ich mich, wer weiß das schon.«

Lukas spielt sich trauriger, als er ist, und das heitert Pauline auf.

Momentan jedenfalls arbeitet sein älterer Freund bei einer Versicherung, wenn er nicht gerade depressiv ist. Wenn er depressiv ist, kümmert sich Lukas um alles. Er weiß nicht, wie sein Freund das schafft, seine Arbeit und die ständigen Depressionen. Alle zwei Monate fällt er für zwei Wochen aus. Am Wochenende ist er eigentlich immer depressiv.

Aber er finanziert Lukas seine nicht ganz günstige Ausbildung an einer privaten Schauspielschule.

»Du bist auf einer privaten Schauspielschule?« Pauline runzelt die Stirn. »Dann wird es später schwierig für dich.«

»Ich weiß«, sagt Lukas, »Sie nehmen kaum noch jemanden von den privaten Schulen. Aber er mag, dass ich ein junger Schauspiellehrling bin, und ich mag das auch. Es ist doch irgendwie schillernder, als Student der Soziologie oder Rechtswissenschaft zu sein. Und so viel aussichtsloser nun auch wieder nicht.«

Lukas sieht fröhlicher aus als noch vor zehn Minuten und trinkt mit Pauline Wodka. Sie mag ihn. Er ist wie sie, bloß in männlich. Er ist eine ihrer Möglichkeiten. Früher, als sie noch zur Schule ging, schwärmte Pauline manchmal für ältere Männer und stellte sich dabei vor, selbst ein Junge zu sein.

Franzi und Mo trinken alkoholfreies Bier auf einem Sofa im Barraum. Sie könne nach solchen Spielen keinen Alkohol trinken, sagt Mo, sie sei so aufgewühlt und hormonell durcheinander. Sie lächelt. Weil ihr Haar wirklich raspelkurz ist, liegt ihr Gesicht nackt auf einem Silbertablett vor Franzi und die greift herzhaft zu. Mos Mund an ihrem ist weicher, als er aussieht.

»Ja, ähm, danke, dass du mich gemietet hast!«, nuschelt Mo mit roten Wangen nach dem Kuss.

»Bitte, gern geschehen«, erwidert Franzi. »Du warst dein Geld wert.« Sie grinst. »Ich könnte mir sogar vorstellen, beim nächsten Mal noch einen Euro draufzulegen.«

Mo grinst auch und pult das Etikett von ihrer Bierflasche ab.

Nora naht mit katzenhafter Eleganz. »Ihr hättet noch massig Zeit«, sagt sie.

»Ich bin ziemlich erschöpft. Und du?«, fragt Franzi Mo.

»Ich auch.«

»Okay«, sagt Franzi, »aber du bringst noch den Rohrstock zurück und bedankst dich bei Pea.«

Mo tut wie ihr geheißen. Franzi begleitet sie.

»Was hat Mo eigentlich gesagt, als sie den Stock vorhin ausgeliehen hat?«, fragt Franzi einer plötzlichen Eingebung folgend Pea.

»Sie hat gefragt, ob sie einen Rohrstock haben könnte.«

»Das war alles?«

»Ja.«

Franzi mustert Mo. »Stimmt das?«

Mo nickt.

»Du solltest etwas anderes sagen.«

Mo nickt wieder.

Franzi spürt unbändige Wut in sich aufsteigen.

»Das bereust du beim nächsten Mal!«, zischt sie.

Mo kriegt beim Anblick von Franzis zu Schießscharten verschmälerten Augen und ihrem bogengleich gespannten Körper richtig Angst. Und ist ziemlich glücklich darüber.

Die Frau, die Pauline einwickeln wollte, legt der auf einem Sofa eingeschlafenen Kai ihre Blume auf den Bauch. Dann geht sie, die Folienrolle noch in der Hand.

Franzi trinkt ein Glas Weißwein und merkt dabei, wie müde sie ist – so fertig war sie lange nicht mehr. Sie küsst Pauline zum Abschied und macht sich auf den Weg zu Marius.

Er liegt schon im Bett – sie kriecht unter seine Decke und reibt ihre Nase an seiner Schulter.

»Ich habe mit Mo gespielt und es war wirklich schön!«, flüstert sie.

»Mhm«, macht Marius und schließt die Arme fest um Franzi. Sie ist glücklich, so dicht an seinem Körper, der besser riecht als alles andere auf der Welt.

Pauline denkt zu Hause darüber nach, wie viele junge Menschen sie kennt, die finanziell von Älteren, ob Eltern oder Partnern, unterstützt werden, weil sie allein trotz abgeschlossenen Studiums oder Ausbildung nicht über die Runden kämen. Was ist von einer Zeit zu halten, die schon rein finanziell zu ewiger Jugend zwingt?

Natürlich denkt sie auch an Ann. Es drängt sich einer ihrer Lieblingstagträume in ihr eigentlich schon ziemlich erschöpftes Bewusstsein. Es ist wie in allen Ann-Fantasien sonnigwarm, das Licht gleißend hell, so dass jedes Ding zu strahlen scheint. Pauline, Paulinchen in einem kurzen Kleid mit Kniestrümpfen ohne Schlüpfer, kommt in Anns Arbeitszimmer gehüpft und bettelt: »Ann, gibst du mir Geld für ein Eis?«

Ann kramt ihr Portemonnaie hervor, winkt Pauline heran, und hält die Hand fest, die sie nach dem Geld ausstreckt. »Wann kommst du zurück?« Pauline zuckt die Schultern. Ann greift ihr unter den Rock, legt ihre Hand auf Paulines Muschi und sagt: »Komm nicht zu spät. Ich möchte den Abend mit dir verbringen.« Pauline summt etwas Bejahendes und läuft, die Münzen in der Hand, aus dem Arbeitszimmer, aus der Wohnung, springt die Treppen hinunter, ins Eiscafé zu Franzi. Um irgendwann zu sagen: »Mist! Ich muss gehen, Ann wartet!«

An diesem Punkt verliert Pauline oft vor Erregung schon den Faden – heute nicht. Sie träumt weiter, wie sie nach Hause (und »nach Hause« meint ganz selbstverständlich zu Ann) kommt, und wirklich spät dran ist, weswegen der Rohrstock auf dem Esstisch liegt und Anns Miene kühl ist.

Pauline jammert, erklärt, sträubt sich, beugt sich aber schließlich doch über die Tischplatte und lässt sich bestrafen.

Pauline berührt sich nicht, während sie das alles denkt, sie steht ihrer eigenen Fantasie gerade merkwürdig distanziert gegenüber.

Spielzonen

18

Der August liegt schwer und heiß auf der Stadt. Das sind die Tage, die an Seen verbracht werden müssten. Eigentlich natürlich am Meer, möglichst weit weg oder in irgendwelchen kühlen Bergen. Aber Franzi hat kein Geld für Urlaub, immer kein Geld. Und keine Zeit für den See, einfach nie Zeit. Weil sie seltsame Suppen einer Handvoll obdachloser Menschen serviert. Sie sind zwischen fünfzehn und siebzig, mutmaßt Franzi, Genaues lässt sich nicht sagen, so verlebt sind sie, so abgegriffen von den rauen Tagen an kalten, einsamen Orten.

Außerdem serviert Franzi weit schöneren Menschen im Kreuzberger Szenecafé sommerliche Drinks und Salate, damit sie selbst sich ihr vergleichsweise schönes Leben weiterhin leisten kann.

Und probt mit inhaftierten und zwar hübschen, aber verkommenen Frauen ein neues Stück ein. Worum es geht, ist noch nicht klar. Und irgendwie auch egal, denkt Franzi inzwischen. Was kann man schon bewegen.

Und dann arbeitet sie in jeder freien Minute an diesem Lust-Projekt, vor dem sie langsam Angst bekommt, weil die Premiere näher rückt.

Und rennt und boxt und isst und trinkt.

Marius schwitzt im Gefängnis oder in seiner Kanzlei. Der röchelnde Ventilator fegt die stickige Luft von einer Ecke in die andere. Aber abgestandener Sekt bekommt auch keine neue Kohlensäure, wenn man lange genug darin herumrührt. Kein Geld für eine Klimaanlage. Sein engster Freund aus Studientagen hat eine. Im Sommer gibt es die Kaste derer, die eine Klimaanlage besitzen, und die derer, die schwitzen. Aber dabei immerhin gute, umweltfreundliche Erdenbewohner sind.

Katharina lernte immer sehr viel, um ihre Examina gut zu absolvieren, denn sie möchte später in einem großen Unternehmen arbeiten. Dort wird es in ihrem geräumigen Büro sicher eine Klimaanlage geben.

Vielleicht, wenn Marius auch eine Klimaanlage, vielleicht wäre sie dann ja noch – Marius presst sich die Finger gegen die Schläfen. Was für ein Blödsinn ihm da durch den Kopf geht!

Es ist bloß so, dass alles deprimierend grau aussieht, seit Katharina verschwunden ist. Es fehlt der Zauberschleier über den Dingen. Sie sind plötzlich so gewöhnlich. Und es ist mühsam, sich wachen Geistes durch eine gewöhnliche Welt zu bewegen.

*

Pauline trifft sich mit Lukas in einem Kreuzberger Café. Er hatte angekündigt, dass er wahrscheinlich etwas zu spät käme, er lasse sich ungern einen Auftritt entgehen, und so ist es. Er trägt eine schwarze Hose und ein enges weißes T-Shirt. Das blonde Haar berührt mit den Spitzen seine schmalen Schultern. Er hat Sonne im Haar und dunkle Nachtreste unter den Augen.

Er trinkt Kräutertee (wenn es heiß ist, soll man Heißes trinken, erklärt er Pauline, die Eiswürfel aus ihrem Mineralwasser fischt und sich damit über Stirn und Puls fährt) und raucht viele Zigaretten ohne Filter. Er setzt sich eine dieser riesigen Pilotenbrillen mit verspiegelten Gläsern und dünnen Bügeln auf.

Er hat Ferien.

»Also habe ich die Wohnung gestern komplett geputzt, vorgestern sogar die Fenster. Ich mache alles schön und glänzend und abends koche ich für uns. Aber er freut sich nicht einmal darüber. Er hat Angst, dass ich ihn bedränge, wenn ich jetzt so viel freie Zeit habe. Er fühlt sich andauernd überfordert durch die Anwesenheit anderer. Er braucht irgendwie, dass ich da bin und ihn liebe und manchmal verfügbar bin, aber meistens überfordert ihn meine Anwesenheit. Das ist sein Dilemma.«

»Ist er mit dir zusammen, weil er sich nach seinem verstorbenen Sohn sehnt?«, fragt Pauline.

»Ich weiß es nicht«, erwidert Lukas. »Ich glaube nicht. Vielleicht spürt er ein Defizit an Jugend in seinem Leben. Oder er möchte seine eigene Jugend durch mich nachholen. Er hat immer viel gearbeitet, dann früh geheiratet, war nie ausgelassen.«

»Und du, warum bist du mit ihm zusammen?«

Lukas seufzt. »Kann man so etwas wissen?«, fragt er und Pauline denkt, nein, wahrscheinlich kann man so etwas in den seltensten Fällen wissen. Wahrscheinlich gäbe es kaum Psychotherapeuten, wäre diese Warum-Frage stets klar zu beantworten.

»Ich bin ja so, dass mich schwierige Menschen reizen«, fährt Lukas fort. »Seine Traurigkeit, diese Einsamkeit dadurch, er kommt ja mit nichts in Kontakt, sein Herausgehobensein aus allem, das fasziniert mich. Er ist einer dieser Außerirdischen, die auf der Welt nicht heimisch werden und nicht in ihrem Leben.«

Lukas zündet sich eine seiner Zigaretten ohne Filter an. Jedes Mal bietet er zuvor Pauline eine an, die jedes Mal sagt, sie seien ihr zu stark. Lukas raucht und lächelt. Er hat seine Beine gespreizt, die Arme auf den Lehnen abgestützt. Er begreift dieses Straßencafé als Bühne und die Passanten als Publikum. Er registriert, ob sie ihm die meiste Aufmerksamkeit schenken oder ob es in dem Café jemanden gibt, der interessanter wirkt. Pauline neidet ihm die Blicke, die er braucht, nicht – sie hat kein Interesse an namenloser Aufmerksamkeit.

»Es ist nur so«, spricht er weiter, »dass es schwer ist, mit solchen Menschen zu leben. Man sollte sie von ferne bewundern, aber man sollte nicht mit ihnen leben. Vielleicht ist das meine Form des Masochismus, dass ich das tue. Oder es ist einfach nur mein Wahnsinn.«

Pauline nickt. Wahnsinn, Begehren, Masochismus – wer kennt schon die Grenzen.

Sie sprechen über die natürliche Anziehungskraft der Jugend und die unerklärliche Faszination des Alters. Über den Reiz jedenfalls der Vermischung der Generationen. Der Unterschied soll laut gängiger Norm im Geschlecht liegen, nicht im Alter, glauben sie beide. Paare, die gleichgeschlechtlich sind und altersmäßig weit auseinanderliegen, sorgen erst recht für Verwirrung und Abneigung. Wovor fürchten sich die Menschen, überlegen Pauline und Lukas. Es ist nicht klar.

Lukas sagt, am Anfang sei es sehr romantisch mit ihnen gewesen. Er hätte ihn zum Essen ausgeführt und hofiert. Er hätte ihm sogar Blumen geschenkt. Dass Lukas nach einem halben Jahr auf sein Bitten eingegangen und bei ihm eingezogen war, sei ein Fehler gewesen.

Pauline erzählt von Ann, mit der es ebenfalls romantisch war. Jedes Bild, das Pauline von ihrer gemeinsamen Zeit im Kopf hat, ist sonnenhell. Die Erinnerungen blenden sie. Ann hat Obstbäume in Pauline gepflanzt. Sie schob Früchte in ihre Möse. Erdbeeren, Kirschen, im Herbst Trauben. Und pflückte sie wieder heraus. Sie ließ eine wirklich edle Perlenkette in Pauline verschwinden. Und barg sie wieder.

Lukas hält es für durchaus wahrscheinlich, dass Ann sich wieder Pauline zuwendet, irgendwann. Die Sache mit Z. wird ihr um die Ohren fliegen, denkt er, und Begehren lässt sich nicht domestizieren. Pauline hält das ebenfalls für möglich. Aber sie wäre sich nicht sicher, ob Ann tatsächlich sie meinen würde. Oder einfach nur wieder einmal zuschlagen wolle. Ihr Alltag geht ihr sicher an die Nieren und wahrscheinlich braucht sie früher oder später einen Gottesdienst, eine Opferung ihr zu Ehren. Sie wird nach einer nackten blonden Jungfrau verlangen, die sich mit Kerzen zu ihren Füßen verbrennt. Doch Pauline ist nicht blond und seit Neustem trägt sie Boxershorts.

*

Marius trifft sich mit Kelly zum Mittagessen, das hatten sie im Klit vereinbart. Marius wartet bei dem Asiaten neben seiner Kanzlei zwanzig Minuten auf Kelly. Dabei kann er sich keine allzu lange Mittagspause leisten. Als Kelly kommt – in Jeans und weißem T-Shirt, so kennt er sie gar nicht –, nimmt sie nicht einmal die Sonnenbrille ab, um ihn zu begrüßen. Von Umarmung ganz zu schweigen. Sie wirkt schlecht gelaunt, irgendwie abwesend. Sie isst bloß einen Salat. Sie ist fertig, bevor Marius sein Hauptgericht bekommt. Es ist ihm unangenehm, dass sie ihm beim Essen zusieht.

»Wo ist denn deine Kanzlei?«, fragt sie, danach fragt sie nichts mehr. Er erzählt trotzdem. Weil sie ja nicht spricht. Von Franzis erotischem Theaterprojekt spricht er und dass sie unbedingt kommen müsse. Kelly hat wieder diese silbernen Rechtecke in den Ohren und am Finger. Von ihren Tagen auf Usedom berichtet er und von der abhanden gekommenen Katharina. Sie kann sich nicht an eine Katharina, dünn und blond, erinnern. Dabei ist sich Marius sicher, dass sie sich öfter auf Partys, in Clubs begegnet sind. Kellys langes braunes Haar ist zum Pferdeschwanz gebunden. Keine einzige Strähne fällt heraus. Marius denkt, die Trennung von Samuel und alles, was dem vorausging, liegt ihr wahrscheinlich immer noch schwer im Magen. Wenn Menschen

Sonnenbrillen tragen, weiß man nie, ob sie einen ansehen oder einfach nur vor sich hin in ihr eigenes Traumland blicken.

»Hast du Samuel eigentlich angezeigt?«, fragt er, sie schüttelt den Kopf.

»Vielleicht solltest du das tun«, sagt Marius, »man darf ihm das nicht durchgehen lassen. Und ich würde dich gern verteidigen, wenn es so weit käme.«

»Das kann ich mir vorstellen, dass du das gern würdest«, sagt Kelly. Marius fühlt sich ertappt und missverstanden.

»Es ist sicher hart, wenn eine Beziehung so auseinandergeht«, nimmt er seinen Faden wieder auf, »man hat doch vertraut.«

»Ach«, sagt sie, »so sehr man Männern eben vertrauen kann.« Er versteht nicht, was sie meint. Ihm kann man durchaus vertrauen.

»Wahrscheinlich fällt es den meisten Männern schwer, den Unterschied zwischen einvernehmlichem Sadomasochismus und sexuellem Missbrauch zu erkennen«, sagt Kelly.

Marius findet das ungerecht. Es stimmt nicht. Ihm fällt das überhaupt nicht schwer. Es ist ja auch wirklich nicht so kompliziert. Er beginnt, ihr das zu erklären. Er spricht von Safewords und Absprachen. Von Empathie und Freiheit. Von den Signalen des Körpers. Dass man nachfragen, wach bleiben müsse. Es ginge auch darum, ob man wolle oder nicht. Ihm, sagt er, würde das sicher nicht passieren. Sie sieht ihn an oder die Luft hinter ihm und sagt nichts dazu. Sie glaubt mir nicht, denkt Marius, warum nicht, zum Teufel.

*

Franzi bekommt Besuch von Mo. Mo in hängenden Hosen mit tausend Taschen, mit einem Portemonnaie, das durch Kette und Karabinerhaken an ihrer Hose befestigt ist, mit breiten Lederarmbändern, wirkt furchtbar unsicher. Sie ist Mitte zwanzig und sieht jünger aus. Ihr Gesicht ist kindlich, ihr Oberkörper männlich. Mo ist Sozialpädagogin. Momentan arbeitet sie bei einer Drogenberatung. Franzi ist begeistert. So etwas hätte sie auch tun sollen, Sozialpädagogik studieren und Menschen helfen, aktiv und konkret, jeden Tag. Oder Ärztin werden und Illegale behandeln. Oder Psychologin und sich um Folteropfer kümmern. Es gibt tausend Möglichkeiten. Und sie entscheidet sich für so etwas Dekadentes, Ichbezogenes wie die Kunst. Selbstspiegelung für die Reichen und Schönen. Damit im Bilderrausch keiner sieht, dass draußen Blut und nicht Likör den Asphalt verklebt. Franzi würde gern noch einmal zurück auf Los.

Mo sagt, das könne sie, jederzeit, solle sie aber nicht, denn es sei gut, was sie täte.

Mo sitzt in einem altersschwachen Sessel in Franzis Zimmer, Franzi selbst auf ihrem Schreibtischstuhl. Franzi ist auch unsicher. Sie haben sich eigentlich nicht zum Quatschen getroffen, sondern zum Spielen. Das war so abgemacht und darauf hat Franzi Lust. Mo will wahrscheinlich ebenfalls gern spielen, sie hat rosige Wangen und glänzende Augen. Aber Franzi hat, wie ihr gerade auffällt, noch niemals ohne Marius, Pauline oder irgendein Publikum im Rücken jemanden getoppt. Sie fühlt sich dem nicht gewachsen. Sie weiß nicht, was sie machen soll, damit es gut wird.

Mit Katharina hatte sie schlicht Dominanz performt. Doch es käme ihr unangemessen vor, Mo gegenüber eine Dominanz aufzubauen, die nicht aus dem Spiel zwischen ihnen beiden entsteht. Bloß – wie soll das Spiel losgehen ohne Franzis Dominanz?

Franzi und Mo plaudern also weiter, über dieses und jenes, über Kreuzberg und Neukölln (wo Mo wohnt), über Ara und Kai, über Nora. Nora spielt mit Tanja und Mo, aber man kann ihr nicht nahekommen, man weiß nicht, was sie empfindet.

Schließlich fragt Franzi mutig in eine Gesprächspause hinein: »Was möchtest du jetzt gern machen, Mo?«

Mo wird noch röter, als sie es sowieso schon ist. Sie schaut auf ihre Hände, die überproportional groß sind im Vergleich zu ihrem schmächtigen Körper, blickt wieder auf und sagt mit charmantem Lächeln: »Ja, also, ich würde gern übers Knie gelegt werden, wenn du Lust dazu hast.«

Das klingt einfach und prickelnd. Es sind manchmal die schlichtesten Dinge, die verzaubern.

»Dann zieh dir mal die Hosen runter!«, sagt Franzi.

Mo zögert einen Moment. Sie zögert nicht, sie überwindet sich. Dies ist ein Kampf, der notwendig ist. Es ist dieser Kampf einer der Schritte, die sie gemeinsam aus dem realen Raum hinaus in die nebeligen Jagdgründe ihrer Träume gehen. Franzi dicht auf Mos Fersen, die in diesem Fall den Weg zu bahnen hat. Fiele ihr alles leicht, wäre es wertlos.

Mo steht auf, befreit ihr Portemonnaie und legt es auf den Schreibtisch, öffnet ihren breiten Gürtel, die Knöpfe ihrer weiten Hose und zieht sie samt Boxershorts hinunter. Ihre Haut ist weiß, ihr Schamhaar dicht und schwarz. Sie hat weiche, breite Hüften, die gar nicht zu ihrem kerligen Oberkörper passen.

Franzi lässt sie einen Moment lang so stehen. Sie genießt diesen Ausschnitt von Nacktheit zwischen Hosen und T-Shirt und vor allen Dingen Mos Gesichtsausdruck. Wenn sie in Mos Blick die Reaktion auf ihren eigenen Blick auf Mos Möse sieht, dann braucht sie dort eigentlich gar nicht mehr hinzusehen.

Franzi fühlt sich leicht plötzlich, es wurde wieder ein Wolkenteppich für sie ausgelegt knapp über dem Boden. Darüber schreitet sie zu ihrem Bett und setzt sich. Mo bleibt stehen, wo sie ist. Franzi winkt sie zu sich heran. Ihr gefällt Mos Gang mit den Hosen in den Kniekehlen zu gut, um so schnell genug davon zu haben.

»Mo«, sagt sie, »sei doch so lieb und geh noch mal ein bisschen auf und ab! Das sieht einfach zu entzückend aus!«

Mo wirkt nicht wirklich begeistert, doch sie genießt Franzis Freude und natürlich auch ihre eigene Erniedrigung. Diese ist allerdings ein paradoxes Gefühl. Man kann nicht freien Herzens lachen über die eigene Demütigung, sonst wäre sie nämlich keine. Man muss sie durch Widerstand und Leiden selbst herstellen und dabei trotzdem genießen. Man muss ein Knotenkünstler sein.

Franzi beobachtet den durchaus weiblichen weißen Hintern, wie er seine Runden in ihrem leider nicht allzu weitläufigen Zimmer dreht, und ist berauscht. Jede Runde entspricht einem Glas Wodka, denkt sie, ist aber etwas vollkommen anderes. Franzi lacht, strahlt und lobt, Mo grinst rotgesichtig und weißärschig.

Schließlich springt Franzi auf, schnappt sich Mo vor ihrem Bett und legt ihr die Lippen auf den Mund. Warme Lippen, sanft und vorsichtig. Franzi schmeckt Pfefferminze und riecht Männerduschgel. Mos Gesicht ist heiß, ihr Atem unregelmäßig.

Ist sie dominant, wirkt Franzi ruhiger, je erregter sie ist. Sie atmet gleichmäßig, bewegt sich langsam. Lässt sich Zeit. Dieser Kuss beispielsweise darf nicht zu früh enden, denn in dem Kuss liegt die Vorfreude auf das Schlagen danach, die unwiderruflich vergangen ist, wenn das Schlagen beginnt.

Franzi wartet so lange, wie sie kann, streichelt zur Vorspeise über Mos noch kühle Hinterbacken, knetet sie ein bisschen und hört Mo seufzen. Franzi wartet so lange, bis sie es nicht mehr aushält, dann setzt sie sich aufs Bett und zieht Mo über ihre Knie. Mos Pobacken wackeln bei jedem Schlag ein bisschen und nach einer gewissen Zeit gibt Mo leise Töne von sich. Franzi prägt sich ein in die ihr fremde Haut, zeichnet ihre Finger weiß in gerötete Fläche. Sie schlägt so oft auf dieselbe Stelle, bis sich Mo unter ihren Händen wegzuwinden versucht, und dann erst recht. Sie schlägt sie auf die Oberschenkel, wo es besonders weh tut, und auf den Poansatz. Eben war Mos Arsch noch weiß und kühl, jetzt ist er leuchtend rot und heiß. Eben war Mo noch schüchtern und verhalten, jetzt wimmert und stöhnt sie in einem fort. Man kann ihr nicht ins Haar greifen, da sie keines hat, bloß kurze Stacheln. Man muss ihren Nacken umfassen, um ihr Gesicht ins Bett zu pressen. Den Kopf nach unten, den Arsch in die Höhe, so mag Franzi ihr Opfer. Mo wackelt auf Franzis Schoß auf und ab, zuckt weg, wenn sie geschlagen wird, und bietet sich anschließend freiwillig wieder an. Franzi kann nicht aufhören. Es fühlt sich so gut an, sie möchte jetzt noch nicht vernünftig werden. Es wird irgendwann weniger gut sein oder sie erschöpft, dann kann sie immer noch aufhören. Mos Po hat eine satte, dunkelrote Farbe, fast überall. Franzi drückt ihr die linke Hand ins Kreuz, während sie mit der rechten auf die immergleiche Stelle schlägt, mit aller Kraft, bis Mo »bitte bitte nicht« winselt, und noch einmal: »Bitte, nein!«

Franzi spürt ihre eigene Möse prall und saftig. Wenn Mo zappelt, blitzt es zwischen ihren Beinen. Und sie sieht es zwischen Mos Schenkeln feucht funkeln, sie spürt, wie Mo ihr Geschlecht möglichst unauffällig gegen Franzis Beine drückt.

Franzi lässt sich zurückfallen, zieht Mo mit sich, öffnet ihre eigene Hose, greift hinein, und sagt zu Mo: »Fass dich an!«

Mo und Franzi liegen halb auf-, halb nebeneinander, die eine mit einer brennenden Handinnenfläche auf ihrer heißen Möse, die andere mit brennendem Hintern, und atmen sich Mund an Ohr und Wange an Wange zum fast gemeinsamen Höhepunkt.

»Man hat euch im ganzen Haus gehört«, sagt Pauline, als sie mit Franzi in der Küche ein Glas Weißwein trinkt, nachdem Mo im Flur in ihre Doc Martens gestiegen und mit leuchtendem Gesicht aus der Tür und ins Treppenhaus gelaufen war.

»Stört es dich, dass wir hier spielen?«, fragt Franzi. Sie steht auf dem Balkon, unter sich die laute Straße und Mo, die auf ihr Fahrrad steigt.

»Nein, Blödsinn!«, sagt Pauline.

Dabei stört es sie durchaus, sie weiß bloß nicht warum. Sie lag gerade in ihrem Bett und dachte über Gerontophobie nach, als Franzi und Mo laut wurden. Bei diesen Geräuschen aus dem Nebenzimmer konnte sie sich nicht mehr auf ihre stillen Gedanken konzentrieren.

Jetzt teilt sie Franzi trotzdem mit, was ihr durch den Kopf ging. Dass die Liebe zwischen zwei Menschen aus unterschiedlichen Generationen inzwischen der herrschenden Hauptkultur zufolge fast noch verwerflicher sei als die zwischen Mitgliedern desselben Geschlechts. Besonders wenn die Frau die Ältere ist, beziehungsweise wenn sich das Pärchen aus zwei Frauen zusammensetzt.

Dass ausgerechnet die ältere Frau für solches Aufsehen, für Empörung schon fast sorge, weise die Richtung, aus der das Ressentiment dem intergenerationellen Paar gegenüber käme. Es ist wie immer: Es geht um Kinder. Der jüngere Mann oder erst recht die jüngere Frau wäre durchaus noch in der Lage gewesen, Kinder zu bekommen (sogar Homosexuelle können das, wie inzwischen fast alle verstanden haben). Doch das hohe Alter der Geliebten jenseits der Menopause lässt die frischen Ei- und Samenzellen ungenutzt verdorren. Und führt statt zur Erhaltung der göttlichen Schöpfung zur sinnfreien Sinnlichkeit.

Franzi gibt ihr recht. Sie ist aber etwas unkonzentriert. Theorien über Sexualität und Devianz interessieren sie gerade weniger als das konkrete Ausleben von beidem.

Nachts steckt Marius in Franzis Bett seinen Kopf unter der Bettdecke zwischen ihre Beine. Sie fühlt sich frei und glücklich.

*

Mittags ist Marius schon wieder mit Kelly verabredet. Bei demselben Asiaten wie in der Woche zuvor. Er fragt sie immer wieder nach einem Treffen und inzwischen nimmt sie fast jedes zweite Mal schon an. Sie ist wieder abwesend, abweisend, wortkarg. Warum trifft sie mich, wenn sie mich nicht mag, fragt sich Marius, und: Warum mag sie mich nicht?

Sie wird ihn, so vermutet er, in einen Topf werfen mit Samuel. Dabei hat er noch nie einer Frau (und auch keinem anderen) etwas zuleide getan. Obwohl ihm das hartnäckig unterstellt wird. Von den Schwestern, den Eltern früher. Seine Schwestern allerdings haben ihn bedeutend mehr gequält als er sie. Und Caroline damals, Caroline wollte er wirklich nicht verletzen. Er wusste nicht, wie verboten es war, zwei Frauen zugleich zu lieben und dass die eine Liebe die andere zerstören kann.

Durchaus denkbar, dass Katharina ihn auch irgendwelcher Gewalttaten verdächtigt. Dabei war es Franzi, die übergriffig wurde, nicht er. Aber vielleicht macht ihn Katharina für Franzis Taten verantwortlich, vielleicht denkt sie sogar, er hätte sie angestiftet. Vielleicht erzählt sie jetzt gerade ihren Freundinnen (nein, denn die wussten nichts von ihm und Franzi) oder ihrem neuen Freund, was für ein brutaler Mensch er gewesen sei.

Marius gibt sich Mühe, die gelangweilte Kelly zu unterhalten. Er begleicht ihre Rechnung. Er bietet sogar an, ihr einen Regenschirm aus seiner Kanzlei zu holen, als sich dunkle Wolken vor die Sonne schieben. Es ist alles zwecklos.

Marius wird sich plötzlich klar darüber, dass er erstens keine Ahnung hat, wer Kelly eigentlich ist, und dass es ihn zweitens auch überhaupt nicht interessiert. Er sieht bloß, dass sie hübsch und intelligent ist und ihn in einem fort abweist, ohne sich allerdings je ganz aus seinem Dunstkreis zu entfernen. Da sie ihn nach wie vor trifft, scheint es eine Möglichkeit zu geben, ihre Mauern zu durchbrechen, und die muss er finden. Die offensichtliche Ablehnung seiner Person, die sie zur Schau trägt, macht ihn wahnsinnig.

Pauline sitzt an ihrem Schreibtisch und legt den Kopf auf die Tastatur. Dadurch entstehen lustige Buchstabenfolgen auf der weißen Seite, die sich zu ihrer Promotion mausern soll. Wie surrealistisch, denkt Pauline, ich lasse meinem Unterbewusstsein freien Lauf, indem ich mit meiner Nase schreibe und meinen Wangenknochen.

Es ist bloß so, dass Promotionen nicht surrealistisch zu sein haben. Und dass darüber hinaus Pauline sich für ihre Promotion nicht im Geringsten interessiert. Warum nur nicht, denkt sie, es ist ihr schleierhaft. Warum fällt es ihr so schwer, sich für etwas jenseits ihrer selbst zu begeistern? Es ist doch kein Mensch eine Insel. Oder doch? Was ist mit diesem Gerede davon, dass alles und alle irgendwie zusammenhängen und wenn im Feuerland ein Schmetterling seine Flügel hebt –?

Ist es am Ende nicht doch eher so, dass jeder Mensch eine Insel ist, zu der es kein Durchkommen gibt? Sind wir, so fragt sie sich, lauter kleine Landflecken inmitten eines stürmischen Ozeans, der voll ist von Raubfischen, Strömungen und Strudeln? Und wir warten unser Leben lang, dass doch einer kommt, ein wackerer Abenteurer, ein unerschrockener Seefahrer, der in seinem Schiff mit sieben Segeln die See bezwingt, auf den Wellen reitet, als könne er fliegen, der die Seeungeheuer nicht fürchtet und Krakenarme in der Luft zerschneidet, um schließlich an unserer Insel anlegen zu können? Ist das der irre Fiebertraum, dem die gesamte Menschheit kollektiv anheimgefallen ist?

Das erscheint Pauline einleuchtend. Und klar, wie soll sie über abstrakte Begriffe und anderer Leute Gedanken schreiben, wenn sie nichts sehen kann, was nicht sie selbst ist, von ihrer fernen Insel aus.

*

Franzis Schwester Katja kommt zu Besuch. Blass, ruhig, in sich gekehrt. Sie hat die Tischlerlehre abgebrochen, die Arbeit war ihr körperlich zu anstrengend. Sie weiß nicht, was sie jetzt machen soll. Die Eltern verzweifeln an ihr. Franzi versucht, sie zu einem Sozialpädagogikstudium zu überreden. »Das könntest du sicher gut«, sagt sie, »außerdem dauert das Studium nicht so lange und es ist wirklich sinnvoll.«

Katja verspricht, darüber nachzudenken.

Die Eltern machten sich davon abgesehen auch Sorgen um Franzi, erzählt sie. Sie wissen nicht, was das soll mit diesem erotischen Theater. Theater sei sowieso ein so seltsames Metier, könne sie dann nicht wenigstens richtige Stücke machen anstatt dieses Rotlichtzeug? Immerhin sei das mit Katharina vorbei und vielleicht kämen Marius und sie ja jetzt zur Vernunft.

Franzi könnte die gesamte Küche in Schutt und Asche legen vor Wut. Stattdessen bricht sie in Tränen aus. Wie kann man so dämlich sein, fragt sie. Das sei diskriminierend und dumm. Sie begriffen nichts und wollten das auch gar nicht. Sie interessierten sich nicht für ihre Töchter, sondern bloß für die Traumtöchter, die sie sich selbst ausgedacht hätten.

Katja zuckt die Achseln. »Sie werden alt«, sagt sie. »Sie sind geistig nicht mehr so beweglich.«

Franzi lässt das nicht gelten. »Es gibt zig Leute in ihrem Alter, die zu geistigen Höhenflügen und dem Entdecken immer neuer Welten in der Lage sind!«

Katja zuckt wieder die Schultern. »Unsere Eltern eben nicht.«

*

Pauline steht mit geschlossenen Augen in der Mitte ihres Zimmers. Sie geht noch einmal ihre geplanten Auftritte in Franzis Lust-Projekt durch. Sie hat ziemlich viel zu tun und es ist gewagt, was sie sich vorgenommen hat. Sie hofft, aus ihren exhibitionistischen Darstellungen eventuell einen Lustgewinn ziehen zu können oder zumindest ihre eigene sexuelle Identität wiederzugewinnen, die ihr zusammen mit Ann abhanden kam, und auch damit wäre sie schon einen entscheidenden Schritt weiter.

Es ist der Abend vor der Aufführung. Pauline findet eigentlich, sie könnte langsam etwas nervös werden, immerhin steht sie inzwischen nicht mehr häufig auf Bühnen und erst recht nicht in dieser Art und Weise. Aber sie ist es nicht. Sie war es noch nie. Als sie zur Schule ging, hatte sie ziemlich häufig Konzerte. Unter den anderen gab es immer welche, die sich vor Lampenfieber erbrachen. Pauline hingegen spürte eine angenehme Erregung, mehr nicht. Ihre Ruhe vor Auftritten wurde von ihren Musiklehrern als ein weiteres Argument dafür angeführt, wie naheliegend eine musikalische Karriere für sie wäre. Aber Pauline hatte keine Lust, viel zu üben, und kein Interesse an Erfolg.

19

Franzis Lust-Projekt hat Premiere.

Es ist ein orangefarbener Septembersommerabend, der Hof ist voller Gäste. Mo sitzt an der Kasse. Sie hasst es, auf einer Bühne zu stehen, und hält sich für künstlerisch völlig unbegabt, aber sie hilft, wo sie kann.

Franzi isst Kopfschmerztabletten und krallt sich abwechselnd in Marius' und Paulines Arm. Pauline selbst ist immer noch ruhig. Merkwürdig ruhig. Auf eine prickelnde, angenehme Weise wach und ruhig zugleich. Ein fremdes Gefühl, das ihr durchaus gefällt. Stunden vor ihren Treffen mit Ann krampfte sich ihr Magen vor lauter Aufregung derart zusammen, dass sie keuchte statt zu atmen. Jetzt fühlt sie sich stark. Marius hält Ausschau nach Kelly. Sie wollte kommen, er hat ihr eine Karte reserviert, aber es ist nichts von ihr zu sehen.

Die aufgekratzte Premierenschar in bunten Sommerkleidern aus knisternden Stoffen und herrlich weißen Hemden muss durch das kahle Treppenhaus eines alten Fabrikgebäudes in die vierte Etage steigen. Dort ist der Vorraum in schummrigem Licht voll arabischer Musik und dem Duft von Rosenöl und Zimtstangen. Im Barraum etwas weiter hinten stehen Raki und Baklava bereit, außerdem starker schwarzer Tee mit Nelken und Zimt.

Franzi und Pauline schütten an Raki hinunter, was sie kriegen können, und da sind sie nicht die Einzigen.

Nach einiger Zeit beginnen ein paar der Mitwirkenden (Franzi weiß nicht, wie viele genau es sind, sie hat den Überblick verloren) Stühle aus allen möglichen Ecken und Winkeln in den Vorraum zu tragen und zu einem offenen Kreis zu gruppieren. Dann bitten sie ihre Gäste, Platz zu nehmen und ihre Schuhe auszuziehen.

Es wird immer noch arabische Musik gespielt und die Luft ist nach wie vor schwer von Rosen- und Zimtduft. Mo geht Weihrauch schwenkend einmal quer durch den Raum.

Das Publikum sitzt im Kreis und betrachtet sich selbst, während die Mitwirkenden verschwunden sind. Sie kommen ein paar Minuten später zurück. Sie halten Waschschüsseln, Handtücher und Fläschchen voll Balsam oder Öl in den Händen. Von Franzi angeführt betreten sie der Reihe nach den Kreis der Zuschauer und knien vor jeweils einem Stuhl nieder. Es sind mindestens viermal so viele Gäste wie Mitwirkende anwesend. Die ersten unter ihnen stellen ihre Füße in warmes, duftendes Wasser. Die Hände der Knienden fahren mit kleinen Schwämmen Sohle, Fessel, Knöchel und den Spalt zwischen den Zehen entlang. Das tun sie ein paar Minuten, dann legen sie weiche Handtücher um die

Füße und rücken einen Platz weiter. Die Füße in den Handtüchern werden von den nächsten Knienden sanft trocken gerieben, was wiederum ein paar Minuten dauert, bis die Knienden wieder einen Platz weiterziehen. Jetzt werden in die trockenen Füße warme Öle und Cremes einmassiert.

Das dauert lange.

Irgendwann betritt eine Bauchtänzerin den Raum. Sie stand lange schon auf der Bühne, wo keiner sie gesehen hatte, schritt durch den leeren Zuschauerraum, durch die offene Saaltür, durchquert den Vorraum und betritt den Kreis. Zwischen den Knienden beginnt sie, zur arabischen Musik aus den Boxen Bauch, Hüften und Busen kreisen zu lassen. Sie klingelt mit kleinen Glöckchen und Schellen, dreht Hände und Schultern, den Kopf. Sie ist schön und selbstvergessen. Sie mustert das Publikum aus dunkel umrandeten, großen Augen. Sie ist schön und geschmeidig.

Die Knienden ziehen sich nach und nach zurück. Der Bauchtänzerin gehört der Kreis.

Bloß Pauline bleibt. Auf dem Boden kauernd, ein Fläschchen Rosenöl in der Hand.

Schließlich steht sie auf und stellt sich neben die Tänzerin, die ihr keine Beachtung schenkt, die irgendwo weit weg auf den Wellen der Musik und ihrer eigenen Glieder schwimmt.

Pauline stellt das Öl auf den Boden und richtet sich wieder auf. Sie mustert das Publikum. Sie trägt eine schwarze Leinenhose, ein weißes Tanktop, ein weißes Hemd. Sie wirkt fehl am Platz in diesem Kreis und erst recht neben dieser Tänzerin. Es wird sich jeder derer, die sie ansehen, fragen, was sie hier macht. Ann ist nicht da. Natürlich nicht. Ann kam nicht einmal zu Knastaufführungen, an denen Pauline beteiligt war, als sie noch zusammen waren. Pauline lebt seit über einem Jahr für den Blick Anns. Jetzt richten sich andere Augen auf sie.

Pauline beugt sich vor und zieht ihre Turnschuhe aus. Stellt sie an den Rand des Kreises und kehrt in dessen Mitte zurück. Dann bückt sie sich noch einmal, um ihre Socken auszuziehen. Sie bringt ihre Socken zu ihren Schuhen, legt sie ordentlich darüber, geht in den Kreis zurück. Sie bewegt die Zehen, die den ganzen Tag über in den Schuhen gesteckt hatten. Neben ihr lässt die Bauchtänzerin ihre fast nackten Pobacken unter klimperndem Gehänge zittern. Pauline wackelt mit den Zehen.

Dann senkt sie den Kopf und knöpft ihr Hemd auf. Langsam, Knopf für Knopf. Sie mustert dabei aufmerksam ihre Finger. Als sie fertig ist, hebt sie wieder den Kopf. Und steht ruhig. Es ist nichts Neues zu sehen außer ihrem weißen Tanktop.

Pauline öffnet ihre Hose. Steht mit geöffneter Hose und geschlossenen Augen. Dreht sich ein bisschen, aber es ändert nichts, sie steht in einem Kreis. Pauline beugt sich tief, bis ihre Haarspitzen den Boden berühren und schiebt dabei ihre schwarze Leinenhose hinunter. Sie steht in dieser Position, solange sie es aushält. Bis ihre Bänder in den gestreckten Beinen unerträglich schmerzen. Dann richtet sie sich auf.

Und steht mit geschlossenen Augen. Ihre Füße stecken noch in den Hosenbeinen. Sie spürt einen Lufthauch im Gesicht, als die Bauchtänzerin in ihrer Nähe mit den Armen wedelt.

Sie steigt aus ihrer Hose.

Sie trägt weiße Boxershorts zu dem weißen Tanktop. Sie dreht sich einmal im Kreis. Und bleibt stehen.

Die Bauchtänzerin ist eine biegsame Schlange, die mit ihren Augen hypnotisiert. Hier tut das keiner, denkt Franzi, die außerhalb des Kreises an einem der verhangenen Fenster lehnt, aber eigentlich steckt man den Bauchtänzerinnen Geldscheine in BH und Höschen. Geld und Macht. Schönheit und Macht. Schönheit verführt sanft, Geld hart und plötzlich. So oder so verführt uns Macht. Warum nur. Man weiß es nicht.

Franzi sieht Pauline neben der Bauchtänzerin, in ihrer weißen Unterwäsche mit unsicherem Blick. Dünne Arme, dünne Beine. Reglosigkeit. Blöße. Nackter als Pauline kann keiner sein. Pauline ist so verletzlich und so mutig, dass es Franzi das Herz zusammenzieht.

Pauline legt die Hände an den Saum ihres Tops. Sie atmet ein. Das ist der Moment des Grenzgangs, denkt Franzi, das ist ihre Überwindung. Pauline zieht das Top langsam ihren Bauch entlang nach oben. Sie dreht sich und es ist wieder zwecklos, da sie in einem Kreis steht.

Pauline schließt die Augen, hält die Luft an und zieht sich ihr Top über den Kopf. Dann lässt sie den Arm sinken, in dem sie den zusammengeknüllten Stoff hält, warm noch von ihrer Haut. Sie blickt barbusig und irgendwie traurig ins Publikum. Man muss sie in die Arme schließen, denkt Franzi und wahrscheinlich einige andere mehr, man muss ihre festen kleinen Brüstchen zerkratzen und sie in die Arme schließen.

Pauline beugt sich wieder vor, bis ihre Haarspitzen den Boden berühren und lässt langsam, langsam ihre Shorts an ihren dünnen Beinen entlang zu Boden gleiten. Die einen sehen ihren Rücken, auf dem sich Wirbel und Rippen abzeichnen, die anderen zwei dunkle Öffnungen zwischen ihren Pobacken und Schenkeln.

Als ihre Hände, die sich in die Shorts krallen, an ihren Füßen angelangt sind und ihre Beine schmerzen, kauert sie sich auf den Boden. Die Arme ihre Beine umschließend, der Kopf auf ihren Knien, das Haar weich darüber.

So kauert sie lange, während die Bauchtänzerin Rundungen präsentiert. Haben, denkt Franzi mit Blick auf Pauline wie wahrscheinlich einige andere auch. Dann richtet sich Pauline mit einem Mal auf und ist verwandelt. Selbstbewusst, natürlich, mit ihrem Körper im Reinen geht sie energischen Schrittes auf Franzi zu, die ihre Geige hält und jetzt ein Kribbeln im Nacken spürt, nimmt das Instrument entgegen, lehnt sich an eines der verhangenen Fenster und lässt Vivaldi in die orientalischen Klänge fließen.

Die Bauchtänzerin passt sich an, die Konzentration in dem Kreis löst sich auf, die Köpfe drehen sich zwischen Pauline und der Bauchtänzerin, die beide beweglich sind und den Raum durchwandern.

Einige stehen auf, die meisten bleiben sitzen und schließlich erscheint Thorsten. »An der Bar werden Herzen verschenkt«, sagt er, wen das interessiere, der könne gern folgen.

An der Bar wird im Übrigen immer noch Raki, schwarzer Tee und Baklava verschenkt. Davon abgesehen sitzen aber eine ältere Frau im Abendkleid und ein älterer Herr im Smoking auf rotsamten bespannten Barhockern.

»Darf ich Ihnen mein Herz zu Füßen legen?«, fragt sie schließlich durch den Rauch ihrer eigenen Zigarette hindurch.

»Das ist Heiner Müller«, sagt er.

»Ich weiß«, erwidert sie. »Was ist nun mit meinem Herzen?«

»Ich erinnere mich nicht mehr genau«, antwortet er, »ich denke, ich muss Sie bitten, den Fußboden dieses Theaters nicht schmutzig zu machen, Sie wissen, wie es um die Mittel für Kunst und Kultur bestellt ist.«

»Mein Herz ist rein!« Und ihre Stimme laut.

»In ihrem Alter?«, wirft er ein. »Aber gut, bitte.«

»Ich bekomme es nicht heraus.« Sie zündet sich eine weitere Zigarette an.

»Aber Sie geben sich ja gar keine Mühe!«

»Ich sagte, ich bekomme es nicht heraus!« Ihre Worte stoßen durch Qualm.

»Na gut«, sagt er, »ich helfe Ihnen.«

»Sie tun ja überhaupt nichts«, begehrt sie auf.

»Wozu auch«, gibt er zurück, »Ihr Herz ist doch ein Ziegelstein!«

»Ja«, sagt sie, »doch es schlägt nur für Sie!«

»Darf ich Ihnen mein Herz zu Füßen legen?«, fragt in den Applaus hinein ein junges Mädchen die Frau.

»Sie?«, fragt diese, »warum wollen Sie denn mir Ihr Herz zu Füßen legen?«

»Seien Sie nicht so misstrauisch«, gibt das Mädchen zurück, »lassen Sie sich beschenken!«

»Na gut«, sagt die Frau, »aber machen Sie bitte nichts schmutzig. Auch nicht ihr süßes, weißes Kleidchen, es wäre schade darum.«

»Sicher nicht«, sagt das junge Mädchen, »mein Herz ist zwar leider nicht rein, doch ich werde mir besondere Mühe für Sie geben!«

»Sich Mühe zu geben reicht nicht immer!«, entgegnet die Frau.

»Ich verspreche Ihnen, ich mache nichts schmutzig!«, versichert das junge Mädchen.

»Das werden wir ja sehen.«

»Aber ich bekomme es nicht heraus!«

»Dann geben Sie sich Mühe!«

»Ich schaffe es nicht. Es ist einfach zu groß!«

»Möchten Sie, dass ich Ihnen helfe?«

»Oh ja«, sagt das junge Mädchen, »sehr gern!«

»Mit dem größten Vergnügen!« Die Frau streichelt die Brüste der Jüngeren. Sie hört abrupt damit auf.

»Aber Ihr Herz ist ja ein Ziegelstein!«

»Das stimmt nicht!«, widerspricht die Jüngere.

»Jedes Herz ist ein Ziegelstein«, sagt die Ältere. »Glauben Sie mir, ich habe Lebenserfahrung.«

»Mein Herz ist kein Ziegelstein!«, ruft die Jüngere. »Mein Herz ist ein lebenswichtiges Organ, das ich Ihnen zu Füßen gelegt habe! Jetzt muss ich sterben, wenn Sie mir nicht helfen. Sie müssen mir Ihr Herz im Gegenzug geben!«

»Mit meinem Herzen kannst du nichts anfangen, Herzchen«, sagt die Ältere, »mein Herz ist tatsächlich ein Ziegelstein. Und es schlägt schon lange nicht mehr.«

»Darf ich Ihnen mein Herz zu Füßen legen?«, fragt derweil der ältere Mann einen jüngeren aus dem Publikum.

»Wenn Sie meine Schuhe nicht schmutzig machen«, sagt dieser, während er sich an die Bar drängelt.

»Sicher nicht. Ich passe auf.«

»Das werden wir ja sehen«, sagt der Jüngere und zündet sich eine Zigarette an.

»Ich bekomme es nicht heraus«, sagt der Ältere.

»Das habe ich mir gedacht«, sagt der Jüngere, »es ist immer das Gleiche. Ich helfe Ihnen natürlich gern!«

Er schießt mit einer Wasserpistole Kunstblut auf das weiße Hemd der Älteren, der panisch schreit. Dann nimmt er einen großen Ziegelstein vom Boden und reicht ihn dem anderen.

»Aber Ihr Herz ist ja ein Ziegelstein!«

»Ja«, gibt der Ältere zu, »doch es schlägt nur für Sie!«

»Blödsinn«, sagt der Jüngere, »es schlägt überhaupt nicht!«

»Natürlich schlägt es!«, schreit ihn der Ältere an, »Sie werden schon sehen, wie es schlägt!« Und er schlägt mit dem Stein auf den Jüngeren ein, bis dieser zwischen den Barhockern zu Boden geht.

Daraufhin hat der Ältere freien Blick auf die junge Frau.

»Darf ich Ihnen mein Herz zu Füßen legen?«, fragt er. »Jetzt, wo es schon einmal herausoperiert ist, muss es auch weg!«

»Es ist doch bloß ein großer, blutiger Ziegelstein!«, sagt sie.

»Sprechen Sie nicht so von meinem Herzen, Sie Herzlose!«, ruft er. »Es ist besser als nichts und Sie brauchen etwas gegen dieses Loch in Ihrer Brust.«

»Da haben Sie recht«, sagt sie, »lassen Sie es uns versuchen, kommen Sie her.«

Er steigt über den Jungen am Boden hinweg und geht auf sie zu.

»Ich kann Ihnen allerdings leider keines im Gegenzug anbieten«, erklärt sie, »ich habe mein Herz bereits verschenkt.«

»So ist das Leben«, sagt er, »man weiß nie, woher die Dinge kommen und wohin sie gehen.«

In der Zwischenzeit hat sich die ältere Frau neben den Jungen gekniet.

»Darf ich Ihnen mein Herz zu Füßen legen?«, fragt sie.

»Ich bitte Sie, wie soll das gehen«, fragt er zurück, »Sie sehen doch, ich liege bereits zu Ihren Füßen!«

»Das sehe ich«, sagt sie, »aber bitte behalten Sie Ihr Herz. Man hat mir schon so viele Herzen zu Füßen gelegt, sie liegen mir schwer im Magen.«

»Ihr eigenes ist doch bloß ein Ziegelstein, der nicht einmal schlägt«, sagt er, »so etwas spricht sich herum.«

»Das stimmt«, sagt sie, »aber ich könnte es Ihnen unter den Kopf legen, dann lägen Sie bequemer. Wissen Sie, mir selbst wird es einfach zu schwer!«

Lukas hat sich inzwischen auf den Tresen gesetzt. Das blonde Haar zurückgegelt, die Augen dunkel umrandet, die Wangenknochen gerötet. Er zitiert Gedichte von Bertolt Brecht. Ursprünglich hatte er etwas aus den *Leiden des jungen Werthers* vorbereiten wollen, aber dann war die Zeit zu knapp gewesen, da Franzi ihn erst vor ein paar Tagen angeworben hatte. Also hat er stattdessen auf Brecht zurückgegriffen und ruft, ein Glas Raki in der Hand:

»Engel verführt man gar nicht oder schnell.
Verzieh ihn einfach in den Hauseingang
Steck ihm die Zunge in den Mund und lang
Ihm untern Rock, bis er sich naß macht, stell
Ihm das Gesicht zur Wand, heb ihm den Rock
Und fick ihn. Stöhnt er irgendwie beklommen
Dann halt ihn fest und lass ihn zweimal kommen
Sonst hat er dir am Ende einen Schock.

Ermahn ihn, dass er gut den Hintern schwinkt
Heiß ihn dir ruhig an die Hoden fassen
Sag ihm, er darf sich furchtlos fallen lassen
Dieweil er zwischen Erd und Himmel hängt –
Doch schau ihm nicht beim Ficken ins Gesicht
Und seine Flügel, Mensch, zerdrück sie nicht.«

Auf der Bühne singt derweil vor quasi leerem Zuschauersaal ein Transvestit um die siebzig in lilafarbenem Kleid *Für mich soll es rote Rosen regnen*, danach *Wunder geschehn, ich habs gesehn*, dann *Non, je ne regrette rien*, später *Ein Schiff mit sieben Segeln* und einiges anderes mehr.

Pauline hat sich in der Zwischenzeit ohne Geige, aber mit etwas Publikum in die Toiletten zurückgezogen. Sie lehnt nackt in einer Kabine bei geöffneter Tür und streichelt sich selbst. Ihre Arme, ihren Bauch. Sie spricht dabei vor sich hin, so leise allerdings, dass die kleine Gruppe am Waschbecken Mühe hat, sie zu verstehen. Ein paar gehen hinaus, andere kommen ihr näher.

»Ich habe es gleich gewusst trotz ihres unauffälligen Aufzuges, denn ihre Freundlichkeit war die einer Mörderin«, zischt Pauline. »Tatsächlich trug sie ein Messer bei sich, als sie an mich herantrat. Sie brachte mich nicht um, sie brachte mich bloß um den Verstand. Sie trieb mich aus mir selbst hinaus in irgendein komatöses Delirium. Danach hatten ihre Tiere freie Bahn in meinem Körperraum.

Doch das Einzige, was sie bei ihren nur vordergründig gemächlichen Streifzügen erschnüffelten, war dieses dumme kleine Kind, das zu neugierig war, um sich zu verstecken. Und es glaubte im Ernst, bloß, weil die Tiere ein weiches Fell hatten, seien sie zum Kuscheln gekommen!«

Pauline winkt der Menschentraube, die sich vor der Kabinentür aneinanderdrückt, zu und flüstert ganz leise: »Komm!« Eine junge Frau mit schwarzem Haar und schwarzem Korsett geht tatsächlich auf sie zu. Pauline grinst sie an, zieht sie in die Kabine und schließt die Tür. Die Frau schiebt ihren Lederrock hoch, um sich zwischen die Beine zu greifen. Pauline kichert und fasst nach ihrer eigenen Muschi.

»Wenn du fünf Löcher und fünf Schwänze hättest und dazu vier Arme«, sagt Pauline, »und du könntest dich den ganzen Tag über selbst vögeln, sogar schlagen, und du wärest hinreichend schizophren, um dich selbst beleidigen und demütigen zu können, würdest du dann irgendjemanden mitnehmen auf deine einsame Insel?«

Die Frau schüttelt lachend den Kopf.

»Lass uns stöhnen«, flüstert Pauline. Und sie stöhnen beide, während sie sich berühren. Dann hört Pauline damit auf, legt sich aber den Finger auf den Mund und bedeutet der anderen, ihr eine Räuberleiter zu machen. Kurz darauf erscheint ihr geröteter Kopf zwischen Kabinentür und Decke.

»An eurer Stelle«, sagt Pauline, als sie auf ihr Publikum hinunterblickt, das schweigsam vor der Tür steht, »würde ich versuchen, hochzuklettern und zu uns hineinzuschielen. Oder von unten etwas zu erspähen. Es lohnt sich!« (Wo nimmt sie dieses sichere Auftreten plötzlich her, fragt sie sich und kommt auf keine Antwort).

Sie grinst und verschwindet wieder. Tatsächlich gibt es einen Typen, der sich zum Aussichtspunkt hochhangelt. Und ein anderer greift von unten plötzlich nach Paulines Bein. Aber die dunkelhaarige Frau tritt ihm mit den Hacken ihrer Sandaletten auf die Finger, dass er brüllend loslässt.

Weder die fremde Frau noch Pauline haben einen Orgasmus. Aber sie amüsieren sich trotzdem und sie lachen, als sie die Kabinentür öffnen und die andächtig horchende Menge dahinter finden.

Pauline geht nach wie vor nackt in den Barraum, wo Lukas ihr immer noch brechtisch entgegenschreit:

»Mir, der ich maßlos bin und mäßig lebe
Gestattet, Freunde, es euch zu verweisen
Mit rohen Wörtern so um euch zu schmeißen
Als ob es daran keinen Mangel gäbe!«

Sein Freund ist nicht gekommen, so wie auch Kelly nicht gekommen ist, von Katharina und Ann ganz zu schweigen. Es wimmelt von Abwesenden in diesen Räumen, die erstaunlich viel Energie anderer Leute in Anspruch nehmen.

Pauline nimmt bunte Kreide aus einer Schachtel hinter dem Tresen, mit der schreibt sie an die unverputzten Wände:

Eine Wahrheit gibt es: Den Körper in der Zeit. Und eine Ewigkeit: Dieses jeweilige Jetzt.

Darunter: *Brotwarme Stille. Luft bricht.*

Auf die andere Wand kritzelt sie: *Lache, du wirst gelebt.*

Darunter: *Freiräume finden und verteidigen.*

Darunter: *Bildet Banden!*

Sie geht schließlich hinter die Theke, klettert auf einen Barhocker und schreibt über das Rückbuffet: *Schwächen. Du hattest keine. Ich hatte eine: Ich liebte. (Bertolt Brecht)*

Im Vorraum hat Franzis Ersatz für Samuel seinen Ersatz für Kelly kunstvoll gebunden an die Decke gehängt, wo er jetzt mit gespreizten Beinen baumelt. Sogar der Kopf der Frau ist eingewickelt, bloß ihre Nasenlöcher sind noch zu sehen und ihre Gebärmutter fast zwischen den weit geöffneten Schenkeln.

Kai wiederum hängt an einem eisernen Haken vor einem der verhangenen Fenster und wird von Ara ausgepeitscht. Stunden, wirklich. Mit breiten Floggern, sanfte Qualen. Mit Pferdeschwanzhaar, flirrend. Durchaus aber zwischendurch auch mit Bullwhip und Katze.

Kais Rückseite ist rot und gestriemt, der Schweiß läuft ihr zwischen den Schwellungen entlang. Kai ist Schmerzkönigin und Ara ein Schlag-Genie.

Die Bauchtänzerin tanzt immer noch zwischen den Gequälten und Quälenden ihre weichen Kreise, sie ist unermüdlich.

Irgendwann führt Franzi die gesamte Truppe in den Hof, wo in einer großen Tonne ein Feuer brennt. Sie verteilt Zettel und Stifte. Jeder soll einen erotischen Wunsch aufschreiben und in die Flammen werfen. Dann werde er sich erfüllen.

Pauline starrt ihren Zettel an, ringt mit sich und beschließt, sich nicht zu wünschen, Ann käme zurück und wenn auch für nur eine Stunde, sondern stattdessen das Feuer um eine neue Begegnung zu bitten.

»Sehr gut!«, lobt sie Lukas, der ihr über die Schulter gesehen hat.

»Ich weiß bloß nicht, ob es wahr ist, dass ich das will«, sagt Pauline.

»Vielleicht machst du es wahr, indem du es formulierst«, erwidert er.

Es ist Spätsommer, diese Wehmutszeit, wo man bemüht ist, jeden Tropfen Sonnengenuss aus den Tagen herauszupressen, denn es könnte der letzte sein. Und Sehnsucht nach dem Übermaß und der Sattheit zu Beginn und überhaupt Lust auf ein Land, wo die Sonne so oft scheint, dass man ihrer müde wird.

Jetzt jedenfalls wird es abends bereits ziemlich frisch, weil der Sommer schon fast nur noch Erinnerung an sich selbst ist.

Das Feuer wird bald gelöscht und wer noch nicht müde ist, steigt wieder die Treppen empor in den Bühnenvorraum, wo arabische Klänge toben, und an die Bar, wo der Raki kühlt. Kai und Ara sind weg, sie haben bereits alles verbraucht, was ihnen an aufputschenden Hormonen heute zur Verfügung stand.

Katja wird erst von Franzi, dann von Pauline, anschließend von Marius, nach ihm von Lukas und dann wieder von Franzi gefragt, ob der Abend sie schockiert habe, wie es ihr mit alldem gehe.

»Mann, Franzi!«, entfährt es ihr schließlich genervt, sie stampft mit dem Fuß auf und verschüttet dabei Raki. »Bloß weil ich selbst nicht mit Peitschen in Swingerclubs rumhänge, bin ich doch keine Nonne, die ohnmächtig wird, wenn das Wort Sex fällt! Es ist spannend, was hier passiert, und man muss nicht dreimal die Woche den Sexualpartner wechseln, um davon berührt zu werden. Okay?«

Damit ist Franzi zufrieden. Weniger zufrieden ist sie mit Sven, der natürlich ausgerechnet jetzt neben Katja auftaucht, um Franzi zum wiederholten Male Intoleranz gegenüber Nichtdevianten vorzuwerfen.

Thorsten hingegen ist begeistert und hat sich selbst in Gedanken bereits in Franzis neues Tun hineingewanzt.

»Klar, man muss einfach viel mehr körperbetontes Theater machen. Sinnlichkeit ist doch der Ursprung der bewegten Kunst, dahin muss man zurück. Karneval, Masken, Ritual und verführender Tanz. Commedia dell'arte, Antonin Artaud. Wir müssen ganz anders arbeiten. Masken in den Vordergrund stellen und darunter Körper ihre Energien entfesseln lassen! Dann die ganzen klassischen Königsdramen dazunehmen – ich meine, da geht's doch nur um Macht und Liebe und zwar bis in den Tod hinein – Franzi, wir machen was ganz Neues, was wirklich Revolutionäres!«

»Super!«, sagt Franzi, dann begibt sie sich an die Bar auf der Suche nach Raki. Sie hat die Leitung des Abends bereits an eine arabische DJane abgegeben. Die Tanzfläche brodelt. Die Bauchtänzerin kennt keine Erschöpfung. Die Frau im Korsett, die sich selbst berührte, berührt sich auch jetzt, während sie mit sich tanzt, für andere, für alle anderen. Lukas ist zwischen Thorsten und Sven weich und entfernt, er tut, was er kann, für Blicke. Franzi ist zufrieden mit sich selbst, ach was, verliebt in sich, was für ein guter Abend. Es hätte die Hölle werden können, ein einziger Alptraum. Genau genommen war sich Franzi schon ziemlich sicher, dass es tatsächlich ein Alptraum werden würde. Es hätte sein können, dass keine Zuschauer gekommen wären. Woher auch und warum – Franzi ging am frühen Abend bereits davon aus, vor fast leerem Haus zu spielen. Oder einige der Darsteller wären einfach nicht aufgekreuzt. Franzi konnte sich gegen sieben wirklich nicht mehr vorstellen, dass tatsächlich alle Mitwirkenden noch kommen würden. Es hätte sein können, dass die einzelnen Szenen wild ineinandergepurzelt wären, die Reihenfolge nicht gestimmt oder sich keiner daran gehalten hätte. Dass der Abend albern gewirkt hätte und nicht im Mindesten erotisch. Aber nein, es hat alles hervorragend geklappt, besser, als Franzi es sich je vorgestellt hat. Sie ist ziemlich begeistert von ihrem Projekt und damit auch von sich selbst.

Und Pauline, jetzt wieder angezogen, war so mutig und zerbrechlich vorhin – man müsste sie in Händen halten wie ein kleines Küken, also weg das Glas und hin zu ihr. Franzi legt ihre Hände auf Paulines Hüften beim Tanzen und spürt in ihren Armen die Bewegungen des fremden Beckens. Sie streicht die Außenlinie dieses zarten Körpers entlang, die schmale Hüfte wird noch schmalere Taille und etwas weniger schmaler Brustkorb, dann Hals, zum Zerbrechen dünn, und Kopf schließlich, der in den Händen liegt wie ein kleines, friedliches Tier. Und diesen Kopf, den hält sie, Franzi, diesen Kopf, den berührt sie mit ihren Lippen, die weiche, durchscheinende Haut, die Sommersprossen, die flüchtigen, fliehenden, die Augenbrauen, kleine Fellstreifen, die Lippen, die nicht stillhalten, die Zunge dahinter, die flinke, die Zunge, und die Räume und die Möglichkeiten in diesem Mund und dabei die Hand eng um diesen Hals, man kann ihn drücken oder stützen und andere Finger auf winziger Brust, vorne hart, da lässt sich's kneifen, worauf Pauline aah sagt, leise, aber hell, sag noch mal aah, Pauline, und gib deine Lippen, man kann sich bedienen, man kann zugreifen und auch ins Haar greifen, um in den Hals zu beißen, nichts zu trinken, aber Geräusche zu vernehmen – Mhhm, macht Pauline, mach noch mal Mhhm, und dabei, mit den Schultern, weißt du, wie vorhin, diese Bewegung nach vorn wie zum Schutz oder einrollen, bis du den Kopf wieder fallen lässt – zieht Franzi am Haar oder fällt einfach der Kopf, manches kann man nicht wissen, vieles geht ineinander über – »Mo weint«, sagt Pauline da, ziemlich aufrecht jetzt und völlig weg ihre Biegsamkeit, weil unter den bewegten, bewegenden, zuckenden, kreisenden Körpern steif Mo steht und zu ihnen blickt und rotäugig ist.

Durch das Körperwogen durch zu Mo, starr und still, unterwegs aber Marius, der Franzis Arm greift, Marius mit Jacke, wolln wir los, wir wollten schon vor Langem, du weißt doch, ich muss morgen früh raus – Ja, los, vorher einmal nur doch noch kurz zu Mo durch, lass uns spielen nächste Woche, Expedia, sie nickt, oder, hat doch genickt, wahrscheinlich, was sonst, und raus.

Im Bett Paulines Rhythmus immer noch im Blut haben und Mo verpasst heute, aber hoffentlich nächste Woche, und Marius warm und allein mit seinem Frust – wenn Franzi ihre Mitbewohnerin schon küsst beziehungsweise fast auffrisst auf der Tanzfläche, dann ist es doch an der Zeit, das Aufgebot zu bestellen, während Katharina ihm sogar einen letzten Blick verwehrt hat – er wusste nicht, dass der letzte Augenblick der letzte Augenblick war, weshalb er es tatsächlich nicht war, weshalb er fehlt, und Kelly, die einfach nicht kommt, warum denn nicht. Er sieht, wie seine Faust in Kellys Gesicht rast, dass Knochensplitter spritzen zwischen roter Suppe und das ist natürlich Blödsinn, vollkommener Blödsinn, er würde niemals, er hat noch nie jemanden, er will sie doch küssen, es ist bloß ein Bild.

20

Der Herbst greift bereits nach dem Himmel in düsteren Farben. Paulines Fenster klappert und sie friert. Sie kuschelt sich in ihr Bett mit einem Buch über den italienischen Karneval. Pauline schwebt immer noch in einer zarten Wolke des Rausches, die sie mit dem gebotenen Respekt genießt. Sie war gestern Abend frei, stark und extrem begehrenswert. Es hatte ihr keinen erotischen Kick gegeben, von fremden Menschen als das submissive sexuelle Wesen wahrgenommen zu werden, das sie war. Doch es hatte wie erhofft geholfen, endlich wieder dieses sexuelle Wesen hevorzulocken, das in ihr schlummerte und sich so lange versteckt hatte. Sie braucht keine Ann dazu. Sie braucht niemanden. Sie braucht bloß sich selbst, eine abstrakte Inszenierung, die ihre Natürlichkeit sichtbar macht, und ein beliebiges Publikum. Pauline ist sich der Existenz ihrer selbst sicher genug, um sich dem italienischen Karneval widmen zu können.

Die Orte der Lust. Die Orte der Lust sind selbstredend Orte der Leiblichkeit. Des rauschhaften Taumels im Vergessen. Sein statt Tun. Augenblick statt Ewigkeit. Gegenwart statt Vergangenheit und Zukunft. Splitter statt Ganzes. Die Orte der Lust sind Gegenlager zu den Orten des Geistes. Der Mensch braucht sowohl das eine als auch das andere. Die Kirche und das Bordell. Die Universität und den Ballsaal. Die Börse und die Amüsiermeile.

Wir spannen uns zu unserer vollen Größe und schnellen hinaus aus unseren Körpern hinauf in die klaren Lüfte der höheren Schichten. Weiße Berggipfel, kühle Wolken. Vögel, Weite. Gestirne. Geistesfreiheit. Einsamkeit. Überblick, Distanz. Und dann: Loslassen. Fallen. Hinabstürzen in düstere Schlammlöcher, warm und wohlig. In zahnloses Grinsen und schamlos auseinanderklaffende Schenkel. Schmatzen, Gurren. Die Welt verschwindet, denn der Blick durchdringt nicht die Dunkelheit um das Schlammloch.

Alles ist gut, weil es keine Fragen gibt. Fressgelage und Orgie. Maßlosigkeit. Trunkenheit. Vergessen. Aufhören. Bunte Tiere und wirre Wünsche. Planschen und Patschen.

Die kühle Weite der Höhe, die warme Weichheit der Erde. Entweder – oder. Wo das eine ist, kann das andere nicht sein. Und wie soll Pauline dann mit der Wissenschaft die Lust erfassen?

Franzi klopft und kommt in Paulines Zimmer. Sie setzt sich zu ihr aufs Bett. Sie streicht ihr durchs Haar, küsst ihr die Wange. Pauline wirkt abweisend.

»Pauline«, sagt Franzi, »was denkst du eigentlich über das, was sich zwischen uns entwickelt?«

»Was entwickelt sich denn?«, fragt Pauline, ohne den Blick von den Bildern venezianischer Masken zu heben.

Franzi zieht die Augenbrauen hoch. Pauline, sie hat es gewusst. Franzi hat jetzt schon keine Lust mehr auf das hier. Wieso läuft nicht einfach einmal irgendetwas wie geschmiert?

»Na ja, dass wir uns küssen und so was«, erklärt sie.

Pauline blickt jetzt doch auf. »Weißt du, Franzi, ich finde nicht, dass wir uns allzu oft küssen sollten«, sagt sie. »Ich meine, es war schön nach der Aufführung und wir waren betrunken und die Musik und so, aber ich will ja eigentlich was anderes, weißt du.«

Franzi ist bereits wieder auf den Beinen. »Du küsst mich, weil du betrunken bist und die Musik und so, willst mich aber eigentlich nicht. Du bist ein Biest, Pauline!«

Die Tür fliegt hinter Franzi ins Schloss.

Pauline lässt sich in die Kissen fallen, legt sich das Buch über das Gesicht und klebt sich mit ihren Tränen die Maskenbilder an die Wangen.

Franzi hat es gewusst, dass mit Pauline nichts möglich ist, was einen nicht um den letzten Nerv bringt. Sie will sie nicht. Aber was um alles in der Welt will Pauline denn überhaupt? Kaiserinnenküsse und Göttinnengrüße wahrscheinlich, oder eben das

Wachkoma in ihrem Bett. Sie hat einfach nichts übrig für Kompromisse. Sie kann keinen Zentimeter von ihrem eigenen Plan abweichen. Und darin unterscheidet sie sich nicht sonderlich von Franzi, doch Franzi gibt sich, wie sie findet, wenigstens Mühe.

*

Marius steht in seinem Wagen vor Katharinas Institut. Er will nichts weiter von ihr, er will sie nur mal kurz sehen und sehen, was das mit ihm macht. Immerhin war es ihm bislang verwehrt geblieben, einen letzten Blick auf Katharina zu werfen, weil er nicht wusste, dass es an der Zeit für den letzten Blick war. Er würde zu gern wissen, ob sie das wusste, dass dies ihr letzter Augenblick war, während er wahrscheinlich gerade an den Schriftsatz für morgen oder Franzis Nachricht auf seiner Mailbox dachte.

Er will sie jetzt einfach nur noch einmal sehen, um zu wissen, was das ist, was er nicht mehr sehen kann. Vielleicht steigt er auch mal kurz aus und sagt Hallo. Um zu sehen, ob alles in Ordnung ist zwischen ihnen, so weit. Ob sie ihm wohlgesinnt ist. Es regnet in Strömen, vielleicht sollte er Katharina nach Hause fahren, es ist Grippezeit.

Blödsinn natürlich, er greift sich an den Kopf. Nichts dergleichen wird er tun. Mal ganz davon abgesehen, dass Katharina nicht erscheint. Wie kann das sein – kaum entschließt sie sich, ihn nicht mehr zu wollen, erwischt er sie nicht einmal zufällig quasi vor ihrem Institut. Dafür ruft Kelly an. Er hätte sie doch gefragt, ob sie nicht mal zum Abendessen vorbeikommen wolle, heute wär's gut, so in zwei Stunden – was, heute? – Marius greift sich schon wieder an den Kopf, seine Wohnung ertrinkt im Chaos, er hat nichts außer Wiener Würstchen und Ajvar im Kühlschrank – aber nein, an einem anderen Tag könne sie nicht, bloß heute, und zwar in zwei Stunden.

Marius ruft Franzi an. »Du musst mir helfen!«, keucht er und tatsächlich hat sie seine Wohnung schon in einen ziemlich akzeptablen Zustand gebracht, als er mit Tüten beladen, schweiß- und regennass vom Einkauf kommt.

»Wieso stürzt du dich eigentlich direkt nach der Sache mit Katharina sofort in die nächste Geschichte?«, fragt Franzi, während sie weisungsgemäß den Kürbis schlachtet. »Willst du dich nicht erst mal erholen?«

»Ach, das mit Kelly ist doch was ganz anderes«, murmelt Marius.

»Was denn?«, bohrt Franzi.

»Ich weiß nicht.« Marius steht mitten in der Küche, blickt ins Nichts und fährt sich mit den Händen durchs Haar, anstatt sich irgendwie nützlich zu machen. »Sie will mich bislang ja gar nicht. Ich verstehe es nicht.«

Franzi versteht es auch nicht. Sie versteht bloß, dass Marius sich offensichtlich nicht erholen möchte.

Buntes Kürbisragout, davor Salat, danach Erdbeereis mit heißen Beeren. Dazu Doors. Kelly mag die Doors allerdings nicht, also Monteverdi stattdessen – etwas zu dramatisch für den eher nüchternen Verlauf des Abends, aber wer konnte das ahnen. Kelly mag auch nicht den Ziegenkäse im Salat und die Himbeeren im Dessert. Sie trinkt bloß einen Schluck Wein, sie ist mit dem Auto da. Und will offensichtlich heute noch nach Hause fahren, schlussfolgert Marius. Was ja nichts heißen muss, der Abend kann lang sein, bevor es Nacht wird. Ist er aber nicht. Nach dem Espresso sieht Kelly auf die silberne Uhr an ihrem Handgelenk und sagt, sie müsse jetzt aber wirklich. Sie spart sich Ausflüchte über Meetings morgen früh gleich und so viel zu erledigen. Marius' Versuch – vielleicht ein Digestif noch kurz oder magst du Tom Waits, schneidet sie mit einem klaren Nein ab.

Es ist genau zehn Uhr, als Marius völlig erledigt wieder allein in seiner Wohnung ist.

Er ruft Franzi an, die noch vorbeikommen will, allein schon, um die Reste des Ragouts zu verzehren.

Marius versteht das nicht. Was stimmt nicht mit ihm oder ihm und den Frauen? Die eine geht ohne ein Wort, die andere kommt, um zu demonstrieren, dass sie nicht da sein will. Warum bleibt sie dann nicht einfach weg?

»Wieso triffst du sie dann überhaupt?«, fragt Franzi und er kann es ihr nicht sagen. Vielleicht, weil sie hübsch ist. Distanziert. Er mag eine gewisse Distanz. Im Grunde genügt ihm bloß eine kleine Menge Wirklichkeit als Anstoß für seine Traum-Wirklichkeit, die ihm sowieso lieber ist.

Deswegen reizt ihn Kellys Distanziertheit. Allerdings gibt es Grenzen.

»Ich begreife nicht, warum sie kommt, wenn sie mich nicht will«, sagt er. »Vielleicht erhofft sie sich regelmäßig etwas von mir und wird regelmäßig enttäuscht. Vielleicht müsste ich irgendetwas anders machen. Interessantere Gespräche entwickeln. Oder sexuell offensiver sein, aber sie hat ja gerade erst dieses Malheur mit Samuel hinter sich …«

»Wenn du mich fragst, scheint ihr bislang nicht allzu viel Spaß miteinander zu haben«, stellt Franzi fest. »Also versuch's doch einfach mit einer anderen.«

Das will Marius aber nicht. Er will wissen, warum Kelly ihn nicht will, aber fast. Und wo ein Fast ist, da ist doch eine Chance, wenn nicht sogar eine Aufgabe.

Franzi ist auch nicht in allerbester Laune. Sie fand ihren Lust-Abend wunderbar, das Publikum ebenfalls, doch finanziell war er eine Katastrophe. Niemand hat irgendetwas dabei verdient. Ihr Leben glänzt, doch was soll sie essen?

21

Mo ruft Franzi an und erkundigt sich nach Pauline. Es stört sie nicht, wenn Franzi andere Liebschaften hat, aber sie möchte im Bilde sein. Das versteht Franzi. Es sei nichts zwischen ihr und Pauline, weniger denn je sei da gerade, erklärt sie, das sei ein Versehen gewesen nach der Aufführung, ein Irrtum.

»Schön«, sagt Mo. »Dann, also, freue ich mich auf dich!«

»Und ich mich auf dich«, antwortet Franzi. »Sehr sogar.«

Kurz nachdem sie aufgelegt haben, ruft Franzi Mo noch einmal an.

»Sag mal«, sagt sie, »und Nora? Ich meine, möchtest du nicht vielleicht lieber mit ihr ins Expedia? Oder bekommst du Schwierigkeiten mit ihr, wenn du mich triffst?«

»Vergiss Nora«, erwidert Mo. »Ich versuch's auch.«

*

Es ist Samstag, Expedia-Samstag. Pauline und Franzi wollen beide hingehen und sie wohnen zusammen. Nicht gemeinsam aufzubrechen wäre furchtbar. Wenn man Risse überspielt, schließen sie sich manchmal. Fummelt man daran herum, kann es passieren, dass sie größer werden. Und irgendwann nicht mehr zu erkennen ist, was da eigentlich ursprünglich mal war.

»Gehen wir nachher zusammen los?«, fragt Franzi Pauline also nach dem mittäglichen Frühstück. »Ich verspreche dir auch, dich nicht anzufassen!«

»Du kannst mich ruhig anfassen!«, antwortet Pauline. »Bloß, weil du nicht meine Traumfrau bist, musst du ja nicht gleich beleidigt sein!«

»Und du küsst niemanden außer deiner Traumfrau oder wie?«, fährt Franzi sie an. »Hör doch mal mit deinen blöden

Absolutheiten auf! Vielleicht wärst du dann etwas glücklicher! Oder zumindest weniger einsam!«

»Man ist nicht weniger einsam, nur weil irgendwelche Leute um einen herum sind!«

»Sag bloß! Meld dich einfach, wenn du fertig bist!«

Paulines Tür fliegt krachend hinter Franzi ins Schloss. Das ist sie inzwischen gewohnt.

*

Pauline trägt ein grünes Kleid in der Farbe ihrer Augen und Franzi ein rotes in der Farbe ihres Blutes. Pauline radelt schweigend hinter Franzi her. Es ist zum Heulen.

*

Pea trägt Weiß zu rosa Lippen. »Pauline, ich habe mir sagen lassen, du seiest eine bezaubernde Stripperin!«, begrüßt sie die beiden. »Nächstes Mal bin ich dabei!«

Lukas ist auch da, gemeinsam mit seinem Freund. Er wirkt ernster neben ihm als sonst, angespannt. Die Nase ist schmaler, die Augen liegen tief.

»Pauline, wie schön dich zu sehen«, sagt er. »Das ist Markus.«

»Die Nacktgeigerin«, sagt Markus. »Ich freue mich, dich kennenzulernen. Lukas hat viel von dir erzählt.«

Mo und Franzi turteln auf einem Sofa oder hecken gemeinsame Spiele aus. Die beiden blonden Frauen küssen sich auf einem anderen Sofa. Ein Frauenpaar, das Pauline hier noch nie gesehen hat, trinkt Sekt an der Bar. Eine dünn, offensichtlich etwas älter, die andere jünger und mollig. Kai ist nicht da, weil sie Grippe hat. In den Spielräumen sieht Pauline aber Tanja, die mit einer Strumpfmaske über dem Gesicht und nacktem Unterleib auf einem gynäkologischen Stuhl liegt. Rechts und links von ihr sitzen Ara und Nora und unterhalten sich.

Eine Frau schreit eine andere an, während sie ihr ins Gesicht schlägt. Zwei Männer lehnen knutschend an einem Zuchtbock.

Auf einem anderen Zuchtbock sitzt der Transvestit, der bei Franzis Aufführung auf der Bühne Lieder von Edith Piaf und Hildegard Knef gesungen hat. Er trägt ein kleines Schwarzes, schwarze Handschuhe, schwarze Pumps, außerdem Perlen um den Hals, in den Ohren und am Finger.

Er winkt Pauline zu.

Pauline geht wieder in den Barraum und trinkt ein Glas Weißwein mit Lukas und seinem Freund. Markus erkundigt sich nach ihrem Studium, ist voller Bewunderung, möchte sie gern einmal Geige spielen hören. Er ist sehr freundlich, aber es scheint ihn anzustrengen, sich auf das Gespräch zu konzentrieren. Lukas scheint auch irgendetwas anzustrengen, Pauline weiß nicht, was.

Pea beugt sich, ein weißes Geschirrtuch in den Händen, über den Tresen zu Pauline, die daraufhin in einer Wolke aus Bonbonduft nach Luft schnappt.

»Ist mit dir und Franzi alles in Ordnung?«

Pauline zuckt die Schultern. »Es ist gerade ein bisschen unterkühlt. Franzi ist sauer, weil ich mich nicht von ihr dominieren lassen will.«

Pea seufzt. »Passt bloß auf euch auf!«, raunt sie. »Eine beste Freundin findet man nicht alle Tage!«

Das weiß Pauline, aber was soll sie tun.

Franzi ist derweil auf ihrem Sofa glücklich über Mo, mit der sie über Erwerbsarbeit, Geld und Kunst sprechen kann und die voller Verständnis ist. Sie braucht Pauline nicht, von Katharina ganz zu schweigen.

Pauline geht wieder nach hinten, in die Spielräume. Tanja liegt maskiert und entblößt wie gehabt, Ara und Nora sind im Gespräch. Die junge blonde Frau kniet vor der älteren und leckt ihre Hand.

Der alte Mann im kleinen Schwarzen sitzt immer noch auf dem Zuchtbock. Er winkt Pauline. Nein, er winkt Pauline zu sich heran. Als sie folgsam zu ihm kommt, lächelt er sie offen mit rot geschminkten Lippen an. Die Zähne dahinter sind seine dritten, man kann es sehen.

»Du bist doch die Nacktgeigerin, oder?«, fragt er. Pauline nickt. Wie schnell man etwas wird, zum Beispiel eine Nacktgeigerin.

»Ich bin Paul. Sieh mal, ich habe eine Peitsche dabei.« Er zeigt sie Pauline. Schwarz bemalter Holzgriff, daran viele dünne Lederbänder mit Knoten in den Enden. »Würdest du mich damit etwas schlagen, bitte?« Er hält Pauline das Instrument hin. Er verströmt einen intensiven süßlichen Duft, Vanille, Blumen und Rauch, denkt Pauline, schwer und süß, benebelnd.

»Ich habe noch nie jemanden geschlagen«, sagt Pauline. »Ich weiß nicht, ob ich das kann.«

»Das kannst du sicher!«, sagt er mit seinem offenen Lächeln. »Bitte!«

Pauline fällt nichts ein, was dagegen spräche, diesem sympathischen weiblichen Wesen seinen Wunsch zu erfüllen. Sie nimmt die Peitsche an. Sie ist erstaunt über ihre Schwere. Der Mann im kleinen Schwarzen freut sich. Er zieht sein Kleid hoch und legt sich über den Zuchtbock. Er trägt einen schwarzen Stringtanga und schwarze Strapse. Er ist ein Knochengerüst, weswegen seine Arschbacken so dünn sind, dass Pauline die Knochen spitz darunter erkennen kann. Seine Haut ist weiß. Während Paulines helle Haut im Winter an weiße Rosenblätter, an Perlen oder Kokain denken lässt, hat seine Haut die kahle Weiße von Krankenhauswänden.

Er ist voller Runzeln und es fehlt ihm an Fleisch.

Pauline weiß wirklich nicht, wie man jemanden schlägt. Sie lässt die Peitsche langsam auf den ihr dargebotenen Arsch sinken: Das ist ein Streicheln. Sie tut es etwas schneller und es ist immer noch ein Streicheln. Im Grunde genommen ist jedes Schlagen Streicheln. Bloß sind Sadomasochisten maßlose Intensitätsfanatiker und Junkies sinnlicher Sensationen, weswegen sie so heftig streicheln und gestreichelt werden wollen, dass Blessuren davon zurückbleiben.

Pauline schlägt schnell zu und das tut weh. Sie hat den Bogen raus. Paul ist glücklich. Der runzlige, dürre Hintern wiegt sich wohlig auf dem Zuchtbock hin und her. Pauline mag Paul. Das Schlagen mag sie nicht. Es ist langweilig. Es passiert nichts in ihr. Vielleicht ist es eine Frage der Geduld, gut möglich, viele Emotionen kommen mit der Zeit. Sie schlägt weiter, Paul stöhnt, sie schlägt und tatsächlich stellt sich ein Gefühl in ihr ein: Traurigkeit. Was ist nur geschehen. Sie ist siebenundzwanzig. Sie wünscht sich nichts sehnlicher, als geschlagen zu werden, doch es schlägt sie niemand. Es findet sich einer, der sich unter ihre Peitsche bettet, aber keine, die ihr mit der ihren zu Leibe rückt. Paul stöhnt und Pauline sehnt sehnt sehnt sich selbst auf diesen Zuchtbock. Vielleicht könnte sie Paul bitten, im Anschluss zu wechseln. Aber das will sie ja nicht, das gibt ihr ja nichts. Das wäre genauso langweilig und täte zusätzlich auch noch weh. Dafür hätte sie auch Franzi nehmen können. Und die Frau mit der Folie vom letzten Mal. Und Pea. Und zig Männer. Sie will jedoch von dieser einen Frau die Seele aus dem Leib gepeitscht bekommen, der sie sich zu Füßen wirft, aus tiefstem Herzen.

Und sie geht nicht mehr davon aus, dass es sich dabei um Ann handelt.

Pauline schlägt sich mit jedem Hieb tiefer in ihre Traurigkeit hinein, bis sie nicht mehr will und die Peitsche kraftlos auf Pauls heiße Pobacken sinken lässt. Paul atmet schwer. Pauline laufen

Tränen über die Wangen. Er rappelt sich auf, dreht sich um, zieht das schwarze Kleid über die roten Schwellungen, lächelt Pauline an. Er nimmt ihr trauriges Gesicht in seine faltigen Hände. Die Haut ihrer Innenflächen ist rau. »Mädchen«, murmelt er, »Mädchen!« Er küsst sie mit seinen roten Lippen, so dass auch ihre rot werden.

»Ich muss an die Bar«, sagt sie.

»Ja«, antwortet Paul. »Geh an die Bar. Ich ruhe mich noch etwas aus.«

Beim Verlassen des Spielraumes stößt Pauline auf eine von den beiden Frauen, die sie hier noch nie gesehen hat. Es ist die Ältere, dünnere. »Was bist du eigentlich?«, fragt sie Pauline. »Eine strippende Nacktgeigerin oder eine traurige Sadistin oder beides oder nichts davon?«

»Ich habe nichts mit Sadismus am Hut«, erwidert Pauline. »Ich wünschte bloß, ich würde selbst geschlagen werden!«

»Du bötest sicher einen hübschen Anblick dabei!«, sagt die Ältere.

Pauline lächelt irgendwie schief vor sich hin, dann geht sie weiter.

Auf dem Weg zur Bar kommt sie an einem offenen Raum vorbei, in dem Franzi die Single Tail schwingend Mo in Angst und Schrecken versetzt, die nackt an ein Andreaskreuz gebunden ist.

»Ich muss mich mal ein bisschen in Techniken üben«, hatte Franzi vorhin gesagt. »Ich würde dich gern mit dieser Single Tail auspeitschen. Ich kann das nicht sehr gut, aber ich werde ja nie besser, wenn ich es nicht probiere!«

Mo war einverstanden. Aber ganz ausziehen wollte sie sich nicht. »Ich sehe so furchtbar weiblich aus, untenrum«, hatte sie gesagt.

»Magst du deine Muschi nicht?«, hatte Franzi daraufhin gefragt. »Doch, die schon«, hatte Mo gesagt, »aber nicht, dass alles so weich und rund ist, Po, Schenkel, Hüften.« Und ihre Brüste seien zwar klein, doch durchaus vorhanden.

»Du bist eben ein Kerl, der an manchen Stellen Formen hat, die man landläufig als weiblich bezeichnen würde. Aber das ist nur ein Wort«, hatte Franzi sie zu beruhigen versucht. »So wie irgendjemand irgendwann angefangen hat, von trockenen Weinen zu sprechen. Dabei ist Wein nicht trocken, sondern nass, und das Gegenteil von süß ist sauer oder salzig, aber sicher nicht trocken. Es sind bloß Worte! Und du bist der geilste Kerl auf dieser Party!«

Mo war rot geworden. Sie hatte gegrinst und den Kopf dabei gesenkt, was Franzi zu der Erkenntnis brachte, dass submissive Menschen mit raspelkurzen Haaren wirklich Spaß machen, weil es so entzückend ist, wie sie versuchen, sich schamvoll zu verstecken, es aber nicht schaffen und sich dann noch mehr schämen.

Mo hatte sich unbeholfen aus ihren weiten Hosen, ihrem T-Shirt, ihren Docs, ihren Socken, ihren Boxershorts geschält und sich von Franzi an das Andreaskreuz binden lassen. Jetzt zuckt sie quiekend unter Franzis Single Tail, deren Spitze ihr beißend in die Haut fährt.

Pauline bleibt stehen. Sie sieht, wie Franzi hochkonzentriert, der ganze Körper unter Spannung, mit ihrer Peitsche hantiert. Als Franzi Pauline entdeckt, sagte sie: »Du stehst mir im Weg. Ich muss ausholen können.«

Pauline schießen schon wieder Tränen in die Augen, als sie zur Bar läuft. Was für ein fürchterlicher Abend, denkt sie, dort angekommen.

»Was für ein trauriges kleines Mädchen!«, sagt Pea und stellt ihr ein Glas Sekt hin. »Zur Aufheiterung. Auf das Leben und darauf, dass wir selbst entscheiden können, ob wir glücklich sind oder nicht!«

Lukas sitzt mit Markus schweigend auf einem Sofa. Pauline hätte Lust, sich zu ihm zu setzen, aber sie hat den Eindruck, die beiden möchten für sich sein. Neben ihr steht die Frau von vorhin mit ihrer jüngeren Begleitung. Sie prostet Pauline zu. »Ich bin übrigens Gertrud«, sagt sie. »Und das ist – äh, wie war dein Name noch gleich?« Ihrer Begleitung verrutschen sämtliche Gesichtszüge. »Annegret«, sagt sie dann zu Pauline mit eisiger Stimme. Gertrud kichert. »Das war ein Scherz, Annegret!«, erklärt sie. »Ich erinnere mich natürlich an deinen Namen!« Annegret kann sich nicht entscheiden zwischen beruhigt, eingeschnappt, beleidigt oder verlegen sein und das spiegelt ihre Mimik wider.

»Ich bin das erste Mal auf so einer Party«, wendet sie sich an Pauline. »Ich weiß noch nicht, ob es das Richtige für mich ist. Beziehungsweise, ich weiß es schon, aber ich weiß nicht, ob ich es will. Also, es reizt mich, ich habe diese Fantasien, aber ich fühle mich ehrlich gesagt auch schlecht dabei und ich weiß nicht, ob es nicht vielleicht wirklich schlecht ist. Ich bin Orthopädin, ich arbeite für Ärzte ohne Grenzen, ich bin auch Mitglied bei Amnesty International und ich weiß, wie schlimm Folter ist, und irgendwie erinnert mich das hier alles eben doch sehr an Folter. An Gewalt, an Unterdrückung.«

»Und Sex kannst du nicht haben, solange andernorts Menschen vergewaltigt werden?«, wirft Gertrud ein.

»Ich hätte wirklich Schwierigkeiten, mit Männern zu schlafen«, stimmt ihr Annegret zu. »Mit Frauen ist es ja etwas anderes.«

»In dem Gefängnis, in dem meine Freundin arbeitet, wohnt eine jugendliche Vergewaltigerin«, sagt Pauline. »Sie hat eine Frisur wie ein kleines Küken. Sie ist sehr nett.«

Gertrud grinst. »Und du, arbeitest du nicht im Gefängnis, Nacktgeigerin?«

»Nein«, sagt Pauline. »Ich promoviere in Philosophie.«

»Oha! Eine Philosophin. Wie beeindruckend. Macht es denn Spaß?«

»Nein«, erwidert Pauline. »Und außerdem brauche ich Geld.«

»Wenn du Geld brauchst, kannst du für mich arbeiten«, bietet ihr Gertrud an.

»Als was denn?«

»Das wirst du dann schon sehen«, gibt Gertrud zurück. »Es ist Sub-gerecht.« Dann packt sie die überrumpelte Annegret am Handgelenk und reißt sie von ihrem Barhocker. »Und du brauchst dringend eine Tracht Prügel, junges Fräulein!«

Pauline folgt den beiden. Sie sieht, wie Gertrud Annegret über einen Barhocker wirft, der zufällig im ersten Spielraum steht, und ihr den schwarzen Rock hochschiebt. »Du trägst einen Slip?«, fährt sie die junge Frau an, »spinnst du?«

Pauline hat den Eindruck, dass sie um ihretwillen so laut spricht. Gertrud kramt ein breites Gummipaddle aus ihrer Tasche. Damit schlägt sie Annegret auf den Hintern. Die schreit laut auf und rutscht von dem Hocker hinunter zu Boden. »Steh auf!«, herrscht Gertrud sie an.

Annegret gibt sich Mühe. Sie beugt sich wieder über den Barhocker und bekommt den nächsten Hieb verpasst, der sie aus dem Gleichgewicht bringt. Gertrud zieht sie hoch. Annegret scheint gehorsam sein zu wollen, denn sie legt ihre Hände auf die Sitzfläche des Barhockers, doch ihr Hintern sträubt sich dagegen, herausgestreckt zu werden. Gertrud schlägt dreimal zu. Annegret versucht, sich zu schützen, legt die Hände auf den Po, zieht sie schreiend zurück und findet sich schließlich auf dem Rücken liegend wie ein umgestürzter Käfer zu Gertruds Füßen wieder. Sie keucht wild, sie wimmert, sie hält abwehrend ihre Hände vor das Gesicht. Gertrud beobachtet sie eine Weile, dann kniet sie sich neben Annegret auf den Boden und streicht ihr übers Haar.

Pauline hat den Eindruck, raus aus dem Spiel zu sein. Während ihre Anwesenheit als Zuschauerin vorhin wesentlicher Bestandteil des Geschehens gewesen war, scheinen die beiden Frauen jetzt Intimität zu benötigen.

Im Barraum packt Franzi gerade ihre Tasche. Sie wirft Pauline im Gehen schon einen Abschiedsgruß zu.

Pauline schlappt zur Theke und verlangt Wodka. Pea erklärt ihr wortreich, Alkohol sei keine Lösung, während sie mit Pauline anstößt.

Lukas legt Pauline die Hand auf die Schulter. »Wir brechen auch auf«, seufzt er. »Was soll man auch auf einer SM-Party, wenn man nichts mit SM zu tun hat?«

»Lass uns Kaffee trinken gehen, demnächst«, sagt Pauline, während Lukas sie zum Abschied auf die Stirn küsst.

Gertrud und Annegret kommen in den Barraum zurück. Gertrud wirkt lebendig, vor Kraft und Selbstbewusstsein nur so strotzend. Annegret ist zittrig und euphorisch. Sie bestellen Sekt, den Annegret zu Gertruds Belustigung fast verschüttet. Annegret plappert vor sich hin, Gertrud hört zu, Pauline betrachtet. Gertrud gehört zu den wenigen Menschen, die Pauline als hässlich bezeichnen würde. Groß und hager, schwarze Jeans, schwarzes Hemd. Kurzes graues Haar. Ein schmales, herzförmiges Gesicht. Kein Make-up. Die Lippen dünn, das Kinn vorstehend. Die Nase raubvogelartig geschwungen. Aber immerhin stahlblaue Augen, schwarz bewimpert.

Pauline, Gertrud und Annegret brechen zeitgleich auf. Pauline befreit ihr Fahrrad von seinem Schloss. »Ganz schön kalt«, sagt sie, als sie sich wieder aufrichtet.

»Hast du denn keine Jacke dabei?«, fragt Gertrud und Pauline schüttelt den Kopf.

»Wie intelligent, an einem Abend Ende September im Trägerkleidchen unterwegs zu sein, Frau Philosophin!« Gertrud kugelt sich fast vor Lachen. Annegret stimmt ein. Glucksend schiebt Gertrud Pauline ihre Visitenkarte unter einen Träger. »Melde dich wegen des Jobs!«, sagt sie zu Pauline und »Komm, mein süßes Pummelchen« zu Annegret.

Pauline steht in kühler Septemberluft auf dem breiten Trottoir, vom Namensschild einer Bar angeleuchtet, die Hände auf dem Fahrradlenker, eine Visitenkarte am Dekolleté und betrachtet die sich entfernenden Rücken der beiden Frauen, der breitere in einem schwarzen Mantel, der dünnere in einer grauen Jeansjacke.

Grenzspiel

22

Die Visitenkarte hat Pauline auf dem Nachhauseweg gelassen, wo sie war. Wenn sie unter ihrem Träger weggerutscht, wenn sie davongeweht, in eine Pfütze gefallen, unter ein Auto geraten wäre, dann wäre das kein Beinbruch gewesen. Es wird auch andernorts noch Möglichkeiten geben, zu arbeiten. Wo nicht einmal klar ist, was für ein Job das ist, den Gertrud Pauline angeboten hatte, und ob es ihn überhaupt gibt.

Die Visitenkarte flog aber nicht davon, sondern blieb, wo sie war, höchstens ein klein bisschen verrutscht vielleicht.

Pauline steckte sie in ihr Portemonnaie. Aber in ihrem Portemonnaie geht alles unter. Sie nahm sie am nächsten Tag wieder heraus und legte sie auf ihren Schreibtisch. Am übernächsten Tag fand sie sie dort nicht mehr, denn auch auf Paulines Schreibtisch geht alles unter. Dann soll es eben so sein, dachte sie und suchte nicht. Doch am Tag darauf sah sie die Karte ganz deutlich, zwischen zwei Büchern, hinter ihrem Laptop. Dann soll es eben so sein, dachte sie wieder und heftete die Karte mit einer Reißzwecke an die Wand.

*

Mo gehört zu diesen vom Aussterben bedrohten Menschen mit einer unbefristeten, sozialversicherungspflichtigen Festanstellung und entsprechend geregelten Arbeitszeiten. Deshalb muss Franzi bis Samstag warten, ehe Mo einen Nachmittag Zeit für sie hat.

Franzi weiß nicht, was sie von Mo will und warum, aber sie freut sich auf sie, sie genießt ihre Spiele, sie hat ein zappelndes Herz und einen flatterigen Magen, bevor sie Mo trifft. Es ist anders als mit Katharina, die in Franzi hauptsächlich sadistische Impulse geweckt hat, weil sie so war, dass Franzi mit ihr etwas anderes nicht anfangen konnte.

Franzi ist sich Mo auch sicherer als Katharina. Bei Letzterer war Franzi nie klar, ob sie sie um ihrer selbst oder um Marius' willen traf. Franzi könnte im Nachhinein nicht einmal mehr sagen, dass Katharina sich tatsächlich als bisexuell definiert. Und es gab stets Franzis Angst, ihre eigene Stellung in Marius' Leben an Katharina zu verlieren.

Mo hingegen will eindeutig Franzi.

Sie kommt am Nachmittag. Sie ist unsicher, sie ist immer unsicher, aber scheint sich wohlzufühlen dabei. Wie sie mit Drogensüchtigen umgeht, fragt sich Franzi. Sie hat eine unmittelbare Offenheit. Die Dinge gehen direkt in sie hinein, ohne Zwischenstopp in einer Wertungszentrale, glaubt Franzi. Sie ist konzentriert im jeweiligen Augenblick bei ihrem jeweiligen Gegenüber. Sie ist wach und präsent.

Jetzt möchte sie reden. Darüber, wie Franzi und Mo sich ihre Spiele vorstellen und wie nicht. Franzi nickt. Richtig, so steht es in den Büchern. Tabus und Wünsche austauschen, bevor mit dem Spielen begonnen wird. Sie sind ein bisschen in Verzug, aber was soll's. Mo mag keine Atemreduktionsspiele. Davon kriegt sie Panik. Sie hält auch nicht viel von Klinikspielen. Über Cuttings und Nadeln müsste sie noch einmal nachdenken. Sie möchte keine Rauschmittel in ihren Spielen haben. Sie will nicht, dass mit ihrer Geschlechtlichkeit gespielt wird. Und sie möchte keine Spiele mehr, in denen jemand Drittes mitspielt und es um Neid und Eifersucht, um Wettbewerb und Konkurrenz geht.

Franzi schreibt eifrig mit. Sie hat einen Spiralblock mit kariertem Papier vor sich auf den Tisch gelegt und eine freie Seite aufgeschlagen. Ganz oben hat sie Mo geschrieben, mit vielen Unterstreichungen. Darunter steht links Nein und rechts Ja. Merkwürdigerweise spürt Franzi ein angenehmes Prickeln, wenn sie etwas unter die Rubrik Nein schreibt. Franzi hatte bislang keine besondere Vorliebe für Atemreduktionsspiele. Doch in der Verbotsspalte bekommt das Wort einen eigentümlichen Glanz. Vielleicht könnte sie ja irgendwann – schließlich werden ständig Grenzen verschoben und Abkommen getroffen –, aber erst einmal fragt Franzi: »Gibt es auch irgendetwas, was du magst?«

»Klar!«, sagt Mo. »Alles andere. Also, vielleicht.«

Franzi runzelt die Stirn. »Wärst du gern mein Hund?«

»Dein Hund?«, wiederholt Mo.

»Ja, genau, mein Hund«, bestätigt Franzi. »Du weißt schon, diese treudoofen Tiere mit den vier Beinen und den Schwänzen, die immer im Weg rumliegen und gestreichelt werden wollen.«

Mos Wangen bekommen eine rosige Farbe. »Ja, also – ich weiß nicht –«

»Kannst du bellen?«

»Bellen?«

»Oh Mann, Mo, verstehst du gar nichts von allein?«

»Doch, klar, bellen – also ich weiß nicht –«

»Versuchs doch einfach mal!«, empfiehlt Franzi mit sich dem Ende zuneigender Geduld.

»Ja, äh, jetzt?«

»Nein, das war bloß so eine Idee für etwas, was wir vielleicht Weihnachten spielen könnten«, sagt Franzi, »natürlich jetzt!«

Mos Wangen sind tiefrosig. Ihre Lippen zittern. Sie öffnet den Mund und schließt ihn wieder. Sie grinst. Franzi grinst auch. Schließlich sagt Mo: »Wau.«

Franzi verdreht die Augen. »Du kannst doch nicht einfach ›wau‹ sagen«, sagt sie, »Das klingt wie ›wow‹. Hast du schon mal einen Hund gesehen, der ›wau‹ sagt? Gibt dir mehr Mühe. Knurre, winsle – belle eben.«

Mo grinst, mit durchweg rotem Kopf inzwischen. Sie wischt sich mit der Hand nicht vorhandenen Schweiß von der Stirn. Nach ein paar Sekunden, die Franzi genüsslich auskostet – es ist eine Grenzüberschreitung, der sie beiwohnt, an der sie teilhat, es ist der Moment der Überwindung, den sie gerade erlebt –, winselt Mo tatsächlich ein bisschen, leise allerdings. Versucht sich wirklich im Bellen und Knurren. Sie ist kein allzu überzeugender Hund, aber sie gibt sich Mühe, einer zu sein, und darum geht es.

»Gut«, sagt Franzi, mit dieser ruhigen Stimme schon. »Zieh dich aus und geh in den Vierfüßlerstand.«

Sie selbst läuft in ihr Zimmer. Als sie zurückkommt, befindet sich Mo nackt und vierpfotig auf dem von den Jahrzehnten mitgenommenen Dielenboden in der Küche. Es könnte sich ihr ein Holzsplitter unter die Haut bohren, mit etwas Pech, denkt Franzi. Aber dieses Risiko müssen sie gerade wohl eingehen, wollen sie Spaß haben. Sie kniet vor Mos Kopf nieder, nimmt ihn in die Hand, dreht ihn so, dass sie in das rote Gesicht sehen kann, in dem bereits etwas verrutscht und etwas aufgetaucht ist, was da sonst nicht ist: Hingabe.

Sie legt ihr ein schlichtes, ledernes Halsband um, an dem sie eine dünne Leine befestigt.

»Dann wollen wir mal Gassi gehen, hm?«, sagt sie leise. »Wir üben in der Wohnung, und wenn das gut klappt, gehen wir raus.« Mo blickt auf mit Panik im Blick. Franzi liebt panische Blicke. »Dann darfst du dein Beinchen an einem Baum heben«, flüstert Franzi weiter, »und ich nehme eine Papiertüte mit, falls du groß musst.« Es wird dunkel in Mos braunen Augen. Schamdunkel. Lustdunkel.

»Na komm!« Franzi richtet sich auf und zieht an der Leine. Erst zögerlich, dann immer geschmeidiger krabbelt Mo hinter ihr her. Der Tag ist Gott sei Dank halbwegs warm, trotzdem hat Mo Gänsehaut – es ist Oktober, schießt es Franzi durch den Kopf, sie müssen beginnen, Kohlen aus dem Keller zu holen.

Sie gehen Gassi. Durch die Küche, durch den Flur, durch Franzis Zimmer, durch das Zimmer der abwesenden Pauline (wobei Franzi ein ungutes Gefühl hat, vor einem Monat wäre das noch anders gewesen). Franzi kann schweben, wenn sie Mos große Hände neben ihren eigenen Füßen sieht, diesen Kopf auf der Höhe ihrer Knie. Im Bad fragt Franzi Mo, ob sie lieber draußen an einem Baum oder hier drinnen pinkeln möchte.

»Drinnen«, sagt Mo und bekommt dafür einen Schlag auf den Hinterkopf. »Seit wann können Hunde sprechen?«, zischt Franzi. Mo neigt den Kopf und winselt ein bisschen, dass es Franzi warm ums Herz wird.

»Na, dann krabble mal in die Badewanne«, weist Franzi sie an. Mos Kopf schnellt wieder nach oben, es ist offensichtlich, dass ihr Worte des Widerspruchs auf den Lippen liegen, doch sie erinnert sich rechtzeitig daran, dass sie als Hund nicht sprechen kann. Und krabbelt folgsam in die Wanne. Franzi ist überwältigt von diesem Anblick. Von dem nackten, kurzhaarigen Mädchen mit weichen Hüften und knabenhafter Brust in der weißen, schlichten Badewanne. Sie blickt zwischen Mos aufgestützten Armen hindurch und erkennt ihr dunkles Schamhaar hinter dem flachen Bauch. Der Körper in der Badewanne bebt. Das Gesicht, das sich dem Wannenboden zuwendet, ist in Aufruhr.

»Heb dein Bein«, verlangt Franzi. Es ist kein Platz dafür in der Wanne, aber Mo tut, was sie kann. »Und jetzt«, sagt Franzi, »möchte ich dich pinkeln sehen.« Es passiert nichts. Franzi sieht Mos abgewandtem Gesicht die Anstrengung an, die es sie kostet, Widerstand zu leisten oder zu versuchen, zu gehorchen oder beides. »Wenn das nicht bald klappt«, sagt Franzi, »versuchen wir es draußen.«

Mo stöhnt auf.

»Ich warte.«

Sie wartet noch etwas länger. Sie weiß aus eigener Erfahrung, dass es wichtig ist, etwas Druck aufzubauen, damit es geil ist, dass der Druck aber auch nicht zu gewaltig sein darf, weil er sonst blockiert. Nach langer, langer Zeit (Zeit ist nicht messbar in diesen Situationen, Stunden und Sekunden fühlen sich gleich an) fällt ein erster Tropfen aus den dunklen Locken auf den weißen Wannenboden. Franzis Augen leuchten. Und noch einer und ein kleiner Bach. Franzi ist glücklich und Mo wimmert. Ihr Wimmern bekommt eine begehrliche Note, als Franzi sie grob mit etwas Klopapier sauber wischt.

Zur Belohnung darf sie sich danach unter den Küchentisch kauern und Franzis Füße lecken, während diese Gemüse schneidet. Die Zunge auf ihrer Fußhaut fühlt sich erregend kribbelnd an, besonders an den Zehen. Und dass Mo unter ihrem Tisch verborgen ist – vor Franzi das offene Fenster, kalte Luft, weiter Blick –, kickt Franzi von einer Wolke zur nächsten. Sie kocht Couscous, das sie Mo in einer Schale auf dem Boden serviert (es muss dringend ein Napf her). Sie legt Mo ihre Füße auf den Rücken, während sie ihr dabei zusieht, wie sie aus ihrer Schale frisst. Sie verlangt, dass sie es lauter tut. Mo strengt sich an. Sie ist brav, sie isst alles auf. Als sie fertig ist, zieht Franzi ihren Kopf an der Leine zu sich heran, um ihr mit einer Serviette grob den Mund abzuwischen.

»Bitte Franzi«, flüstert Mo in das Gewische hinein. »Bitte, darf ich dich um etwas bitten?«

»Können Hunde sprechen?«, fragt Franzi.

»Bitte!«, sagt Mo und Franzi gibt nach. »Ich höre?«

»Bitte, würdest du, könntest du, ich meine, kannst du mir bitte den Arsch versohlen?«

Franzi grinst. »Ich schlage doch keine Tiere, was denkst du von mir?«

Mo sieht mit wirklich bettelndem Blick zu ihr auf.

»Also gut«, sagt Franzi, »machen wir eine Ausnahme. Gehen wir einfach davon aus, dass du ein perverser Hund bist, der Schläge braucht, damit seine Verdauung funktioniert.«

Mos Augen strahlen.

Franzi steht auf und zieht sie an der Leine hinter sich her in ihr Zimmer. Dort setzt sie sich auf ihr Bett, legt Mo (die rote Knie hat und schwarze Handinnenflächen vom schmutzigen Boden, es muss dringend geputzt werden, vielleicht könnte ja Mo, denkt Franzi und beschließt, diesen Gedankengang später weiterzudenken) über ihre Knie und verdrischt ihr mit der Hand den Hintern, bis er dunkelrot ist und Mo schreit. Dann stößt sie sie zurück auf den Boden, zieht sich ihre Hosen herunter und den Hund an der Leine zwischen ihre Beine. »Leck mich und mach's dir dabei«, befiehlt sie. Sie schließt die Augen und stellt sich vor, dass Mo tatsächlich ein tierhaftes Wesen wäre. Kein Hund, aber auch kein Mensch, sondern eine niedere, absolut instinktgesteuerte Kreatur, die ihr liebevoll und treu zu Diensten ist. Sie mag diese Vorstellung.

*

Abends sieht Franzi in ihrem Zimmer fern, während Pauline nebenan dasselbe tut. Franzi würde gern zu Pauline rübergehen, sich zu ihr aufs Bett kuscheln, mit ihr fernsehen und alles wäre gut. Aber es ist nicht alles gut.

Dafür kommt Marius später. Er hatte wieder Besuch von Kelly gehabt. Er hatte Lachslasagne für sie gekocht, womit er wohl immerhin ihren Geschmack getroffen hatte. Aber sie hatte wieder verschlossen, gelangweilt und distanziert gewirkt, hatte diesmal gar keinen Wein getrunken und war nach dem Espresso gegangen.

Marius ist gleichzeitig erschöpft und angespannt. Unter seinen Augen liegen dunkle Schatten, um den Mund herum hat er kleine

Fältchen. Er presst sich die Finger gegen die Schläfen, er versteht es nicht. Was macht er falsch, warum langweilt er sie. Sie erwartet etwas von ihm, das ist offensichtlich, sonst käme sie nicht immer wieder, aber er scheitert regelmäßig an dem Versuch, ihr zu geben, was sie von ihm haben möchte. Er hat auch wirklich keine Idee, was das sein könnte.

Franzi fühlt so sehr mit ihm, dass ihre Brust schmerzt. Ihr selbst geht es prima gerade, es ist einfach und unproblematisch mit Mo, es passiert alles wie von allein, es gibt keine Ängste und keine Missverständnisse. Sie wünschte, sie könnte Marius an ihrer guten Laune teilhaben lassen. Sie schlägt vor, ihn zu massieren, aber seine Anspannung ist so groß, dass er sich gegen eine Massage vehement wehrt.

Doch später im Bett küsst er Franzi ungewohnt leidenschaftlich. Er ist voller ungenutzter Energie. Sein Schwanz gedenkt nicht, sich zu erheben, dafür reckt Franzi ihm ihren runden, nackten Po entgegen.

Franzi ist ein bisschen erstaunt darüber, wie sehr sie Marius' harte Schläge mit der flachen Hand genießt, wo doch vor wenigen Stunden sie noch selbst Schlagende war. Aber es nimmt sich wahrscheinlich nicht viel, es ist die gleiche Energie, bloß, dass Franzis Position in diesem Kraftfeld jetzt eine andere ist als vorhin. Die Energie, die sie vorhin durch ihre eigene Aktivität erlebt hat, spürt sie jetzt im Empfangen dessen, was auf ihren Körper einstürmt. Heute Nachmittag ist sie, selbst distanziert, Mo dicht zu Leibe gerückt. Jetzt lässt sie sich von Marius, selbst unnahbar, einnehmen. Das sind unterschiedliche Sichtweisen. Manchen Menschen gefällt nur eine davon, ihr eben beide. Der eigentliche Kern des Erlebens aber ist der gleiche, auf der einen wie auf der anderen Seite: Es geht um das Heraufbeschwören einer Macht, die einen einnimmt wie diese gewaltigen Atlantikwellen, wenn die Fahne am Strand bestenfalls gelb ist. Es geht um das Erleben eines Schmerzes, den man selbst eingeladen hat. Es geht darum, aus dem Gleichgewicht zu geraten.

»SM ist dezentraler und demokratischer Sex«, sagt sie danach zu Marius, der die Stirn runzelt. »Die primären Geschlechtsorgane verlieren ihre Vormachtstellung. Ein Po und eine Hand können genauso bedeutsam sein wie ein Schwanz und eine Möse«, erläutert sie, während sie sich in Bauchlage auf seine Brust stützt, was ihm offensichtlich Schmerzen bereitet, aber er lässt sie gewähren. »Jede Körper- und vor allen Dingen jede Seelenregion hat die gleiche Chance auf intensive Teilnahme. Es muss nicht einmal Haut berührt werden, damit Lust empfunden wird. Dass sich Gedanken treffen, genügt oft vollkommen. Und Worte sind manchmal mehr wert als jede Zunge.«

23

An einem Montag entschließt sich Marius, Katharina zu schreiben. Er hat immerzu dieses Bild vor Augen, während er eigentlich über Schriftsätzen brütet, von Katharinas Hochzeit mit irgendeinem anderen, sie schreitet in eine Kirche oder spaziert auf einer Wiese in einem langen, weißen Kleid und er, Marius, geht möglichst unauffällig hinter ihr her, tritt ihr dabei allerdings fortwährend auf die Schleppe, wodurch ihr Kleid reißt. Immer wieder. Fetzenbraut. Andauernd macht er das, aus Versehen und wirklich, ohne es zu wollen.

Liebe Katharina, schreibt er,
Du fehlst mir, aber das ist schon in Ordnung. Ich sehe unsere gemeinsame Zeit als ein Geschenk, das ich sehr genossen habe. Ich hätte zu gern den Eindruck, dass es Dir genauso geht. Allerdings bin ich mir diesbezüglich nicht sicher. Wenngleich ich Deine Ent-

scheidung zur Trennung von Franzi und mir – er löscht Franzi wieder, er hat irgendwie das Gefühl, sie in dieser E-Mail nicht haben zu wollen – *selbstredend akzeptiere, stellt sich mir nach wie vor die Frage nach dem Warum, die ich durchaus relevant finde.*

Vielleicht kannst Du Dich entschließen, mir diesbezüglich ein paar erläuternde Sätze zu schicken.

Es verbleibt immer noch voll Zuneigung mit den besten Wünschen

Marius

Tage vergehen, doch sie antwortet nicht. Sie hat sich entschieden zu verschwinden, ohne je ganz da gewesen zu sein. Vielleicht auch genau deshalb.

*

Mo bricht in Franzis Küche in Tränen aus. Ihre drei Mitbewohnerinnen rauben ihr neuerdings den letzten Nerv. Kai und Maja sind seit Jahren Freundinnen, so wie sie alle vier seit Jahren Freundinnen sind. Doch jetzt haben sie sich plötzlich ineinander verliebt und hängen mit unerträglicher Innigkeit den ganzen Tag und die ganze Nacht aneinander. Kai war bisher eine Nähe-Phobikerin, für die ihre verbindliche Spielbeziehung mit Ara das Höchste der Gefühle war. Doch jetzt kommt sie keine Sekunde ohne Majas Lippen aus. Maja wiederum war bis vor drei Jahren mit einem sich als heterosexuell definierenden Mädchen zusammen und hat seitdem genug von Beziehungen beziehungsweise eingesehen, dass sie völlig überzogene Erwartungen an selbige hatte. Und eigentlich hat sie kein sonderliches Interesse an Sex. Das muss sich gewandelt haben, denn es stöhnt und seufzt und juchzt und schmatzt von früh bis spät aus ihrem oder Kais Zimmer. Mo gönnt ihnen ihr Glück, fühlt sich allerdings mit einem Mal als Störenfried in ihren eigenen vier Wänden. Die beiden blicken auf, als fühlten sie sich ertappt, betritt sie die Küche, während sie sich darin aufhalten. Sie schweigen beharrlich, solange sie nicht mehr allein sind, was Mo den Eindruck vermittelt, sie warteten sehnsüchtig darauf, dass sie wieder verschwindet. Sie treiben es morgens unter der Dusche, während Mo dringend ins Bad müsste, um pünktlich zur Arbeit zu kommen, und sie fühlt sich als Spaßverderberin, wenn sie die rotgesichtig kichernden Turteltauben deswegen anfährt.

Tanja wiederum, die dritte Mitbewohnerin, versinkt wegen Nora in einer Art chronischem Liebeskummer, der Mo schon beim Zuschauen deprimiert. Es ist tatsächlich schwierig mit Nora. Mo und Tanja sind sich einig darin, dass sie bildschön ist, außerdem charmant, klug und auf umwerfende Weise dominant. Mo und Tanja sind ihrer Kälte verfallen. Und ihrer Gnadenlosigkeit. Mit Nora zu spielen ist ein Traum. Allerdings verwischen die Grenzen mehr und mehr. Im Spiel spielt Nora Mo und Tanja gegeneinander aus, was auch nach dem Ende des Spiels noch wehtut. Als Spiel beschließt sie, mit einer von beiden nicht spielen zu wollen. Oder sagt spontan Verabredungen ab. Sie ist nicht verlässlich und nicht verbindlich. Sie ist vor allen Dingen nicht emotional involviert. Die Kälte, die ihren sexuellen Reiz ausmacht, weicht niemals von ihr. Mo und Tanja haben noch nie ihr Geschlecht berührt. Sie haben sie noch nie einen Orgasmus haben sehen. Sie haben noch nie Zeichen der Erregung an ihr wahrgenommen. Und auch keine Spuren von Zärtlichkeit. Sie bleibt gleichgültig und distanziert. Daran ändert sich seit acht Monaten nichts, was auch immer Tanja und Mo anstellen. Manchmal hat Mo den Eindruck, dass das Quälen, das Bestimmen Nora überhaupt nicht reizt, dass sie gar keine Sadomasochistin ist, dass fremde Schmerzen und eigene Macht sie nicht erregen. Dass sie vielmehr Angst vor Nähe, Bindung, ihrer eigenen Verletzlichkeit hat. Und durch das Dominieren trotzdem in der Lage zu Intimität ist. Was natürlich ein Irrtum ist, denn wo sie selbst nicht emotional involviert ist, da kann sie auch keine Intimität erleben. Da kann sie bloß Verliebtheit bekommen und Bewunderung. Gut möglich, dass ihr das bereits genügt.

Mo hat schon vor einer ganzen Weile gemerkt, wie, was sie ursprünglich faszinierte, sie immer mehr vergiftet. Deswegen hat sie in letzter Zeit nicht mehr mit Nora gespielt. Sondern sich stattdessen dumm und dämlich gefreut über Franzi (Franzi wird ganz komisch warm in der Brust, als Mo das sagt).

Tanja hingegen kommt von Nora nicht los. Tanja ist vierundzwanzig und Soziologiestudentin. Sie studiert jedoch kaum noch, seit sie Nora kennt. Sie schläft, kifft, trinkt oder redet von Nora. Sie lebt für die raren und unberechenbaren Momente in ihrer Gegenwart. Jetzt hat Nora ihr eröffnet, dass Tanja allein sie langweile. Amüsant wären für sie bloß Mo und Tanja zusammen. Tanja solle also zusehen, dass sie Mo zur nächsten Spielverabredung mitbrächte. Mo will das nicht. Aber Tanja brach heulend vor ihrer Zimmertür zusammen und flehte auf Knien. Mo ist umzingelt von einem Wahnsinn, der entfernt mit ihr zu tun hat, den sie aber nicht mehr erträgt, dem sie allerdings auch nicht entfliehen kann.

»Schlaf doch erst einmal ein paar Nächte hier«, schlägt Franzi vor, »und vielleicht können Pauline und ich auf Dauer darüber nachdenken, unsere WG zu vergrößern.«

Gerade, als sie das sagt, erscheint Paulines Gestalt in der angelehnten Küchentür. Und dreht sich abrupt um und verschwindet wehenden Haares. Früher wäre Franzi sofort aufgesprungen, um ihr nachzurennen. Jetzt ist sie so genervt, dass es ein paar Augenblicke dauert, bis sie aufsteht. Sie klopft, sie öffnet Paulines Zimmertür und sie wird von Pauline mit für sie ungewohnter Vehemenz angebrüllt: »Raus aus meinem Zimmer! Sofort!«

Bleibt nichts, als zu gehorchen.

Pauline wählt indes mit zittrigen Fingern die Nummer, die auf der Visitenkarte an ihrer Wand steht. Ihr ist zum Heulen zumute. Bloß weil sie Franzi nicht küssen möchte, was sie die ersten Jahre ihrer Freundschaft ja auch nicht getan hat, löst diese ganz nebenbei ihre Wohngemeinschaft auf, um sich ihrem neuen Spielzeug zu widmen. Wer sich nicht von ihr ficken lässt, ist für sie offensichtlich unwichtig inzwischen. Es war alles viel einfacher, bevor Franzi dominant wurde.

»Ja?«, sagt eine raue, dunkle Frauenstimme.

»Hallo, hier ist Pauline, ich ähm, wollte mit Gertrud sprechen.«

»Das tust du.«

»Oh. Gut«, erwidert Pauline. »Ich rufe an, um nach dem Job zu fragen.«

»Sehr schön«, sagt Gertrud, »lange käme ich ohne dich auch nicht mehr zurecht.«

Sie bestellt Pauline für den nächsten Mittag zu einer Kreuzberger Adresse.

24

Es ist kurz vor eins, als Pauline eine klapprige Tür öffnet, deren Fenster mit roter Pappe blind geklebt wurde.

Der namenlose Ort, an dem Gertrud sie treffen wollte, erweist sich als ein kleines Restaurant.

Es sieht gemütlich aus, mit Kerzenleuchtern an den Wänden und auf den Tischen, mit alten Ohrensesseln und Sofas, aus deren Polstern kaputte Federn ragen, mit einem Klavier und einem Plattenspieler, mit einem beeindruckend hohen Rückbuffet, mit diverse Regalen voll Weinflaschen, mit dunklen, aber von Hand verzierten Tischchen, mit unverputzten Wänden aus rotem Backstein.

Besonders bemerkenswert ist die Dunkelheit des kleinen Raumes. Es ist ein sonniger Oktobermittag, doch hier drinnen sind rote Vorhänge vor die Fenster geschoben oder rote Jalousien heruntergelassen, so dass kein Tageslicht hereinkommt und das Restaurant ausschließlich von Kerzen erhellt wird.

Ein älterer Mann, groß und schmal, mit silbrigem Haar, weißem Hemd und schwarzer Fliege poliert hinter dem Tresen Weingläser.

Zwei einzelne Männer sitzen an kleinen Tischchen vor dampfenden Suppenschalen und aufgeschlagenen Zeitungen.

Pauline hat den älteren Herrn gerade um einen Milchkaffee gebeten, als Gertrud hereinkommt. In Karottenjeans und rotweiß gestreiftem Hemd unter dieser grauen Jeansjacke.

»Schön, dich hier zu sehen«, sagt sie strahlend zu Pauline, »und überhaupt!«

Pauline lächelt unsicher zurück.

»Gefällt's dir?«, fragt sie, während sie mit einer wedelnden Handbewegung in den Raum weist.

»Ja«, antwortet Pauline. »Es ist – ziemlich dunkel.«

»Richtig«, stimmt ihr Gertrud zu. »Das liegt daran, dass die Jalousien heruntergelassen und die Vorhänge zugezogen sind.« Sie grinst in Paulines leicht errötendes Gesicht.

»Da war ich bereits selbst drauf gekommen«, gibt Pauline zurück. »Aber warum ist das so?«

»Es gibt Menschen, die es gern schummrig haben«, erklärt Gertrud. »Auch tags. Das ist doch eine Form von Freiheit, dass man die Nacht bekommt, wann immer man sie möchte. Hier kann man jedenfalls von zwölf Uhr mittags bis irgendwann nachts französisch zu Abend essen. Und schweren Wein trinken. Den kann man auch flaschenweise kaufen. Ein bisschen anderes Zeug ebenfalls, Gänseleber, Öl, Essig, Schokolade – so was alles. Ich habe noch einen ähnlichen Laden in Charlottenburg und zwei weitere, bei denen der Verkauf mehr im Vordergrund steht. Da gibt's auch eine Käsetheke und alles Mögliche andere. Für dieses Etablissement hier brauche ich jetzt noch jemanden, der ab und zu als Küchenassel einspringt.« Sie grinst Pauline wieder an – ziemlich lebendig, ihr schmales Gesicht. »Zum Gemüseschälen, Tellerspülen, Bodenwischen. Da dachte ich an dich, neulich. Hast du Lust?«

Das klingt nicht wirklich nach einer umwerfenden Beschäftigung, aber ihre Promotion begeistert Pauline auch nicht. Außerdem braucht sie Geld und sie mag dieses kleine Nacht-Restaurant.

Gertrud führt sie in die Küche zu einer freundlichen jungen Köchin. Pauline verbringt sechs Stunden damit, Kartoffeln zu schälen, zu tournieren, Karotten zu schälen, zu stiften, Mayonnaise anzurühren, Krabben zu pulen, Teller zu waschen und Besteck zu polieren. Dann wird sie abgelöst und setzt sich zu Gertrud an die Bar, die ihr einen Cahors serviert.

»Und du?«, fragt Pauline.

»Ich trinke keinen Alkohol«, erklärt Gertrud.

»Ist das nicht schwierig, wenn man beruflich Wein verkauft?«

»Alkoholikerin zu sein ist in der Tat einfacher«, gibt Gertrud zu. »Bleibst du mir erhalten?«

»Ja«, sagt Pauline, »ich denke schon.«

Sie probiert ihren Wein, der furchtbar schwer ist, ihr wird vom ersten Schluck schon schummerig.

»Wie geht es denn deiner Freundin?«, fragt sie dann.

»Meiner Freundin?« Gertrud runzelt die Stirn.

»Ach«, sagt sie dann, »du meinst dieses niedliche Pummelchen von der Party. Das war bei Gott nicht meine Freundin. Es ist nur so, dass ich nach langer Abstinenz mich wieder auf die Suche nach Beute gemacht habe, und da hat sie sich mir quasi vor die Füße geworfen und ich dachte, sie sei besser als nichts, was auch stimmte. Wir hatten ein paar durchaus amüsante

Abende. Aber auf Dauer, also für mehr als eine Handvoll Spiele, brauche ich jemanden, der etwas mehr Grips in der Birne hat. Nimm nur dieses Gequatsche über Folter auf der Party neulich – ich bitte dich!«

Das leuchtet Pauline ein.

»Und du?«, fragt Gertrud. »Du hast offensichtlich auch keine Freundin, wenn du dich so verzweifelt danach sehnst, geschlagen zu werden?«

Pauline findet das übergriffig, wie diese unattraktive Frau, die sie gar nicht kennt, über ihre Sehnsucht spricht. Sie erzählt in knappen Worten von Ann und der Leere danach.

»Professorin!«, sagt Gertrud und pfeift anerkennend. »Sag mal, Mädchen, dir ist aber schon klar, dass man so was auch spielen kann?«

»Wie, spielen?«, fragt Pauline.

»Na ja, wenn du Schulspiele magst, oder Ageplays, das kann man ja alles inszenieren, dafür brauchst du keine echte Professorin. Jeder kann deine Professorin spielen, wenn du das möchtest. Das könnte auch ich und zwar aus dem Stand heraus.«

Das bezweifelt Pauline nun. Gertrud hat nichts von Ann und mit Ann war sie nicht zusammen, weil sie Schulspiele mag, sondern sie mochte Anns Lehrtätigkeit, weil sie in Ann verliebt war.

»Ich sehe schon, du traust mir das nicht zu«, stellt Gertrud fest. »Macht nichts. Kommst du übermorgen um zwölf wieder?«

*

Marius hat drei Abende später weitere Erfolge zu verzeichnen, was ihn und Kelly betrifft. Sie kommt zum Abendessen vorbei. Er hat Lachs mit Wildreis und Karotten-Lauch-Gemüse gekocht, nachdem sie die Lachslasagne beim letzten Mal offensichtlich gemocht hatte. Als er mit zwei Tassen Espresso aus der Küche zurückkommt, schon schicksalsergeben in Abschiedsstimmung, hat sie ihr schwarzes Jackett ausgezogen und ihre Bluse aufgeknöpft.

Er starrt einen Moment lang entgeistert in die Luft vor seiner Nase, dann stellt er die Tassen ab und beginnt, in die seine gewissenhaft Zucker hineinzurühren.

»Willst du mich nicht anfassen?«, fragt sie nach einer Weile.

»Ach – doch, klar, äh, ja!« Er steht auf, geht um den Tisch herum auf sie zu, geht dann doch noch einmal zurück, um seinen Espresso-Löffel wegzulegen, denkt, er sollte sich besser die Hände waschen, irgendwie kleben sie, Zucker, Kaffee, Lachs, aber wüsche er sich jetzt die Hände, würde sie sich vielleicht wieder zuknöpfen, nächstes Mal Zitronenwasserschälchen auf den Tisch, notiert er im Geist und berührt mit seinen Fingerspitzen – er hätte sich die Nägel vorhin feilen sollen, er hatte ja schon nicht mehr daran geglaubt, dass – das Tal zwischen ihren Brüsten. Er streicht die Bluse vorsichtig zur Seite. Ihr Busen ist umfangreicher als Katharinas und kleiner als Franzis. Ihre Brustwarzen sind ziemlich groß und dunkel. Er fasst sie an. Berührt mit seinen Fingerspitzen ihre Brustspitzen. Die äußersten Regionen des Körpers gehören zu den empfindlichsten. Ihre Brustwarzen richten sich auf. Er streicht diese Brüste entlang, während sie einfach so dasitzt, im Stuhl zurückgelehnt, die Arme herunterbaumelnd, die Augen geschlossen.

Ein Angebot.

Ein Geschenk.

Er fühlt sich geehrt, was ihn auf eine Weise nervös macht, die ihn beim Genuss ihrer Haut stört.

Kelly duftet immer gleich, frisch, etwas blumig, wie soll er den Namen ihres Parfums herausfinden. Schweiß riecht er nicht und auch nichts anderes, was körpereigen wirkt.

»Wollen wir uns ausziehen und schlafen gehen?«, fragt sie, nachdem er lange Zeit ihre Brüste gestreichelt hat, ihr Dekolleté, ihren Bauch (Gesicht und Hals ließ er unberührt, er war sich nicht sicher, ob diese verletzlichsten Regionen im Geschenk mit inbegriffen waren). Natürlich wollen sie das, er zumindest, sicher. Wobei er diesen Bauch hat, leider, sie hat gar keinen.

Sie liegt schlank und ebenmäßig braungebrannt in seinem Bett hingestreckt, er hätte die Bettwäsche wechseln sollen. Sie lässt sich berühren und küssen, ohne selbst zu berühren oder zu küssen und sie schiebt seine Hand zurück, als sie sich ihrer nackten Möse nähert. Sie schlafen also nicht miteinander. Sie lässt sich streicheln, küssen und liebkosen, aber sie küsst ihn nicht und sie lässt ihn nicht an ihren Unterleib. Sie atmet stattdessen irgendwann flach und gleichmäßig. Marius schleicht ins Bad, um sich dort selbst Erleichterung zu verschaffen.

Das war ein Anfang, aber es war keine befriedigende erste kleiderlose Begegnung und Marius weiß auch schon wieder nicht, was er eigentlich falsch gemacht hat und was richtig. Warum sie an diesem Abend plötzlich ihre Bluse geöffnet hatte und nicht beim Mal davor. Warum er sie berühren, aber nicht vögeln durfte. Warum sie ihn an sich heranließ, ohne ihn ihrerseits anzufassen. Er war in euphorischer Siegeslaune, gleichzeitig aber so nervös und angespannt wie zuvor.

Marius schläft nicht gut neben Kelly. Er liegt immer wieder wach und mustert ihr feines, langes Haar, ihre schmalen Arme, ihre Halbmond-Lider. Als ihr Handywecker morgens läutet, ist auch er sofort wach und macht Milchkaffee, während sie duscht. Er hat nichts zum Frühstücken da, er frühstückt selbst nie und Franzi auch erst nach dem Laufen, und da kann sie dann ja Essbares mitbringen. Er findet noch ein bisschen Müsli, das er für Katharina gekauft hatte, sie aß gern Müsli morgens.

Es fühlt sich nicht gut an, Katharinas Müsli Kelly anzubieten, er hat einen Geschmack im Mund wie von fauligen Früchten. Aber sie will sowieso nichts. Sie trinkt ein paar Schlucke von ihrem Milchkaffee, dann bricht sie auf. Haucht immerhin einen Kuss auf Marius' Wange in der Tür schon fast.

Marius erzählt Franzi am Telefon von seinem Abend mit Kelly, atemlos. Er ist froh über die Zärtlichkeiten und die Nacht, besser als nichts. Etwas hat er geschafft – zwar nicht das Eigentliche, doch er nähert sich.

»Hast du überhaupt noch wirklich Lust auf sie oder brauchst du bloß das Gefühl, sie haben zu können?«

»Ich verstehe einfach nicht, was an mir nicht stimmt. Warum die Frauen so distanziert sind. Ich meine, sie meiden mich ja nicht, sie kommen ja durchaus, aber sie sind distanziert.«

»Du hast doch mich!«, tröstet ihn Franzi.

»Jaaa, dich«, murmelt Marius wenig überzeugt.

»Das klingt ja begeistert!«, konstatiert sie.

»Komm«, verteidigt sich Marius, »du hast auch Mo und nicht nur mich!«

»Aber das mit Mo klappt ja auch!«

»Das ist doch kein Argument!«

Franzi fühlt sich unwohl nach diesem Telefonat. Warum können sie sich nicht selbst genug sein? Es ist gut, auch andere lieben und begehren zu dürfen – bloß, warum ist das fast ein Zwang inzwischen?

Franzi geht laufen im Park. Es regnet, und sie mag den Regen. Die Blätter der Bäume flecken bunt den Boden, es ist kaum jemand unterwegs außer ihr, sie spürt angenehm kühles Wasser gegen ihre erhitzte Gesichtshaut prasseln, ihre Haare kleben ihr schwer am Kopf und die Kleider am Leib.

Ihr Leben erscheint ihr so konfus und verwirrend gerade. Unzählige Möglichkeiten und keine Klarheit. Was ist das mit Mo? Begehren auf jeden Fall, Verliebtheit vielleicht, sogar, aber was ist es, worauf soll es hinauslaufen, was will wer von wem in einem Monat, einem Jahr? (Ein Jahr – wie kann sie jetzt an ein Jahr denken – sie tut es unweigerlich.) Was versucht Marius mit dieser Kelly? Was es auch ist, es gefällt ihr nicht, denn Marius droht die für ihn doch eigentlich so typische Ruhe zu verlieren, aus seiner Mitte zu fallen wer weiß wohin. Was soll sie mit Pauline anfangen? Und was war das überhaupt für eine irre Idee, Pauline zu küssen, immer wieder? Bloß, weil überschüssige Dominanz unkontrolliert aus ihr herausschwappte, bloß weil Pauline süß und verletzlich ist, setzt sie eine Freundschaft aufs Spiel, die engste, die sie hat. Was soll außerdem aus dem Theater werden? Aus dem Gefängnis, der Lust? Masken und Könige. Geld verdienen lässt sich weder mit dem einen noch mit dem anderen. Wie jemals Geld verdienen und wie wohnen in Zukunft?

Nach einer halben Stunde zügigen Joggens hat sie ein Bild vor Augen, wie eine Vision so glasklar. Sie sieht sich selbst als eines dieser Püppchen, die auf alten Schatullen stehen oder sich auf Spieluhren drehen. Sie ist nicht so filigran wie diese Püppchen, ganz und gar nicht, doch das macht das Bild umso stimmiger. Sie ist mit all ihrer Masse und all ihrer Kraft so fürchterlich unbeholfen. Sie tanzt auf Spitze, ohne es zu können, sie stürzt andauernd und ihre Knie sind aufgeschlagen.

Der Tanzboden ist weiß und rund.

Vom Tanzboden gehen verschiedene Wege ab, die sie alle einschlagen könnte, allerdings nicht gleichzeitig. Biegt sie in einen Weg ein, entscheidet sie sich damit gegen die anderen.

Die Wege sind unterschiedlich und nur vage zu erkennen. Franzi kann zwar hineinsehen, aber nicht weit – es gibt überall Sichthindernisse – Mauern, Büsche, Menschenansammlungen, quer stehende Fahrzeuge oder Undefinierbares. Die Bilder vor Franzis innerem Auge sind von visionärer Klarheit, während ihre Füße im Laufschritt kaum noch die Erde zu berühren scheinen.

Da ist eine Straße mit hübschen kleinen Häusern, aneinandergeschmiegt, und Gärten davor, Garagen, große Autos, Kinder,

Frauen, Jogger, Briefträger und Männer im Anzug, die ihre Autotür öffnen. Es gibt einen Feldweg, Wald im Blick, Wasser hörbar, ein einzelnes Haus, ein verwilderter Garten, fern erst ein paar weitere Giebel, Stille und Geruch nach Mist.

Eine andere Straße ist gesäumt von Cafés und Bars, Restaurants. Köstlicher Essensduft hängt schwer in der lauen Luft. Kerzenschein und flackernde Straßenlaternen. Bierpfützen auf dem Weg, Klirren von Weingläsern und Rauchschwaden, dazu glockiges Lachen und wankende Schritte, laute Musik, klackernde Absätze, manchmal ein Schrei.

Aus zerbrochenen Pflastersteinen ist die Straße der Clowns und Harlekins, der Engel und Prinzessinnen, wo aber alles falsch ist. Wo die Prinzessinnen eine Spritze im Arm und ein Messer in der Hand tragen. Wo dem Engel der Schniedel rot geschwollen und hart wie Eisen vom Leibe absteht. Wo ein Weib mit großen Brüsten und schweren Eiern den Hintern wiegt. Wo Männer Männer umgarnen. Wo Lachen und Lust und Trunkenheit klirren. Wo entstellte Menschen lauern. Wo hinter Mülltonnen Katzenjammer von jungen Knaben ertönt. Wo Weinen und Lachen überhaupt nicht trennbar, wo der vor Wonne stöhnt, der im Schlamm liegt mit Füßen im Nacken, und eine bittere Tränen weint auf einem Bett aus Rosenblättern.

Eine andere Straße mit bunten Häusern und vielen Tieren gehört den Kunst- und Selbstdarstellern. Licht und Worte, große Gesten, weite Bühnen, Mikrofone und große Reichweite. Plakatwände, Musik, Litfaßsäulen, Sprechchöre, blendende Sonne, Dachterrassen. Große Plätze, Häuser mit Glaswänden und Austern mit Zitronen und Schwarzbrot.

Eine Straße des Elends und des Leids. Bettler, Einarmige, schmutzige Kinder und Trunkenbolde.

Zwischen all den Straßen: die Springer. Während Franzi sich entscheiden muss für diesen oder jenen Weg, rasen sie von einem zum nächsten, ohne Mühe. Galoppieren über Mauern, Hecken, Häuserfassaden. Bestien mit Speichelfäden zwischen den Zähnen und Blutgier. Momos graue Männer, die Franzi ihren Qualm ins Gesicht blasen, ihren Glauben an Ewigkeit dabei aus ihr herausfegen und sie wird leer.

Ein Vampir. Er macht sie abhängig.

Ein Mensch, sie kennt sein Geschlecht nicht, der sie greifen wird, an einem unerwarteten Ort, und in einer Zeit, zu der sie nicht damit gerechnet hätte. Der sie einlullen oder peinigen wird, der Wunder aus ihr herausholen wird und sie teuer dafür wird zahlen lassen. Franzi taumelt auf der großen weißen Tanzfläche, hin und her, auseinandergerissen. Manchmal schwankt sie so sehr im leichten Lufthauch, dass sie hinfällt und sich die Lippen aufschlägt oder das Knie aufkratzt.

Pauline ist anders. Sie liegt reglos auf der weißen Fläche etwas abseits von der wankenden Franzi und ruht sich aus. Oder bereitet sich vor. Wenn es Zeit ist, wird sie aufstehen und sich ohne Zögern in eine der Straßen begeben, denkt Franzi.

Franzi rennt anderthalb Stunden, bis sie schweiß- und regennass nach Hause kommt und froh ist, hier allein zu sein.

*

Pauline trifft sich derweil mit Lukas zum Kaffee. Sie sitzen drinnen, wo es dunkel ist und der Regen hinter ihren Köpfen an die Scheiben prasselt. Er ist unglücklich mit seinem Freund. Lukas befriedigt ihn manchmal abends vor dem Einschlafen, doch seine eigenen Orgasmen spielen sich jenseits dieser Beziehung ab, in seiner Einsamkeit. Markus berührt Lukas' Schwanz nicht. Er scheint ihn zu übersehen. Und auch sein Hintern interessiert ihn immer weniger.

»Ich weiß nicht, was er sich denkt – glaubt er, ich brauche keine Entladung?« Er streicht sich fahrig eine blonde Haarsträhne aus dem blassen Gesicht mit der Hand, in der er seine filterlose Zigarette hält. »Ist das nicht euer BDSM-Spiel?«, fragt Pauline.

»Doch, ja«, Lukas rutscht auf dem Stuhl hin und her. »Aber es ist quälend, wirklich quälend, ich will das so nicht.«

»Warum sagst du ihm das nicht?«

»Ich weiß nicht. Was hätte es für einen Sinn? Er kann wohl nicht anders, sonst würde er es von allein anders machen, oder? Es wird nichts helfen, wenn ich mit ihm spreche.«

»Tu es trotzdem!«, verlangt Pauline, und Lukas nickt abwesend.

»Du kommst zurzeit nur, wenn du es dir selbst machst?«

»Ja«, sagt Lukas, der sich eine weitere Zigarette zwischen die Zähne klemmt. »Mit Markus im Kopf, der durch seine Abwesenheit präsent ist. Irgendwie kickt mich das dann, dass er nicht da ist, ich mich aber nach ihm sehne und so unprätentiös allein auf der Toilette komme, aber danach nervt es nur. Und dieses immer gleiche Sexspiel ist so langweilig!«

Pauline überlegt, ob sie ihm von Gertrud erzählen sollte, aber da gibt es ja eigentlich nichts zu erzählen. Also spricht sie über Franzi, die nicht mit ihr spricht.

»Ihr werdet euch schon wieder vertragen«, sagt Lukas.

Es ist offensichtlich, dass er nicht zuhört.

25

Pauline arbeitet vier Tage die Woche in Gertruds Weinlokal, mal abends, mal tags. Sie mag die Arbeit. Das heißt, sie mag Arbeit überhaupt und das ist das eigentlich Verwunderliche. Doch es tut Pauline gut, nicht mehr so losgelöst von allem, so abgetrennt zu sein, sondern Dinge zu berühren, in Kontakt zu treten, etwas herzustellen und in Umlauf zu bringen, sich zu bewegen und auf Gegenstände einzuwirken. Das ist konkret und lebendig. Sie hat abgebrochene Fingernägel und trockene Hände, sie muss andauernd duschen und ihre Kleider waschen, weil sie nach Fisch und Wein riecht. Sie spürt die Arbeit in ihrem Körper und sieht die Ergebnisse mit eigenen Augen. Sie ist präsent. Sie hinterlässt ihre Fingerabdrücke.

Außerdem lernt sie neue Menschen kennen. Sie findet sowohl das übrige Personal als auch die Gäste interessant. Sie hört spannende Geschichten, die nichts mit ihr zu tun haben, was überaus erholsam ist.

An einem Freitagmorgen kommt Gertrud vorbei, als Pauline gerade den Boden wischt. Sie ruft ihr einen Gruß zu, dann macht sie sich einen Kaffee, mit dem sie sich auf einen Barhocker setzt. Schwarze Hosen, schwarzes Hemd. Immerhin. Die Kaffeemaschine mahlt brüllend Kaffee, danach ist es still. Pauline wischt unter den Tischen und in den Ecken. Kalter Rauch vom Vorabend und der Geruch von Rotwein, der gestern Abend aus umgefallenen Gläsern auf den Boden gelaufen ist, hängen noch störend in der Luft. Pauline hat einen Lappen um einen Besen gewickelt. Es macht viel zu laute Geräusche, wie sie findet, wenn sie mit dem Besenstil irgendwo anstößt.

»Pauline!«, ruft Gertrud ihr zu. »Würdest du bitte mal hier vorne sauber machen?«

Pauline geht mit ihrem Eimer und ihrer Besen-Lappen-Konstruktion zu Gertrud. Eigentlich wollte sie einmal von hinten nach vorne durchwischen und sie hatte gerade erst angefangen.

»Hier, vor dem Tresen, bitte.«

Pauline macht sich an die Arbeit.

»Und, Pauline«, fährt Gertrud fort, »könntest du so lieb sein und den Besen weglegen?«

Pauline sieht sie verständnislos an.

»Also kniend wischen, demzufolge?« Gertruds Stimme klingt harmlos, doch ihr Blick liegt auf der Lauer.

»Ja. Klar.« Pauline lehnt den Besen in eine Ecke, wo er umfällt, geht hin, um ihn wieder aufzustellen, hört Gertrud sagen: »Kümmere dich nicht um den Besen«, lässt ihn erneut fallen und hockt sich auf den Boden. Sie nimmt Zigarettenasche, Weinreste und schwarze Fußabdrücke mit diesem schmuddeligen grauen Lappen auf. Manchmal sieht sie Gertruds Beine, die vom Hocker baumeln. Das ist ein Spiel, völlig unabgesprochen, schießt es Pauline durch den Kopf, während sie ihre schwarzen Fingernagelränder auf dem schmutzigen Lappen sieht. Und es ist real, weil ich hier gerade für sie arbeite, und es ist hässlich, weil ich auf einem dreckigen Boden kauere und ungeschminkt bin. Sie wringt den Lappen über dem Eimer voll dunklem Wasser aus. Sie putzt sich langsam an Gertruds Barhocker heran, wischt darunter. Gleich stellt sie mir ihre Füße in den Nacken, denkt Pauline, doch es passiert nicht. Ihr ist heiß und schwindelig. Sie weiß nicht, wie unangenehm sie diese Situation finden soll – befremdlich ist sie allemal. Schließlich richtet Pauline sich mit rotem, erhitzem Kopf auf, pustet sich eine Haarsträhne aus dem Gesicht und sagt: »Müsste jetzt sauber sein, hier.«

»Ja, leider«, gibt ihr Gertrud mit leuchtenden Augen recht. Sie strotzt vor Kraft.

Später in der Küche zittert Pauline und fühlt sich erschöpft, aber hochkonzentriert. Noch später, zu Hause, in der Nacht, im Bett, huschen Pauline eilige Schauer über die Haut, als sie sich sich selbst vorstellt, in Schlabberklamotten auf dem schmutzigen Boden kauernd und über sich Gertrud. Es geht nicht um Gertrud dabei, es geht um irgendeine Betrachterin. Allerdings scheint ihr dieses Szenario typisch für Gertrud, obwohl sie sie ja kaum kennt. Und sie muss gestehen, ein Teil der erregenden Demütigung, die sie dabei, vor allen Dingen aber jetzt, im Nachhinein, empfindet, rührt von der Tatsache her, dass es eine unattraktive Frau war, die das von ihr verlangte.

Eine ganze Woche nutzt Pauline diese Szene, manchmal leicht abgewandelt, um sich selbst zu stimulieren, während sie sich nachts vor dem Einschlafen zwischen die Beine greift. Sie hat einmal den Versuch unternommen, Gertrud durch Ann zu ersetzen, aber das war albern.

Als Gertrud und Pauline das nächste Mal im Weinlokal zusammentreffen, ist es Abend und der Boden bereits geputzt.

»Schade«, sagt Gertrud, als sie in der Küchentür lehnt und Pauline beim Miesmuschelnschrubben zusieht. »Ich hätte dich gern noch einmal am Boden gesehen.«

Pauline spürt Hitze im Gesicht und Konfusion im Kopf. Die Küche ist klein und die Köchin in Hörweite. Gertrud geht einfach nicht weg, sie scheint sich in diesem Türrahmen wohlzufühlen. Pauline schneidet sich mit einer abgebrochenen Muschelschale in den Zeigefinger. Sie steckt den Finger in den Mund.

»Kaltes Wasser«, rät Gertrud. Pauline hält den Finger unter den Wasserhahn, zieht ihn dann wieder zurück, um die Muscheln in Sicherheit zu bringen, hält ihn erneut unter den Wasserstrahl, der inzwischen kochend heiß ist, schreit, reißt den Hahn herum und versucht es wieder. Gertrud grinst.

»Sag mal, Gertrud«, sagt Pauline plötzlich und sagt weiter nichts. Sie hatte sich das zu Hause überlegt, dass sie es ja mal probieren könnte. Weil die Minuten auf dem Boden mit dem Putzlappen in der Hand ja nachhaltig gut waren. Und sie nichts zu verlieren hat, aber so langsam wirklich aufwachen sollte.

Gertrud zieht die linke Augenbraue hoch. (Das scheint eine genetische Disposition zu sein, dass dominante Frauen so oft so gut darin sind, eine einzelne Augenbraue hochzuziehen. Pauline kann das nicht. Franzi allerdings auch nicht. Sie hatten das einmal vor dem Spiegel gemeinsam geübt – es tut weh, daran zu denken. Zurzeit blicken sie in keinen Spiegel gemeinsam.)

»Ja?«, fragt Gertrud.

»Wie, ja?«, murmelt Pauline.

Gertrud lächelt betont geduldig. »Ich hatte den Eindruck, du wolltest etwas sagen.«

»Ich?«, fragt Pauline.

»Ja, du«, bestätigt Gertrud.

»Ja, ich, also, na ja«, setzt Pauline an.

»Ja?«, hakt Gertrud nach.

»Ja, vielleicht hast du ja Lust, mich mal zu treffen, also, privat, meine ich.«

»Du hast Glück. Dazu habe ich tatsächlich Lust. Ich nehme dich nachher einfach mit, in Ordnung?«

»Wie nachher, wann nachher?«, fragt Pauline und Gertrud lächelt glücklich.

»Mädchen, wie hast du es denn durch dein Studium geschafft? Nachher, wenn die Gäste weg sind und die Küche sauber.«

»Aber –«, setzt Pauline an und verstummt dann doch. Sie trägt eine Jeans und ein altes, schlabberiges Sweatshirt, beides seit vorgestern, sie ist schmutzig und stinkt, sie hat sich schon wieder nicht geschminkt, ihre Haare stecken in einem zotteligen Pferdeschwanz und wenn einzelne Strähnen herausfallen, streicht sie sie mit öligen Fingern zurück. Sie sieht nicht so aus, wie sie bei einem Date aussehen möchte. Sie hatte sich ein paar Outfits für ihr erstes Treffen mit Gertrud überlegt, nur für den Fall, und dieses war definitiv nicht darunter gewesen.

»Aber was?«, fragt Gertrud.

»Aber nichts«, antwortet Pauline, den Blick schon wieder auf den Muscheln.

»Ach«, seufzt Gertrud zufrieden, »ich liebe Frauen, die wirres Zeug reden! Ich denke, wir werden viel Spaß miteinander haben.«

Pauline hat warme Brause im Körper, als sich Gertrud endlich aus dem Türrahmen gelöst und getrollt hat. Sie redet tatsächlich wirres Zeug, und sie wird ganz offensichtlich begehrt.

Gertrud fährt ein altes Lieferauto, blau, wie auch Anns Auto. Pauline ist erschöpft, ihr Finger pocht und ihre Füße schmerzen. Gleichzeitig ist sie angenehm aufgekratzt. So etwas hatte sie noch nie, ein Date gegen halb zwei Uhr nachts, schmuddelig und müde, neben einer unattraktiven Frau in einem Auto, in dem es nach kaltem Rauch riecht, mit Marianne Faithfulls Stimme aus der knisternden Box hinten links, in dunkler Herbstnacht, auf einem Weg, den sie nicht kennt, an einen Ort, den sie noch nie sah, und der Winter wird kommen und etwas wird sein.

Gertrud wohnt in Neukölln. Nicht in dem inzwischen schönen Nordneukölln, sondern irgendwo abseits der Hermannstraße, im Süden, da wo nichts ist außer Trinkern und Gangs.

Das Haus ist heruntergekommen wie Paulines in Kreuzberg, Putz kommt von den Wänden, es riecht nach Gras und Bierlachen, doch ihre Wohnung ist schön – Altbau, Stuck, Dielen –, bloß fragwürdig eingerichtet.

Der Flur eine Rumpelkammer, dann direkt dahinter das Wohnzimmer. Mit einem alten, grünen Sofa den Fenstern gegenüber, davor ein Glastisch, daran ein ockerfarbener Schaukelstuhl, ein lilafarbener Hocker. Links eine Einbauküche, mit viel Technik und schickem Herd, doch ohne Charme. Daneben Gertruds Arbeitszimmer, in das Pauline bloß einen kurzen Blick wirft – ein völlig überladener Schreibtisch, Bücherregale, ein Bett.

Rechts das Bad, daneben das Schlafzimmer. Das ist erst einmal tabu, da sieht Pauline nicht hin.

»Trinkst du einen Cahors?«, fragt Gertrud, die Flasche schon in der Hand.

»Nein, ich trinke, was du trinkst«, sagt Pauline.

Sie geht an der Wand entlang, an den Bücherrücken – Erotik in Massen, Pauline kennt das alles gar nicht. Krimis, alte, aus den zwanziger Jahren wohl, Brechts gesammelte Werke, Fallada und Döblin.

Gertrud serviert grünen Tee, der so bitter ist, dass Pauline löffelweise Honig hineinträufelt unter Gertruds spöttisch-fasziniertem Blick. Sie hören Leonard Cohen, leise, und hören sich gegenseitig aus ihren kleinen Tassen schlürfen. Pauline sitzt auf diesem lilafarbenen Hocker, was eine schlechte Idee war, er ist unbequem. Aber auf dem Sofa sitzt Gertrud und neben ihr wollte Pauline nicht sein. Pauline mustert Gertrud möglichst unauffällig auf der Suche nach Angelhaken für mögliches Begehren. Sie mag Gertruds Hände, groß, schmal mit rauen Innenflächen. Die Hände einer Bäuerin. Oder einer verlebten Klavierspielerin. Und sie mag natürlich Gertruds stahlblaue Augen zwischen schwarzen Wimpern. Die buschigen schwarzen Brauen darüber ebenfalls. Die lange geschwungene Nase ist für sich genommen zumindest interessant. Pauline denkt daran, wie Gertrud über die dumme pummelige Frau von der Party gesprochen hat, und fühlt sich auserwählt, was sie zugleich stolz und ängstlich macht.

»Machst du das schon lange, mit den Weinläden?«, fragt Pauline, weil die Stille ihr unangenehm ist.

»Ein Weilchen«, sagt Gertrud.

»Und davor?«

»Davor habe ich dies und jenes gemacht.« Konkreter scheint sich Gertrud dazu nicht äußern zu wollen.

»Warst du schon immer lesbisch?«, fragt Pauline also auf der Suche nach einem neuen Gesprächsthema.

»Ja«, sagt Gertrud. »Männer und ich, das ist keine gute Kombination.«

»Wenn du das weißt«, bohrt Pauline nach, »dann musst du es ausprobiert haben.«

»Richtig«, erwidert Gertrud. »Allerdings nicht ganz freiwillig.« Sie scheint auch hierüber nicht ausführlicher sprechen zu wollen. Sie mustert stattdessen Pauline mit einem zufriedenen Lächeln auf den Lippen.

»Hattest du denn schon mal eine Beziehung mit SM und so?«

»Ja«, sagt Gertrud, »meine letzte Beziehung war tatsächlich mit SM und so. Es waren nicht alle Bereiche unserer Beziehung hierarchisch geprägt. Aber wir konnten jederzeit und überall spontan Machtgefälle errichten, ganz leicht. Und unser Sex war – schmerzhaft für Ruth. Wir haben uns viel gestritten, doch eigentlich war es herrlich.«

Gertrud sieht traurig aus, als sie das erzählt, stumpfer Blick über dunklen Augenringen. »Hast du Kinder?«, fragt Pauline, hauptsächlich, um sie abzulenken. Wobei sie gern, später vielleicht, mehr über Ruth erfahren würde.

»Ja, eine Tochter«, sagt Gertrud und ihre Miene hellt sich nicht gerade auf. »Ich musste drei Männer abschleppen, bis es geklappt hat.«

»Also das waren deine nicht ganz freiwilligen sexuellen Kontakte zu Männern?«, unterbricht sie Pauline.

»Nein«, gibt Gertrud knapp zurück.

Ihre Stimme klingt so entschieden, dass Pauline sich nicht traut weiterzufragen. Eine Weile schweigen beide. Dann fängt sich Gertrud und sagt: »Aber du bist eigentlich nicht hier, um Tee zu trinken und Trübsal zu blasen, nicht wahr?«

Pauline kuckt unentschlossen. Sie möchte nicht taktlos sein.

»Wie war das noch? Du wolltest unbedingt mal wieder geschlagen werden, oder?«

Pauline grinst. Die Gier, die Gertrud ins Gesicht geschrieben ist, macht sie aufgeregt und stolz.

»Oder?«, insistiert Gertrud.

»Ja«, stimmt Pauline ihr zu.

»Ja was?«, fragt Gertrud.

»Ja – ich – wollte – unbedingt – mal wieder – geschlagen werden«, stammelt Pauline und Hitze breitet sich angenehm in ihrem Kopf und ihrem Becken aus.

»Mir fiele auch ein Grund dafür ein«, sinniert Gertrud. »Ich finde, du hast dir eindeutig zu viel Zeit damit gelassen, mich um ein Date zu bitten. Mindestens fünf Tage zu viel. Wenn wir die mit zehn multiplizieren, kommen wir auf fünfzig Peitschenhiebe, die du definitiv verdient hast, nicht wahr?«

»Ja«, haucht Pauline mit heißem Pochen im Becken und Sausen in den Ohren. Ihre Stimme wird immer so albern hoch in solchen Situationen, das kennt sie noch von Ann, an die sie jetzt allerdings nicht denken will.

»Gut«, sagt Gertrud, »dann schäle dich doch mal aus deinen verschwitzten Arbeitsklamotten.«

Pauline steht auf und tut, wie ihr geheißen. Bis sie nackt, mit einer roten Linie von ihrem Schlüpfer um die Hüfte herum vor Gertrud steht.

»Das sah im Theater ein bisschen elaborierter aus«, mosert Gertrud, »aber immerhin. Vielleicht ziehst du die Vorhänge vor den Fenstern zu – die Nachbarn sollen zahlen, wenn sie dich nackt sehen wollen, und dann stellst du dich breitbeinig vor das Fenster mit dem Arsch zu mir.«

Pauline zieht die schwarzen Vorhänge zu und stützt sich durch den Stoff hindurch auf das Fensterbrett, um ihren Po herausstrecken zu können. Sie hört, wie Gertrud den Raum Richtung Arbeitszimmer verlässt und kurz darauf zurückkommt. Sie dreht den Kopf. Sie sieht Gertrud sich schwarze Lederhandschuhe anziehen, und es laufen ihr brennende Schauer über den durchgebogenen Rücken. Pauline seufzt, was Gertrud mit diabolischem Grinsen quittiert. Dann greift sie die Single Tail, die sie auf dem Tisch abgelegt hatte. Pauline dreht sich um. Ruhig plötzlich, in Erwartung der Schläge.

»Fünfzig«, erinnert sie Gertrud, »du zählst mit und du hältst still, sonst beginnen wir von vorn!«

Pauline nickt vage. Beim ersten Schlag schon zuckt sie zusammen. Die Spitze der Peitsche hat sich wie Glut in ihre kalte Pohaut gefressen.

»Und von vorn!«, ruft Gertrud.

Pauline gibt sich Mühe, standhaft zu sein, aber die Peitsche beißt sich grausam und tief in ihre Haut, Gertrud schlägt hart, ist unerbittlich, trifft ihre Schenkel und ihren Rücken. Einmal, weil Pauline sich bewegte, auch ihren Bauch. Pauline bricht jaulend zusammen.

»Ich habe dir gesagt, du sollst dich nicht rühren. Sonst kann ich nicht zielen!«, erklärt Gertrud barsch. »Steh auf und von vorn!«

Sie waren bei zwanzig gewesen. Nachdem Pauline den Schock über die ersten Schläge verdaut hatte, hatte sie ein paar Hiebe wirklich genossen, doch jetzt kann sie nicht mehr. Sie tut das kund, sie jammert.

»Sei tapfer und steh still!«, ist Gertruds Antwort und es trifft Pauline der nächste Schlag. Pauline wimmert und schreit irgendwann. »Nicht so doll, bitte nicht so doll!«

»Ist es so besser?« Gertruds Peitsche streift Pauline wie ein kleines Insekt, sie spürt sie kaum. Sie zählt sich drei Schläge weiter bis dreißig. »Ist das so gut für dich, ja?«, fragt Gertrud noch einmal. »Ist dir das nicht peinlich?«

Es dreht sich in Paulines Kopf ein grellbuntes Karussell. Es ist ihr wirklich peinlich und sie will tapfer sein und es tut so weh und noch zwanzig und wie soll sie sich nicht rühren und sie schämt sich für ihre Schmerzen und sie schämt sich für ihr Wimmern und sie will dass es aufhört und sie weiß nicht was sie will und sie will Gertrud gefallen und sie will das aushalten und sie will so lange schon geschlagen werden und sie will dass es aufhört und sie kann nicht mehr und sie schämt sich.

»Ja«, sagt Pauline.

»Ja was?«, herrscht sie Gertrud weit hinter ihr an. »Soll ich so weitermachen?«

»Nein«, flüstert Pauline.

»Oder doch wieder etwas härter?«

»Ja«, murmelt Pauline und ergibt sich und zählt und zuckt und zappelt und knickt ein und fällt und steht auf und sie muss immerhin nicht mehr von vorn anfangen zu zählen und dann sagt sie fünfzig und etwas fällt hinter ihr und warmes Leder greift ihre Hüfte und Finger aus Leder stoßen hart in sie hinein, dass es weh tut, außen und innen, Pauline wimmert, mehr kann sie nicht, bricht wieder ein, rutscht am Vorhang entlang in zwei Ledergriffen, stöhnt und hat Schmerzen und sieht einen dunklen Abgrund und einen horchenden Leoparden und kommt.

»Du bist tapfer!«, murmelt Gertrud in Paulines feines braunes Haar. »So tapfer. Komm ins Bett.«

Aufstehen, wankend, kein Alkohol, doch Schwindel, Bett für zwei, blauweiße Bettwäsche, die Laken zerwühlen, Gleitgel riechen, Gertrud riechen, Tabak und etwas anderes, herb und eine unbestimmbare Schärfe und sie schlägt ihr ins Gesicht dass Gedanken platzen und sagt Knochengerüst und lacht über Keuchen und greift herzhaft in Brüste, sagt Knöpfe statt Brüste und lacht über Wimmern, greift in nasse Lippen hier und dort und greift in Haar und zwischen Beine und hat kleine Schamlippen, eine Narbe nahe der Öffnung, riecht mandelig schweißig, schlagt auf Wangen und Brüste und dreht und greift und sprengt plötzlich Paulines schmalen Körper mit einer Faust, einer ganzen Faust in Paulines Möse – Ich kann nicht, schreit Pauline, ich kann nicht mehr, und Gertrud lacht, doch, du kannst, Pauline brüllt und sagt raus und sagt es tut weh, Gertrud fragt, magst du nicht, wenn es weh tut, Pauline sagt, doch, und Gertrud sagt, dann sag danke und Pauline keucht danke und windet sich und hat einen Orgasmus nach dem anderen und spürt ihre Konzentration zersplittern und sieht immer nur schwarz und dann blauweiß oder Haut, die nicht ihre ist, aber anziehend riecht und schläft irgendwann erschöpft in einem wirren Knäuel aus Komplimenten von Gertrud ein.

*

Pauline schläft nur kurz, wacht in aller Herrgottsfrühe auf und hat das dringende Bedürfnis, zu gehen. Nuschelt Abschied in Gertruds kurzes, graues Haar – die greift ihren Leib, »Sehen wir uns wieder, ich will dich wiedersehen, immer wieder!«, »Jaja«, sagt Pauline und sucht verschwitzte Kleider vom Vortag zusammen und weiß vor der Haustür nicht, wo sie ist, und fragt Passanten nach der nächsten U-Bahn-Station und kommt aus dem abgründig dunklen Nirgendwo voll wilder Tiere nach Hause, nach Kreuzberg, in ihre Küche, zu ihrem Tee und zu Norah Jones, ganz ruhig, ganz gut. Jetzt zu Franzi gehen können, mit Franzi sprechen, in Franzis Armen etwas fallen lassen – aber Franzi ist bei Marius, und selbst wenn sie hier wäre.

*

Pauline ist den ganzen Tag über benommen. Als hätte Gertrud ihr narkotisierende Medikamente verabreicht. Und latent, unter ihrer Betäubung, hat Pauline Angst. Sie hatte offene Wunden auf ihrem Po, die sich jetzt blau färben. Eine rote geschwollene Linie zieht sich von ihrem Hintern um ihre Hüfte herum bis zu ihrem Bauch, wo sie ein roter Fleck wird. Paulines Möse schmerzt, ihr Po schmerzt. Pauline ist schockiert von Gertruds Gewalt und ihrer Unerbittlichkeit. Das will ich nicht, denkt Pauline, das kann kein Mensch wollen. Das tut mir weh. Gleichzeitig ist es aufregend, das ist nicht zu leugnen. Und Gertrud selbst ist nicht so hässlich, wie Pauline zuerst dachte. Oder schon, aber auch interessant. Pauline hat das starke Gefühl, sich von Gertrud fernhalten zu müssen, weil sie bedrohlich ist, und verspürt gleichzeitig große Lust auf dieses neue, weite Land.

*

Franzi schläft bei Marius, frühstückt mit ihm und fährt mittags in das Café, in dem sie arbeitet. Nach einigen Stunden taucht plötzlich Samuel dort auf.

»Was willst du denn hier?«, fragt Franzi, nachdem sie ihn so lange ignoriert hat, bis er zu ihr an den Tresen gekommen ist.

»Mit dir reden«, sagt er.

»Seit wann redest du?«, fragt Franzi. »Ich dachte, du nimmst dir einfach, was du willst?«

Samuel seufzt. »Sie hat dir also auch diese Geschichte erzählt.«

»So ungefähr, ja«, stimmt ihm Franzi zu. »Tut mir wirklich leid für dich.«

»Ja«, sagt er, »weil es ja nicht stimmt.«

»Klar, sie denkt sich das alles aus!« Franzi kippt Espresso über Milch und bringt Latte Macchiato an einen Tisch.

»Es stimmt wirklich nicht!«, beteuert Samuel, als sie zurück ist. »Denk nach, erinnere dich, findest du, ich bin so? Hättest du das gedacht? Und hättest du gedacht, sie ist so? Und würde sie bei mir bleiben, wenn ich so etwas tun würde?«

»Na, sie hat dich ja verlassen, oder?«, sagt Franzi.

»Ja«, stimmt er zu. »Aber nicht weil ich sie vergewaltigt hätte. Sondern wegen dir und einer anderen.«

»Wegen mir?« Jetzt ist Franzi verwirrt. Sie sprüht Unmengen Schlagsahne über drei Stück Pflaumenkuchen, serviert sie und kommt zurück.

»Sie war eifersüchtig, weil ich mit dir geschlafen habe«, erklärt Samuel. »Und dann gab, also gibt es eine andere Frau, mit der hatte ich noch etwas intensiveren Kontakt. Kelly stellte mich schließlich vor die Wahl, entweder die Finger von jeder anderen zu lassen oder auf sie zu verzichten. Weil ich sie liebte, versprach ich ihr, was sie wollte. Und traf mich dann aber doch irgendwann wieder mit der anderen. Ich erzählte Kelly nichts davon, doch sie fand es heraus und seitdem hasst sie mich.«

Franzi versteht das alles nicht. »Aber ihr habt doch eine offene Beziehung«, sagt sie, »wir haben uns doch auch zu viert getroffen!«

»Ja«, er nickt, »aber nur wegen mir. Sie wollte das nie. Allerdings sah sie ein, dass ich mehr sexuelle Energie habe als sie und ja auch zum Fesseln nun mal immer eine Partnerin brauche. Eigentlich duldet Kelly jedoch keine andere neben sich.«

»Doch!«, entgegnet Franzi, »sie trifft sich zurzeit ja auch mit Marius!«

»Eben deswegen will ich mit dir reden«, erklärt Samuel. »Sie wird nicht akzeptieren, dass er weiterhin mit dir zusammen ist, wenn sie sich in ihn verliebt. Ich habe meine Exfreundin auch für Kelly verlassen.«

Eine Panzerfaust schlägt in Franzis Magen ein, worauf alles Blut aus ihren Gliedern weicht – sie muss ganz weiß sein, denkt sie. Und serviert Apfelsaftschorlen und denkt, es kann alles gelogen sein und er hat sie wirklich vergewaltigt oder nicht und sie weiß es nicht und hat erst in zwei Stunden Feierabend.

»Kann es sein, dass du schlicht eifersüchtig auf Marius bist und den beiden etwas kaputt machen willst?« Franzi beschießt Samuel mit dieser Frage, während sie scheppernd zwei Bierflaschen aus dem Kühlschrank reißt, um anschließend zu den wartenden Gästen zu stürmen.

»Erinnerst du dich, wie wir nach dieser Ausstellung und dem Tanzen bei euch waren?«, fragt Samuel.

Was für eine blödsinnige Frage – er hatte sie auf Marius' Wohnzimmerteppich gevögelt. Glaubt er, so etwas ist ihr bereits beim Eierschälen am nächsten Morgen entfallen?!

»Auf der Rückfahrt war Kelly schweigsam und ich fühlte mich schuldig«, fährt Samuel fort.

»Ich habe sie gefragt, ob ihr der Abend nicht gefallen hat. Doch, hat sie gesagt, alles wunderbar, ihr wäre bloß schlecht. Zu Hause ist sie ins Bad gerannt und es hat so geklungen, als würde sie sich erbrechen. Also habe ich mich noch schuldiger gefühlt. Es ist aber so, wie ich mit der Zeit gemerkt habe, dass sie sich immer erbricht, wenn ich eine andere Frau getroffen habe.«

»Also tut sie bloß so?«, fragte Franzi.

»Ich weiß es nicht. Aber man fühlt sich dann schuldig und vielleicht lässt man es. Es kann auch zu einer unglückseligen Assoziationskette kommen, dass man beim Anblick von fremden Brüsten automatisch an Kellys Kotze denken muss.« Samuel fährt sich mit der Handinnenfläche über den Mund.

»Aber wenn sie das nicht mag, dass ihr Partner andere Frauen trifft, warum sucht sie sich dann nicht einfach eine monogame Beziehung?« Franzi schmeißt Wechselgeld auf den Tresen und Trinkgeld in ihr Portemonnaie.

»Ich weiß es nicht. Man kann diese Frau nicht verstehen. Ich glaube, er reicht ihr nicht, wenn der Mann treu ist, weil er treu ist. Er soll treu sein, obwohl er es nicht ist. Es soll ihn etwas kosten.« Wobei Samuel sich eigentlich nicht als untreu empfand, wenn er mit anderen Frauen schlief, es war alles rein und gut, wenn es im Einverständnis geschah, aber dieser Gedankengang bringt ihn von seinem Erklärungsstrang ab. »Deshalb muss man auch erst seine Freundin für sie verlassen, bevor Kelly einen ernsthaft in Betracht zieht.«

Franzi wird schwindelig. Sie sieht Marius' Hinterkopf, der sich immer weiter von ihr entfernt, obwohl sie ihm wie eine Irre hinterherschreit. Sie hört ihren eigenen Wohnungsschlüssel in ihrem Briefkasten klirren.

»Und man hat nicht einmal etwas davon. Man denkt, dass

Kelly eine tolle Frau ist und dass da sicher bald etwas losgehen wird, weil sie so vielversprechend ist, aber es geht überhaupt nichts los. Ich meine, sie interessiert sich ja nicht einmal für SM.«

»Was sucht sie dann bei SMern, verdammt noch mal?!« Franzi wird plötzlich rasend wütend. Merkt Samuel nicht, was für einen Blödsinn er da von sich gibt!

»Sie steht auf die unerfüllten Wünsche des anderen«, erklärt Samuel. »Das verleiht ihr ein Gefühl von Macht.«

»Und was hat sie davon?« Franzi schwitzt. Ihr ist schwindelig und sie schwitzt. Sie muss nach Hause, unter die Dusche. Aber sie muss erst einmal all die beschäftigungslosen Herumlümmler auf den Sofas und Stühlen vor ihrem Tresen versorgen, sie muss das Regal putzen und den Kühlschrank auffüllen und Marius sicherstellen.

»Keine Ahnung«, sagt Samuel. Er fühlt sich unsicher. Er begreift nichts. Kelly nicht und auch sich selbst nicht. Er hätte gern mit Franzi geschlafen, aber dass daran jetzt nicht zu denken ist, das begreift er. Samuel geht und Franzi schlägt mit einem Messer auf Streuselkuchen ein. Sie putzt wie eine Wilde Tresen und Tische, die Zeit vergeht nicht und Marius ist mit Kelly am Abend verabredet, sie zählt die Minuten und es kommt ihre Ablösung einfach nicht, bis sie schließlich doch da ist und Franzi in Windeseile ihre Jacke überzieht, der Kragen verwurstelt, egal, den Schal findet sie nicht, auch egal, das Fahrradschloss geht nicht auf, verdammt, warum jetzt, und dann doch und Autos hupen und Fußgänger schimpfen und sie hat keinen Plan, aber einen Wohnungsschlüssel.

*

»Franzi, was machst du denn hier?« Marius ist verwundert und nicht unbedingt erfreut.

»Ich muss mal kurz mit Kelly sprechen.« Sie haucht ihm einen Kuss auf die Wange, im Flur, er hält ein Messer, wegen dem Fleisch, dann zieht sie Kelly ins Wohnzimmer.

»Samuel hat mir erzählt, dass die Geschichte mit der Vergewaltigung nicht stimmt.«

»Und?«, fragt Kelly teilnahmslos.

»Hat er recht?«

»Glaubst du ihm?«

»Ja!«

»Dann ist es doch egal, was ich sage.« Kelly zuckt mit den Schultern.

»Okay, aber was ist mit Marius?«, setzt Franzi nach.

»Was soll mit ihm sein?«

»Ja, du und er, was willst du von ihm?« Franzi könnte durchdrehen, aber muss sich beherrschen.

»Ich will mit ihm zusammen sein.«

»Aha. Und ich?«

»Was ist mit dir?«

»Ja eben, was ist mit mir? Hast du ein Problem mit mir?«

Kelly lächelt. Ganz sanft. »Nein, aber ich schätze, du wirst bald ein Problem mit mir haben.« Jetzt flüstert sie. »Denn wenn ich liebe, dann teile ich nicht!«

Franzi sieht schwarz. Es verschwimmt alles oder verschwindet, was will, was soll, was kann sie. Sie lässt Kelly stehen und stürmt zu Marius in die Küche. Das Messer, die Poulardenbrust und Gemüsepampe. »Marius, sie will dich für sich allein, sie will uns auseinanderbringen!«

Marius lächelt sie an, unschuldig, blödsinnig unschuldig und ahnungslos und nervös und überfordert, er möchte geliebt werden.

»Ach, wie kommst du denn auf so was? Das ist doch Unsinn! Ich kann doch euch beide treffen!«

»Nein! Sie hat es mir gesagt, sie will dich allein und ich soll weg!«

»Ach, Franzi! Keiner will, dass du weggehst! Außer heute Abend vielleicht, aber doch nicht prinzipiell!«

»Doch, sie will das!« Jetzt brüllt Franzi und bricht endlich in Tränen aus. »Sie hat es mir gerade gesagt!«

»Das kann ich mir nicht vorstellen. Wo ist sie überhaupt? Franzi, was hast du mit ihr gemacht?«

Franzi schlägt gegen den Kühlschrank, dass dumpfer Schmerz ihre Faust durchzuckt, und wirft sich gegen die Wand und kriegt Kopfschmerzen. »Ich habe nichts mit ihr gemacht! Sie hat es gesagt, wenn sie liebt, dann teilt sie nicht, warum glaubst du mir denn nicht, denkst du, ich lüge!«

»Nein!« Marius ist inzwischen auch aufgebracht, legt dieses blöde Messer endlich weg, rauft sich die Haare, fasst nach Franzi, die ihn zurückstößt.

»Das muss ein Missverständnis sein, das wird sich klären!«

Franzi versteht, dass sie hier nichts ausrichten kann. Sie ist nicht erwünscht und sie kann nichts tun. Sie muss gehen. Sie wirft die Tür hinter sich ins Schloss und schneidet Marius' Ruf nach ihr damit ab, springt auf ihr Fahrrad, hört ihr Handy klingeln, ohne danach zu suchen, und kann plötzlich nicht mehr.

Sie hält an, steigt ab, lehnt sich gegen eine Ampel, ringt um Luft. Ihre Knie zittern, ihre Beine sind Pudding, ihr Magen hart wie ein Fels, sie ringt nach Luft, zu wenig, ihre Arme sind merkwürdig leer, es weicht alles aus ihr, und alles weiß, sie kippt, kippt aus allem heraus, es wankt und sie stürzt, die weiße Tanzfläche, die Spieluhrpuppe, sie fällt von der Tanzfläche und fällt ins Nichts, es ist alles umgefallen, sie ist im Nirgendwo, sie sieht nichts mehr und braucht Luft.

Franzi konzentriert sich auf ihren Atem und schiebt mit zittrigen Händen ihr Fahrrad nach Hause. Sie muss sich sofort ins

Bett legen, sie kann nicht mehr, aber sie weiß, sie wird nicht schlafen.

Zu Hause angekommen stürmt Franzi in Paulines Zimmer ohne einen Gedanken im Kopf, aber mit galoppierenden Tierherden in Bauch und Brust. Pauline liegt mit einem ungelesenen Buch im Bett, nach wie vor betäubt.

»Pauline, sie will mir Marius wegnehmen!« Franzi steht mitten im Raum und weiß nicht, wohin mit ihren Gliedern. Pauline erwacht aus ihrer Entrückung. Sie ist bei Franzi – wie herrlich, sie zurück zu haben –, sie umfasst ihren Oberkörper und Franzi spürt wohltuend die Begrenzung, die Paulines Arme bedeuten.

»Kelly?«, fragt sie und Franzi nickt.

»Sie ist irre, Pauline, sie will ihn für sich allein! Sie hat gesagt, wenn sie liebt, dann teilt sie nicht!« Franzi wimmert trocken, keine erlösenden Tränen zu finden. Pauline hingegen weint mühelos, so erleichtert ist sie über die Selbstverständlichkeit, mit der Franzi und sie wieder beieinander sind. Sie schiebt ihre Freundin in die Küche, gießt Rotwein ein und Baldrian.

»Er wird dich nicht verlassen, bloß weil sie das will. Marius liebt dich!«

»Ja, schon.« Franzi kippt sowohl Baldrian als auch Rotwein in einem Schluck herunter.

»Aber sie ist intrigant, verstehst du, sie manipuliert ihn!«

»Sie kann ihn nicht manipulieren!« Pauline schenkt nach. »Wo seine Liebe zu dir ist, da ist sie machtlos.«

Mo steht plötzlich in der Küchentür. Franzi hatte ihr einen Schlüssel gegeben, damit sie hier übernachten kann, wenn sie ihre WG nicht mehr erträgt. Sie geht auf Franzi zu, die schon wieder aufgesprungen die kleine Küche durchmisst wie ein Tiger seinen Käfig. Sie küsst und streichelt, hat wache, scharf sehende Augen und kriegt Franzi dazu, sich mit ihr auf das Sofa zu setzen um ruhig in ihren Armen zu werden.

»Vertrau doch deinem Freund!«, sagt sie.

»Ja!«, pflichtet ihr Pauline bei. »Es ist irrelevant, was Kelly plant, tut, will. Wenn Marius dich liebt, was er tut, und du ihm vertraust, was du gerade nicht tust, kann sie kopfstehend Tango tanzen und wird euch doch nicht entzweien!«

»Kopfstehend Tango tanzen?«, fragt Franzi. »Willst du mir mal vormachen, wie das geht?« Das war falsch, vielleicht, sexuell übergriffig unter Umständen, schießt es Franzi durch den Kopf, kaum dass sie es ausgesprochen hat. »Oder du vielleicht, Mo? Kannst du kopfstehend Tango tanzen?«

»Nicht allzu gut«, gesteht Mo.

»Dann werden wir das wohl üben müssen«, sagt Franzi, während Pauline eifrig nachschenkt. Alkohol ist keine Lösung, aber jetzt gerade tut er gute Dienste.

Es wird erneut ein Schlüssel im Schloss gedreht und Marius steht mit angespanntem Gesicht in der Küche.

»Ich verlasse dich doch nicht, Franzi«, sagt er, »was immer auch geschehen wird!«

Pauline öffnet eine weitere Flasche Wein und noch eine, bevor sie Mo anbietet, in ihrem Bett zu schlafen, während Franzis sich mit Marius zurückzieht.

In Franzis Kopf dreht sich alles, was besser ist als die schreiende Leere zuvor, ihre Glieder sind nicht mehr unerträglich leicht, sondern erstaunlich schwer. Sie hat immer noch leichte Magenschmerzen, sie weiß, es gibt eine Angst schwer wie ein Fels tief in ihr drin, die sie anspringen wird, wenn sie morgen erwacht, aber sie weiß auch, sie ist beschützt.

»Kelly hat gesagt, dass ich zu dir gehen soll, es gehe dir schließlich schlecht«, sagt Marius, als er vom Zähneputzen zurückkommend schwankend aus seiner Hose zu steigen versucht.

»Und wann siehst du sie wieder?«

»Ich weiß es nicht.«

Marius' Stimme ist angespannt und Franzi versteht Kellys Strategie. Sie schickt ihn zu ihr, sie nimmt sich zurück und ist bescheiden, aber sie bestraft ihn gleichzeitig für die Aufmerksamkeit, die er Franzi schenkt, indem sie sich selbst entzieht. Der Stein tief drinnen in Franzi löst sich vom Grund, aber Franzi denkt so fest sie kann das Wort Vertrauen.

Mo liegt kaum unter Paulines Decke, da beginnt sie bereits leise zu schnarchen.

Pauline träumt von einem Leuchtturm, klassisch rot-weiß. Sie geht darauf zu, über eine schmale Mole, an der schwarze Wellen mit weißen Gischthauben donnernd zerschellen.

Im Leuchtturm gibt es ein wunderschönes Restaurant, sehr gemütlich und sehr edel. Hier isst sie zusammen mit ihren Eltern, mit Franzi und Ann, Marius, Mo und einigen mehr. Aber im Keller werden Menschen guillotiniert und das will Pauline als Einzige nicht hinnehmen. Sie stürmt aus dem Restaurant, sieht plötzlich schemenhaft Gestalten am Strand, denkt, das ist Gertrud, und rennt auf sie zu. Pauline ist barfuß und der gelbe, grobkörnige Sand feucht unter ihren Sohlen. Das Meer ist schwarz, laut und wellig und leckt sich den Strand entlang und könnte jederzeit alles verschlingen. Gertrud ist eine Regisseurin, die mit Geprügelten ein Tanztheaterstück probt. Sie sind nackt und voller Striemen, sie vollführen seltsame Bewegungen, während Gertrud mit einer langen Peitsche auf sie eindrischt.

»Was tust du denn!«, brüllt ihr Pauline durch das Tosen des Meeres hindurch zu, sie steht vielleicht fünf Meter entfernt.

»Weißt du nicht, dass Geprügelte noch nie kreativ oder sonst irgendwie nützlich waren?«

Gertrud lacht laut und peitschenschwingend. Pauline ist klar, sie muss das hier unterbrechen, aber sie verspürt gleichzeitig den brennenden Wunsch, alle nach Hause zu schicken und selbst die ganze Nacht hindurch unter Gertruds Peitsche zu tanzen.

Dank an Elsa, Petra und Christine.

Die Autorin

Cornelia Jönsson, 1980 geboren, studierte Theaterwissenschaft und Philosophie in Wien und Berlin. Sie arbeitete als Assistentin, Dramaturgin und Autorin an verschiedenen Theatern. Ihr Monolog ›Fressen Lieben Kotzen‹ wurde im Mai 2008 im Kölner Theater der Kulturen uraufgeführt. Sie ist Walter-Kempowski-Preisträgerin der Hamburger Autorenvereinigung. Bei Schwarzkopf & Schwarzkopf sind von Cornelia Jönsson bereits 111 GRÜNDE, SM ZU LIEBEN und LUST AUF SCHMERZ erschienen, außerdem der Roman SPIELER WIE WIR. Unter Einsatz ihres Leibes recherchiert sie für weitere erotische Romane.

Cornelia Jönsson
SPIELER UNTER SICH
Roman

ANAIS Band 16
ISBN 978-3-89602-563-0
ANAIS ist ein Label des Berliner Schwarzkopf & Schwarzkopf Verlages.

Lektorat: Nadine Landeck
Titelbild: © Mayer George Vladimirovich / shutterstock.com